Marco di Nyon

Yakwurst & Stilettos

– Kriminalroman –

*Bibliografische Information der Deutschen
Nationalbibliothek: Die Deutsche Nationalbibliothek
verzeichnet diese Publikation in der Deutschen
Nationalbibliografie; detaillierte bibliografische Daten
sind im Internet über dnb.dnb.de abrufbar.*

© *Marco di Nyon*

*Herstellung und Verlag:
BoD – Books on Demand, Norderstedt*

ISBN: 978 3 752 84800 7

Der Freitag begann, wie viele andere. Der Wecker brummte. Nach einer kurzen Nacht und einem schnellen Frühstück würde er sich auf den Weg zur Dienststelle machen. Auf seinem Schreibtisch wartete ein Haufen Büroarbeit. Er hoffte auf einen entspannten Tag.

Im Fernsehen lief das Frühstücksfernsehen. Er trank seinen Kaffee und steckte sich eine Zigarette in den Mund. Bevor er sie anzündete, summte sein Mobiltelefon. Das Display kündigte Gunter Martes an. Sein Anruf um diese Uhrzeit bedeutete nichts Gutes.

»Herzog.«

»Guten Morgen Hanibal«, begrüßte ihn der Leiter des Morddezernates. »Hast Du gut geschlafen?«

Er rieb sich die Augen und warf einen Blick auf die Uhr an der Mikrowelle. »Verdammt, Gunter! Hast Du mal auf die Uhr geschaut?«

»Ja«, erwiderte Martes. »Ich wollte Dich erwischen, bevor Du losfährst. Du brauchst keinen Umweg übers Revier machen.« Er pausierte. »Ich habe soeben die Meldung bekommen, dass Heinrich Eklund tot aufgefunden wurde.«

Die Nachricht trieb Hanibal die Restmüdigkeit aus. »Eklund?« Er nippte an seinem Kaffee. »Der Wurst-Magnat?«

»Ja«, bestätigte Martes. »Sein Hausmädchen hat ihn in seinem Arbeitszimmer auf Schloss

7

Gewöllheim gefunden.«

Hanibal trank einen Schluck. »Woran ist er gestorben? Herzinfarkt?«

»Meinst Du, ich würde Dich bei einen Herzinfarkt anrufen. Die Indizienlage zeugt von einem plötzlichen Ableben. Laut Aussage des Anrufers lässt sich eindeutig bestimmen, woran er gestorben ist.« Martes legte wieder eine Pause ein.

»Gunter, mach es nicht so dramatisch.«

»Er hat einen Stiletto im Auge.«

Herzog stutzte. »Ein Stiletto? Einen Dolch?«

»Nein! Dann hätte ich Stilett gesagt. Ich rede von einen Damenschuh.«

»Wie bitte? Das meinst Du doch nicht ernst?«

»Ich habe Cassidy und die Spurensicherung bereits vor Ort geschickt. Die Staatsanwaltschaft ist informiert. Ihr bekommt einen Streifenwagen zur Unterstützung.«

»Einen Streifenwagen!? Ist das nicht etwas wenig?«

»Mehr kann ich heute nicht auftreiben. Die anderen bereiten sich auf die Verkehrssicherung vor.«

»Verkehrssicherung? Verdammt Gunter! Was soll der Unsinn?«

»Hast du gestern nicht die Einsatzbefehle gelesen?«

»Nein. Ich war die halbe Nacht in dem Dönerladen auf der Oststraße. Der Drehspießvorfall. Du erinnerst Dich?«

8

»Ach, ja«, bestätigte Martes. »Wie lief es da? Ich habe noch keinen Bericht.«

»Gunter, ich war erst um 01:30 Uhr zu Hause. Ich werde den Bericht heute schreiben. Ich kann Dir zusammenfassend sagen, dass der Cousin des Betreibers einen Gast mit dem Dönerspieß erstochen hat. Es war anscheinend ein Streit zwischen zwei Familien.« Hanibal nippte an seinem Kaffee. »Was ist mit den Streifenwagen? Wieso Verkehrssicherung?«

»*Vivienne* hat sich für heute angekündigt.«

»Wer zur Hölle ist *Vivienne*? Irgendein verdammtes Promi-Weib, das ich nicht kenne?«

»Der Orkan. Es dürfte ziemlich heftig werden. Guckst Du keine Nachrichten?«

Hanibal schaute zum Fernseher. Eine Reporterin, mit der Küste im Hintergrund, warnte mit wehenden Haaren vor einem Orkan. Eingespielte Bilder zeigten eine Strandpromenade mit verwüsteten Pavillons, umherliegenden Stühlen, zerborstenen Scheiben und abgedeckten Dächern.

»Doch. Natürlich«, konterte Hanibal. »Mir war nur der Name entfallen.«

»Mach Dich auf den Weg. Ich erwarte Deinen Bericht. Bis später.«

Martes legte auf. Der entspannte Tag hatte sich soeben verabschiedet.

Hanibal nahm einen weiteren Schluck Kaffee. Schloss Gewöllheim lag in einem einsamen Waldgebiet, das eine gute Stunde Fahrtzeit von der

Stadt entfernt war. Selbst das nächstgelegene Dorf war einige Kilometer entfernt. Er würde die Gegend ländlich nennen. Cassidy würde es als ,*Arsch der Welt*' bezeichnen. Er hörte sie im Gedanken bereits fluchen. Er grinste mild.

Er legte sein Schulterholster an, trank den Kaffee aus und stellte die Tasse in der Küche ab. Er zog seinen kurzen Ledermantel über und verließ die Wohnung. Im Coffee-Shop an der Ecke kaufte er einen großen Kaffee. Als er seinen silbernen 5er BMW stadtauswärts lenkte, hörte er das Ende der Sieben-Uhr-Nachrichten im Radio. Während der Fahrt überlegte er, was er über das Opfer wusste.

Die Eklund-Wurstfabrik war ein großer Arbeitgeber in der Region. Die Firma war mit einer exotischen Wurst landesweit bekannt geworden. Cassidy schwärmte von der Eklund-Wurst. Hanibal war Wurst wurst. Er hatte Eklund vor einigen Jahren auf einer Polizeiveranstaltung gesehen. Eklund hatte etwas gesponsert. Er erinnerte sich nicht mehr an den Zweck, aber das damalige Motto war so dämlich wie einprägsam gewesen. ,*Mit Wurst und Wille!*'; ein Slogan, der wahrscheinlich dem verkoksten Hirn eines Marketing-Fuzzis entsprungen war. Er erinnerte sich, dass Martes ihm erzählt hatte, dass Eklund regelmäßig wohltätige Projekte finanzierte.

Er erinnerte sich an eine weitere Geschichte. Vor guten zehn Jahren berichteten die Medien, dass Eklunds Frau verschwunden war. Sie hatte ihn mit den Kindern sitzen lassen. Die Presse hatte sich erbarmungslos auf die Geschichte gestürzt. Prominenz war nicht immer von Vorteil. Als Hanibals Frau ihn verließ, stand es nicht in der Zeitung. Das war auch gut so. Mehr fiel Hanibal zu Eklund nicht ein.

Er fingerte eine Lucky Strike aus der Packung in seiner Manteltasche, als der nächste Nachrichtenblock begann. Es gab keinen Hinweis auf Eklund. Hanibal war glücklich, dass die Medien bisher nichts mitbekommen hatten. Er hasste es, wenn Kamerateams oder andere Medien-Vertreter ihn bei seiner Arbeit belästigten.

Die Wetternachrichten berichteten über 'Vivienne'. Der Orkan hatte sich vor einigen Tagen über dem Atlantik aufgebaut und bewegte sich nun von der Küste nach Westen. Die ersten Ausläufer waren für den späten Vormittag vorhergesagt. Den Höhepunkt, mit Windböen bis 190 km/h, kündigte die Sprecherin für den Abend an. Sie erwähnte die Warnmeldung des amtlichen Wetterdienstes. Demnach sollte der Aufenthalt im Freien unter allen Umständen vermieden werden. Danach gingen die Nachrichten nahtlos in die Pop-Charts über.

Er sah in der Ferne bereits den Anfang des Waldgebietes. Ein leichter Wind wogte die Wipfel. Bei dem Gedanken an den Orkan lief Hanibal ein Schauer über den Rücken.

Ihm kamen sporadisch Autos auf der Landstraße entgegen. Er selbst überholte einige Traktoren. Ungefähr 8 Kilometer vor dem Wald tauchte die bullige Front eines schwarzen Bentleys in seinem Rückspiegel auf. Der Wagen schloss rasch auf, wurde dann aber von einem entgegenkommenden Traktor am Überholen gehindert. Der Bentley-Fahrer betätigte die Lichthupe. Hanibal trat genötigt aufs Gas. Der Bentley fuhr so nah auf, dass Hanibal die Scheinwerfer nicht mehr erkennen konnte. Hinter dem Steuer saß ein grauhaariger Mann im Anzug, dessen Lippen sich hektisch bewegten. Als die Gegenfahrbahn frei war, scherte der Bentley aus und dröhnte an dem BMW vorbei. Hanibal überlegte, ob er den Drängler stellen sollte, entschied aber, dass dies ein Fall für die Verkehrspolizei sei. Der Bentley bog um die nächste Kurve und verschwand aus Hanibals Sichtbereich.

Fünfzehn Minuten, nachdem die Landstraße in den Wald führte, erreichte Hanibal die Zufahrtsstraße zum Schloss. Ein massiver Zaun war in die Landschaft eingebettet und gab deutlich die Grenze zum Eklundanwesen zu erkennen. Das schmiedeeiserne Tor war geöffnet. Daneben stand ein Streifenwagen. Ein uniformierter Beamter sicherte die Zufahrt. Es war Günther Polmann. Herzog kannte den Polizisten seit einigen Jahren aus dem Revier. Er stoppte und ließ das Fenster herab.

»Morgen Günther, wie geht´s? Bist Du der Erste?«

Polmann kaute auf einem Wurstbrötchen. »Morgen Hanibal. Nein, ich sichere nur die Zufahrt. Ich bin mit Schaefer gekommen. Cassidy war zuerst hier. Uns hat die Zentrale angetickt. Eigentlich kann sie von Martes erst danach eine Info erhalten haben. Ich weiß nicht, wie sie das geschafft hat.«

Herzog grinste. »Du kennst doch ihren Fahrstil, wenn sie es eilig hat.« Hanibal kannte ihren Fahrstil. Er war froh, dass er selber gefahren war.

»Sonst noch jemand?«, fragte Hanibal.

»Die SpuSi ist da. Rettungswagen. Notarzt. Das sind von unserer Seite alle. Du hast Dir ganz schön Zeit gelassen.«

Hanibal schüttelte den Kopf. »Wie meinst Du das? Von unserer Seite? Wer ist denn noch da?«

»Da ist Kirmes.«

Hanibal stutzte. »Presse?«

»Nein. Die nicht. In den letzten zwanzig Minuten sind hier jede Menge Leute aufgetaucht. Cassidy hat versucht, Ordnung in den Haufen zu bringen. Mich hat sie zum Sichern runtergeschickt.«

Hanibal schüttelte den Kopf. »Ok. Ich seh mir das an. Bitte lass niemanden mehr durch. Außer, wenn es unsere Leute sind. Keine Lieferanten, keine Postboten und insbesondere will ich keine Presse sehen. Alle anderen meldest Du bei mir oder Cassidy an. Wir werden dann sehen, was wir machen.«

Herzog hatte seinen Satz kaum beendet, als er einen Motor hinter sich auf der Zufahrtsstraße hörte. Er drehte sich herum und sah einen dunkelblauen Kombi.

»Wenn ich mich nicht irre, ist das der Reporter vom 'Tagblatt'. Ich hab keinen Schimmer, wie er das hier mitbekommen hat, aber jetzt kommt Dein Einsatz.«

Polmann biss in sein Brötchen und verdrehte die Augen.

Hanibal fuhr an. »Ich fahr zum Haus.«

Der Weg schlängelte sich über einen sanften Hügel durch den Wald, gefolgt von einer Brücke, die über einen Bachlauf führte. Nach einigen Minuten ließ er den Wald hinter sich, bog in eine Alle ein und sah in einem Kilometer Entfernung ein beeindruckendes Haupthaus. Die Straße war zu beiden Seiten von alten Eichen gesäumt. Auf halber Strecke der Allee kamen ihm ein Rettungs- und ein Notarztwagen entgegen. Der Fahrer des Notarztwagens grüßte ihn.

Die Allee endete auf einem großen Platz vor dem Haus. Cassidys orange-schwarzes Mini Cooper S Coupé parkte vor dem Springbrunnen, der den Mittelpunkt des Platzes bildete. Der schwarze Kastenwagen der Spurensicherung war längsseits der Treppe zur Eingangstür abgestellt. Daneben stand ein weißer Ford-Kombi. Das war Kramers Privatwagen. In einem großzügigen Carport, der links neben dem Vorplatz angelegt war, parkten einige Fahrzeuge. Hanibal lenkte seinen Wagen hinein und stellte ihn neben einem dunkelgrünen BMW Z4 ab. Er blickte sich um. Das Carport bot ausreichend Platz für 20 Fahrzeuge. In der hinteren Ecke stand ein schwarzer Bentley. Er stieg aus und ging zum Eingang.

Der dreigeschossige Ziegelbau zeichnete sich vor einem stahlgrauen Himmel ab und glich einer alten Filmkulisse. Efeu umrankte einen Teil der vorderen Fassade. Gute zwanzig Meter links von der reichverzierten Eingangstür bildete ein Turm eine Brücke zum Rest des Hauses, dessen oberes Drittel aus Fachwerk gefertigt war. Hinter dem Turm erkannte Hanibal weitere Gebäudeteile, die an das Hauptgebäude anschlossen. Er schätzte die ältesten Teile dieser herrschaftlichen Residenz auf das 17. Jahrhundert. Ein Weg führte links um das Haus herum und gabelte sich dort. Eine der Abzweigungen führte in den Wald, die andere um das Haus herum. Zur Rechten des Ziegelbaus schloss sich ein weiterer Fachwerkgebäudeteil an. Durch einen Torbogen konnte er in einen Innenhof blicken und sah einen weiteren Gebäudetrakt.

Er nahm die erste Stufe zur Eingangstür. Gleichzeitig öffnete sich die Tür schwungvoll und seine sechzehn Jahre jüngere Kollegin trat heraus. Sie zog eine Zigarette aus der Tasche ihrer braunen Lederjacke und fummelte ein Feuerzeug aus der Hosentasche ihrer engen Jeans. Sie zündete die Zigarette an und nahm einen tiefen Zug, den sie laut schnaufend ausstieß. Dann bemerkte sie Hanibal, der sie stumm vom Fuß der Treppe beobachtete.

»Schwerer Tag?«, fragte Hanibal. Cassandra Palatinos blaue Augen fixierten den Hauptkommissar. Sie setzte ein schiefes Lächeln auf. »Du hast Dir ganz schön Zeit gelassen.« Hanibal ignorierte die Begrüßung. Er zog seinerseits eine Zigarette aus dem Mantel und zündete sie an.

»Guten Morgen, Cassy. Wie ist die Lage?«

Sie verdrehte die Augen. »Zirkus.«

Sie klemmte die Zigarette zwischen die Lippen und fuhr sich mit beiden Händen durch die dunklen Haare ihrer Bobfrisur.

»Ich spiele seit einer halben Stunde Empfangsdame. Es ist kurz nach Acht und hier geht´s zu, wie am Drive-In. Nur ohne Essen! Eklunds Tochter und ihr Freund haben mich begrüßt. Das Hausmädchen und der Gärtner waren auch noch da. Alles war entspannt. Dann ging´s los. Der MX-5 dahinten«, sie deutete zum Carport, »gehört Eklunds Chauffeurin. Die ist kurz nach mir angekommen. Dann ist Eklunds Sohn mit seinem Fiffi-Freund aufgetaucht. Dann ein Kerl im Peggy-Bundy-Look. Zu guter Letzt noch ein schmieriger Typ, der aussieht wie einer von den Corleones.«

Hanibal schaute sie fragend an.

»Corleone? Der Pate? Kennst Du doch, oder?«

Hanibal nickte.

»Der Typ hat sich als Eklunds Anwalt vorgestellt.«

»Gehört ihm der Bentley?«, fragte Hanibal.

Cassidy zuckte mit den Schultern. »Weiß nicht. Ich war damit beschäftigt, die Leute aus Eklunds Arbeitszimmer raus zu halten. Dann sind endlich Polmann und Schaefer gekommen. Ich habe Polmann sofort zum Tor geschickt, damit er uns weitere Leute vom Hals hält. Er hat vorhin durchgesagt, dass jemand von der Presse da ist.«

»Ja, habe ich mitbekommen. Wie sieht's drinnen aus?«

»Schaefer spielt Kindermädchen. Die SpuSi fängt gerade an. Wir könnten hier etwas mehr Unterstützung brauchen.«

»Kriegen wir nicht. Die bereiten sich alle auf den Unwettereinsatz vor. Hast Du gestern etwa nicht die Einsatzbefehle gelesen?«, erklärte Hanibal.

»Willst Du mich verarschen? Wann denn? Falls Du Dich erinnerst, waren wir in der Dönerbude.«

Hanibal schenkte ihr ein mildes Lächeln. »Staatsanwaltschaft?«

»Bisher keiner da. Wer soll kommen? Die Falkenhain? «

»Wahrscheinlich.«

Cassidy nahm das Kinn zurück und formte einen Überbiss. Sie gab ein schnalzendes Geräusch von sich und lispelte juristische Floskeln.

»Magst Du sie etwa nicht?«

»Wie kommst Du denn darauf?« Sie verdrehte die Augen und führte ihre Imitation weiter fort.

Er blickte sie strafend an. »Das beruht wohl auf Gegenseitigkeit. Ich denke, es liegt an eurer grundsätzlich unterschiedlichen Auffassung von Notwendigkeiten im Einsatz.«

»Pah! Die stellt sich aber auch immer an. Die furzt in Ihren Sessel und hat keine Ahnung, was wir hier draußen machen. Kannst Du Dich noch an die

Geschichte mit dem Rasenmäher erinnern? Ich hab dem dem Typen nur die Hand gebrochen, aber sie tut so, als hätte ich ihm einen Schuss in die Brust verpasst. Ich habe ihr damals gehörig die Meinung gesagt.«

»Ja, ich erinnere mich.« Er nahm einen Zug von der Zigarette. »Ich erinnere mich aber auch an die Sache im Blumenladen, die Geschichte mit dem Spargelstecher, die Verfolgungsjagd mit dem Handyverkäufer, Deine Aktion auf der Auto-Messe, Dein ... «

»Ja, ist gut«, unterbrach sie ihn und zog unschuldig blickend an ihrer Zigarette.

»Was ist mit dem Tatort?«, lenkte Hanibal das Gespräch um.

»Also DEN, mein Lieber, solltest Du Dir besser selbst ansehen«, spöttelte sie. »Das hast selbst Du noch nicht gesehen.« Sie nahm den letzten Zug ihrer Zigarette und trat sie auf dem Boden aus.

»Ach Cassy, musst Du immer so einen Dreck machen?«

Herzog zog ein kleines Edelstahlkästchen aus der Manteltasche. Er zog es auseinander. Ein kleiner Hohlraum öffnete sich. Er drückte seine Zigarette darin aus, schob das Kästchen wieder zusammen und ließ den Taschenaschenbecher in die Manteltasche gleiten. »Mädchen, so macht man das.«

Sie blickte ihn ungläubig an. »Bist Du jetzt bei Greenpeace oder hast Du zuviel MacGyver gesehen?«

Er verdrehte die Augen. »Das hat etwas mit Respekt vor fremden Eigentum zu tun.«

»Ja, Ja. Hast recht.«

»Du weißt was ‚Ja. Ja.‘ bedeutet, oder?«

»Ja.« Sie lächelte ihn an. »Willst Du erst die Zeugen oder den Tatort sehen?«

»Tatort« entgegnete Herzog. »Schon gefrühstückt?«

»Kaffee! Und Du?«

»Dito.«

Sie betraten das Gebäude. Ritterrüstungen mit vorgehaltenen Piken säumten beide Seiten der Eingangstür. Sie blickten Pendants mit Hellebarden entgegen, die den Aufgang zu einer breiten Freitreppe bewachten. Die Treppe führte auf eine Galerie. Hanibal bewunderte die hohen Decken. Bei seinem Blick in die Weite des Raumes, bemerkte er weitere Türen und Gänge, die ins Haus führten.

»Ist ja das reinste Labyrinth hier«, stellte er fest.

»Ja, und gut bewacht«, grinste Cassidy zurück.

»Wo sind die Zeugen?«

»Den Gang rechts, nächste Treppe hoch, danach links und dann immer dem Gang folgen. Da gibt es einen großen Saal. Dort habe ich alle untergebracht.«

»Wo ist Eklund?«

»Im Arbeitszimmer. Oben im Turm.« Sie deutete nach links. »Dort entlang. Dann die Treppe hoch.«

»Ist Dir an den Zeugen etwas Verdächtiges aufgefallen?«

»Nicht wirklich. Das Hausmädchen hat Eklund

heute Morgen sein Kaffee gebracht. Dabei hat sie ihn gefunden. Muss einen ziemlichen Zusammenbruch gehabt haben. Hat immer noch geheult, als ich angekommen bin. Der Gärtner hatte die ganze Zeit versucht, sie zu beruhigen. Seltsamer Typ. Die Tochter wirkt ziemlich gefasst. Heißt Ricarda. Den Notruf hat übrigens der Freund von Frau Eklund abgesetzt.«

»Freund?«, fragte Hanibal.

»Heißt Magnus von *Irgendwas*. Schmieriger Typ. Hat versucht, sich bei mir einzuschleimen. Hat aber den Charme einer Nacktschnecke. Du weißt ja, wie ich vor dem Frühstück auf so etwas reagiere.«

»Cassy. Komm schon. Etwas Professioneller, bitte. Er wollte wahrscheinlich nur freundlich sein.«

»Ja, ja, ist gut. Heißt Magnus vom Sengerberg. Er kommt mir irgendwie bekannt vor. Ich könnte schwören, dass ich das Gesicht schon einmal gesehen habe. Er hat sich nach seiner 'äußerst freundlichen' Begrüßung im Hintergrund gehalten.« Sie legte eine kurze Pause ein und grinste »Und dabei wirkte er ziemlich schmierig.«

Hanibal blickte sie strafend an. Sie fuhr fort. »Ich habe nicht mehr viel von ihm gesehen. Der große Empfang ging los und ich hatte viel zu tun.«

Hanibal gähnte. »Na dann. Bring mich zur Leiche.«

Er deutete Cassidy mit der offenen Hand an, vorauszugehen. Als sie an ihm vorüber schritt, blieb sein Blick einen Augenblick auf ihrem verlängerten

Rücken hängen.

Cassidy entging dies nicht. »Schwelgst Du in Erinnerungen? Wie sieht er aus? So gut wie früher?«

Hanibal fühlte sich erwischt. Ein Hauch Röte stieg ihm ins Gesicht. »Ähem. Ich. Also, ich habe gedacht, da wäre ein Fleck auf der Hose.«

Sie zwinkerte und warf ihm eine angedeutete Kusshand zu. »Wenigstens Einer, der auf mich aufpasst.«

»Ich kann Dich ja nicht schmutzig rumlaufen lassen.«

Beide lächelten.

Sie folgten einem kurzen Flur in eine kleinere Halle. Eine Treppe führte nach oben.

»Willkommen in Rapunzels Turm«, sagte Cassidy.

Sie stiegen die Stufen hinauf und hörten auf halbem Wege bereits die Stimmen der Spurensicherer. Die Treppe endete vor einer offen stehenden Eichentür. Sie betraten den Raum und Hanibal stieg der Duft von edlem Holz und Leder in die Nase. Im Hintergrund lag aber auch der penetrante Geruch eines kürzlich vergangenen Todes. Der Leiter der Spurensicherung, Paul Kramer, stand neben dem Schreibtisch. Auf dem Stuhl saß ein lebloser Körper. Drei Personen in weißen Overalls und Atemschutzmasken gingen ihrer Arbeit nach. Einer tütete mit einer Pinzette Fasern in Probenbeutel ein. Ein weiterer puderte Fingerabdrücke ab, während der Dritte den Tatort fotografierte.

Hanibal schätzte den achteckigen Raum auf vierzig Quadratmeter. Dunkles Weineichen-Parkett stand im Kontrast zum helleren Holzton der Wandvertäfelung. Ein Flachbildfernseher, massive Holzregale, Aktenschränke, Sideboards und eine Glasvitrine säumten die Wände. Weinrote Chesterfield Ledermöbel waren um einen Tisch platziert. Neben einem der Sofas stand ein niedriger Tisch mit Kristallgläsern und einer Karaffe mit bernsteinfarbenen Inhalt. *Wahrscheinlich Whisky.*

In der Mitte des Raumes lag ein Tablett, umgeben von den Scherben eines Kaffeeservices. Eine verschlossene Kanne aus Edelstahl vervollständigte das Bild. Neben den Scherben und der Kanne waren Beweisnummernschilder platziert. Sein Blick verharrte auf Innenseite der Tür. Der Schlüssel steckte im Schloss. Neben der Tür hing ein großes Familienportrait. Ein Ehepaar mit zwei Kindern. *Familie Eklund*

Kramer trat ihnen zur Begrüßung entgegen.

»Guten Morgen Cassandra. Hallo Hanibal.«

»Hallo Paul«, erwiderte Hanibal. Herzog und Kramer waren seit mehr als zehn Jahren Kollegen und schätzen jeweils die seniore Kompetenz des anderen. Cassidy nickte ihm lächelnd zu. Außer Kramer sprach sie niemand mit ihrem vollständigen Namen an.

Sie schlenderten gemeinsam zum Schreibtisch.

»Wie läuft´s?«, fragte Hanibal.

»Nun ja. Es muss!«, meckerte Kramer. »Vor dem

Frühstück zum Tatort gerufen zu werden, ist kein Vergnügen. Ich mache es kurz. Das Opfer ist Heinrich Eklund. Er ist tot.«

»1 A Diagnose«, warf Cassidy ein und blieb vor dem Schreibtisch stehen.

Kramer schüttelte kurz den Kopf. »Die Todesursache ist ein Hirntrauma. Herbeigeführt durch den Absatz eines Damenpumps.«

Eklunds lebloser Körper saß auf einem ledernen Schreibtischstuhl. Der Oberkörper lag vornübergebeugt auf dem italienischen Gründerzeit-Schreibtisch. Ohne die Blutlache und das Rinnsal, das sich über die Tischplatte und den Fußboden ausbreitete, wirkte er, als wäre er eingeschlafen. Einem friedlichen Einschlafen zuwider zeugte aber ein grauer Stiletto, dessen Absatz bis zum Anschlag in Eklunds Auge versenkt war.

»Können wir einen Unfall ausschließen?«, formulierte Hanibal eine Standardfrage.

Cassidy blickte ihn mit großen Augen an. »Der Mann sitzt am Schreibtisch und hat einen Schuh im Kopf. Was soll das für ein Unfall gewesen sein?«

»Sex!«, antwortete ihr Vorgesetzter. »Wir sollten nichts ausschließen.«

Kramer räusperte sich. »Danach sieht es wirklich nicht aus. Die Hose ist geschlossen. Es sieht nicht aus, als hätte ihn jemand wieder angezogen.«

Kramer ging um den Stuhl herum. »Ich wollte den Schuh gerade entfernen. Ich will mir die Länge des Absatzes ansehen.«

Cassidy warf einen Blick auf den Schuh. Ein Pumps aus grauem Schlangenleder mit Plateausohle. Unter den Blutflecken war deutlich eine rote Einfärbung der Sohle zu erkennen.

»15 cm!«, stellte sie nüchtern fest. Herzog und Kramer blickten sie fragend an. »Leute, das ist kein einfacher Schuh. Das ist ein Louboutin, Modell Bianca in der Python Ausführung. Ist inzwischen ein älteres Modell, hat neu aber mindestens 600 Euro gekostet.«

Beide Männer waren von Cassidys ausführlicher Analyse des Mordinstrumentes überrascht. Sie lächelte herb. »Ach Jungs, auch wenn ihr es nicht glaubt. Ich bin eine Frau.«

Kramer blickte wieder zum Schuh. »Gut. Damit hätten wir die Mordwaffe also genauer spezifiziert.«

»Das ist keine billige Mordwaffe«, sagte Herzog.

»Und der Mörder hat Stil«, fügte Cassidy hinzu.

Herzog verdrehte die Augen. »Es muss einen zweiten Schuh geben. Paul, habt Ihr den gefunden?«

Kramer schüttelte den Kopf. »Nein, bisher nicht.« Er deutete auf das Opfer. »Aber es gibt noch eine andere Sache. Eklund hat eine Beule am Hinterkopf. Sieht aus, als hätte er einen Schlag mit einem stumpfen Gegenstand abbekommen. Von seinem Schreibtisch hatte er die Tür im Blick. Man kann also ausschließen, dass sich jemand von hinten angeschlichen hat.«

»Na, dann kann es wirklich kein Unfall gewesen sein«, warf Cassidy ein.

»Nicht so voreilig«, sagte Herzog. »Wie sieht der restliche Tatort aus? Kampfspuren?«

Kramer schüttelte den Kopf. »Nein. Nichts ist durcheinander. Alles steht an seinem Platz. Bisher nur das Blut vom Opfer. Wir haben einige Haare gefunden, ein paar Fingerspuren. Hier und da eine Stofffaser. Nichts, was nicht hierher passt.« Kramer lenkte die Aufmerksamkeit der beiden auf einen blutigen Handabdruck. »Hier am Rand der Blutlache auf dem Schreibtisch ist ein Abdruck.«

»Der müsste vom Hausmädchen sein«, bemerkte Cassidy. »Sie hat Blut an der Hand.« Sie deutete auf das Tablett in der Mitte des Raumes. »Und das ist ihr Scherbenhaufen.«

Hanibals Blicke wanderten wieder durch den Raum. Eine der Wände war mit gekreuzten Schwertern dekoriert. Eine andere Wand zierten acht Schusswaffen. Alte Steinschlosspistolen. Verzierte alte Colts mit Perlmuttgriffen. Ein LeMat Perkussionsrevolver. An der nächsten Pistole blieb sein Blick haften. Eine Mauser C96. Er mochte diese Waffe wegen des langen Laufs und dem, vor dem Abzug gelagerten Magazin. Das Design der Pistole aus den Anfängen des 20. Jahrhunderts hatte ihn stets fasziniert. Es war seiner Zeit um Jahrzehnte voraus gewesen.

Seine Augen verweilten kurz an schmiedeeisernen Wandleuchtern und wanderten weiter zu den großen Sprossenfenstern neben Eklunds Schreibtisch. Er beendete seinen Rundblick auf

Eklunds Leichnam. Dann ging er stumm neben der Leiche in die Knie. Eklunds Arme hingen schlaff herab. Hanibals Blick fiel auf seine linke Hand. Er fasste danach und drehte sie herum. In der Innenfläche sah er eine rote Blessur von der Größe einer Centmünze. »Paul, sieh Dir das an.«

Kramer kniete sich neben Hanibal.

»Bluterguss«, kommentierte Kramer. »Hatte ich noch nicht gesehen. Gut gemacht, Hanibal.« Er winkte den Fotografen heran. Wenige Augenblicke später schoss er bereits die ersten Bilder. »Wenn Du irgendwann von der Straße willst, dann kannst Du bei uns anfangen. Ich leg´ ein gutes Wort für Dich ein.«

Der Gerichtsmediziner untersuchte den Leichnam weiter.

Hanibal nahm Cassidy zur Seite und flüsterte, »Jetzt können wir einen Unfall ausschließen. Der Bluterguss ist eine Abwehrverletzung. Die Größe stimmt wahrscheinlich mit dem Absatz überein.«

»Wollen wir jetzt den Schuh rausziehen?«, fragte Cassidy.

»Das wird nichts für schwache Nerven«, sagte Kramer.

»Ach, ich bin hart im Nehmen«, antwortete Cassidy. »Hanibal?«

»Machen wir es.«

»Michael, kannst Du uns hier mal helfen.« Der Fotograf, Michael Korf, stand umgehend mit einem Plastikbeutel bereit.

26

Kramer richtete Eklund auf und legte seinen Kopf in den Nacken. Er fasste den Schuh und zog langsam daran. Ein schmatzendes Geräusch begleitete die Aktion. Mit einem knirschenden ,*Plopp*' verließ der metallbesetzte Absatz die Augenhöhle. Ein Schwall wässriger, roter Flüssigkeit trat aus der Wunde. Kramer begutachtete den Schuh. Gewebereste bedeckten den Absatz über seine gesamte Länge. Einige Spritzer der Flüssigkeit besudelten das teure Leder.

»Größe 41«, kommentierte Kramer. Er reichte den Schuh dem Fotografen. Korf nahm den Schuh mit spitzen Fingern entgegen und ließ ihn in den Probenbeutel gleiten. »Und die Totenstarre hat noch nicht komplett eingesetzt.«

Herzog wandte sich an Kramer. »Gut. Wir haben hier alles gesehen. Wir nehmen uns jetzt die Zeugen vor. Ihr macht hier weiter. Wir werden Referenzabdrücke und DNS-Proben von den Anwesenden nehmen müssen. «

Kramer nickte. »Ja. Lass mich wissen, wann ihr uns braucht. Ich schicke dann jemanden vorbei. Ich werde inzwischen Eklunds Transport in die Gerichtsmedizin organisieren.«

08:50 Uhr

Sie verließen den Turm und gingen durch die Eingangshalle in den Ostflügel des Hauses.

»Was meinst Du?«, fragte Cassidy.

»Weiß nicht. Es sieht aus, als war jemand wütend auf den alten Eklund. Wir werden abwarten, was die Zeugen sagen. Obwohl man im Augenblick noch nicht von Zeugen sprechen kann. Die meisten von sind ja erst später eingetroffen. Ich vermute aber, dass sie alle nicht zufällig hier aufgetaucht sind.«

Sie stiegen eine Treppe hinauf. Auf dem Absatz folgten sie einem Gang, der vor einer weiteren doppelten Eichentür endete.

Hanibal zog die Tür auf. Vom Quietschen der Tür aufgeschreckt fuhren alle Köpfe gleichzeitig herum und blickten Hanibal an. Und er blickte zurück. Der Saal maß gute 100 Quadratmeter. Ein Tisch mit dreißig Stühlen dominierte die Mitte des Raumes. Zur Rechten der Eingangstür befand sich eine Nische mit einem überdimensionierten Buffetschrank. Die Maserung des Holzes spiegelte sich im Chrom einer italienischen Kaffeemaschine. Benutzte Tassen zeugten davon, dass die Maschine bereits in regem Einsatz war. Neben dem Schrank führte eine Tür aus dem Raum heraus. Die linke Wand zierten ein riesiges Landschaftsgemälde, eine Standuhr und fünf Ritterrüstungen. Am hinteren Kopfende des Tisches saßen zwei junge Männer. Der eine unscheinbar und ohne besondere Merkmale.

28

Den anderen umgab eine Corona der Eitelkeit. Er erinnerte Hanibal an einen Pfau. Er war braun gebrannt. Seine Haare waren gelblond gefärbt. Er trug einen hellblauen Anzug. Das Jackett hing über der Stuhllehne. Das rosafarbene Hemd trug er, mit viel goldenen Schmuck, weit geöffnet. Er wippte mit dem Stuhl und trommelte ausdauernd mit den Fingern auf dem Tisch. An der Fensterfront hinter den beiden stand eine große Frau. Sie trug ihre roten Haare auftoupiert und hatte das Panorama aus Vorplatz und Wald betrachtet. Im hinteren Teil des Raumes befand sich auf der rechten Seite eine weitere Nische vor einem Kamin. Dort führte eine weitere Tür aus dem Raum heraus. Vor der Tür stand eine Sitzgruppe aus Ledermöbeln. In einem Zweisitzer saß eine schwarzgekleidete Frau mit einer weißen Schürze, die Hanibal auf Mitte Zwanzig schätzte. Er tippte auf das Hausmädchen. Eine junge, sportliche Frau mit rotblonden Haaren hielt ihre Hand. Eine Brünette mit kurzer Lockmähne saß auf der Lehne und redete beruhigend auf sie ein. Ein Endfünfziger im dunklen Anzug, mit grauen zurückgekämmten Haaren und ein jüngerer, blonder Mann, saßen in den Sesseln daneben. Ein vierschrötig wirkender Mann in grüner Arbeitskleidung schürte das Feuer im Kamin mit einem langen Haken.

Hanibal zählte durch. Neun Personen, vier Frauen und fünf Männer.

Am vorderen Ende des Tisches saß ein

uniformierter Beamter. Es war Gerhard Schaefer, den Cassidy zur Aufsicht zurückgelassen hatte. Er hielt die Szenerie im Blick. Als er Hanibal und Cassidy bemerkte, wirkte er erleichtert. Er stand auf und kam ihnen entgegen.

»Morgen Gerd. Vorkommnisse?«, fragte Herzog leise.

»Nein«, flüsterte Schaefer zurück. »Ich habe die Personalien aufgenommen. Die Leute verhalten sich ruhig. Einige fragen, wie lange wir sie noch festhalten.« Schaefer nickte mit dem Kopf in Richtung des Pfaus. »Blondie war besonders nervig.«.

»Der da«, Schaefer deutete in Richtung des älteren Mannes im dunklen Anzug, »ist Anwalt. Er ist nicht damit einverstanden, dass er sofort von Cassidy in diesen Raum gesteckt wurde. Er hat sich aber trotz Cassidys einfühlsamer Worte und Begrüßung bisher ruhig verhalten.«

Hanibal warf seiner Kollegin einen fragenden Blick zu. Er wusste, was Schaefer mit Cassidys ‚einfühlsamer Art‘ meinte. Sie kannte viele Schimpfworte, die sie kreativ kombinieren konnte. Cassidy zuckte mit den Schultern und blickte ihn gespielt unschuldig an. »Ja. Ich hatte heute Morgen auch schon eine klitzekleine Rechtsbelehrung. Du weißt ja, wie auf Besserwisserei vor dem Frühstück reagiere.« Sie deutete an, sich den Finger in den Hals zu stecken.

Hanibal erkannte den Anzugträger. Es war der

Drängler aus dem schwarzen Bentley.

»Ihr werdet es nicht glauben. Den Herren habe ich heute Morgen auch schon kennengelernt.«

Schaefer deutete zur Sitzgruppe. »Die junge Frau im Sessel ist das Hausmädchen. Bis vorhin hat sie noch geweint. Hat sich vor ein paar Minuten beruhigt.«

Cassidy schaute Hanibal mit großen Augen an. »Showtime?«

»Irgendwann müssen wir ja anfangen.« Er trat einige Schritte vor. »Meine Damen und Herren. Guten Morgen. Ich bin Hauptkommissar Herzog vom Morddezernat der Kripo. Meine Kollegin, Frau Oberkommissarin Palatino, haben sie bereits kennengelernt.«

Cassidy hob die Hand. Sie lächelte aufgesetzt und winkte in die Runde.

»Sie haben mitbekommen, dass Herr Eklund tot aufgefunden wurde. Daher sind sie alle Zeugen in einer laufenden Morduntersuchung. Damit wir ihre Beteiligung an Herrn Eklunds Ableben ausschließen können, werden wir ihnen einige Fragen stellen.«

Bevor Hanibal zu seinem nächsten Satz kam, sprang der Pfau von seinem Stuhl auf. Seine nasale Stimme klang schrill in Hanibals Ohren. »Aber ich habe ihn nicht getötet. Sie haben kein Recht, mich hier gefangen zu halten.«

Herzog schaute ihn durchringend an. »Und wer sind Sie?«

Der junge Mann hatte einen herablassenden Unterton in der Stimme. »Sie werden mich doch wohl kennen. Ich bin Rodrigo zu Braun.« Er blickte auf den jungen Mann neben sich herunter. »Mich kennt man doch wohl.«

»Nun, Herr Braun«, erwiderte Hanibal.

»...zu Braun. So viel Zeit muss sein« unterbrach er Hanibal.

Hanibal schnaufte kaum hörbar. Er atmete durch und setzte erneut an. »Also gut. Herr zu Braun. Waren Sie bereits einmal Verdächtiger in einem Mordfall oder sind zu Tode gekommen?«

»Was ist denn das für eine Frage?«, erwiderte zu Braun hochnäsig, pikiert. »Nein. Natürlich nicht!«

»Also? Wieso sollte ich Sie dann kennen?«, sagte Hanibal und drehte sich zu Cassidy. Er verdrehte die Augen. Cassidys Antwort war ein stures, stummes Lächeln.

Der Pfau war aufgebracht. »Das ist ja eine Unverschämtheit.« Er schnappte hastig nach Luft und saugte einen Zug aus einem Asthmainhalator.

Der junge Mann neben zu Braun blickte entschuldigend zu Herzog. Er schüttelte kaum merklich den Kopf, was außer Herzog aber niemand bemerkte.

»Bevor Herr zu Braun uns unterbrochen hat«, fuhr Hanibal fort, » wollte ich mich eigentlich bei ihnen für die Unannehmlichkeiten entschuldigen. Wir hoffen auf ihre Unterstützung, um die Umstände von Herrn Eklunds Ableben lückenlos aufzuklären.«

Draußen donnerte es. Die Standuhr schlug Neun.

Die Frau am Fenster meldete sich mit rauchiger

Stimme zu Wort. »Wieso denn Kripo?« Herzog betrachtete sie. Sie trug ein eng anliegendes Kleid in Leopardenoptik. Um ihren Hals lag eine rote Federboa. Das Rouge und der Lippenstift waren in übertriebener Menge und Farbe aufgetragen, und die Schuhe in Leopardenoptik nahmen die Farbe der Boa wieder auf. Hanibal erinnerte ihr Aussehen an die Darstellerin einer Sitcom aus den 1990er Jahren.

»Könnten Sie mir bitte ihren Namen sagen, Frau ...?«

»Lola d´Amour.« Sie warf ihm einen verführerischen Blick zu. »Nennen Sie mich Lola.«

»Wie bitte?«, fragte Herzog. Er drehte seinen Kopf erneut zu Cassidy.

Cassidy trug den gleichen Gesichtsausdruck wie zuvor. Sie blinzelte zwei Mal. Er erinnerte sich an Cassidys Worte. Ein Mann in ‚Damenkleidung'.

»Frau 'Lola', bei unklaren Todesfällen wird grundsätzlich die Kriminalpolizei verständigt.«

»Aha. Ich weiß zwar nicht, was passiert ist, aber mit mir redet ja sowieso niemand.« Lola zwinkerte ihm auffällig zu. »Auf meine Hilfe können Sie zählen.«

Aus der Richtung des Kamins ertönte ein lautes, metallisches Scheppern.

»`tschuldigung«, brummte der Mann in der grünen Latzhose. Der Schürhaken lag auf dem Boden. Er starrte Lola an. Während er den Haken aufhob, wanderte sein Blick zu Hanibal. Der Kommissar musterte ihn. Der Mann war Ende Vierzig. Dichte, dunkle Augenbrauen säumten dunkle Augen. Der ernste Blick und die grobe Statur verliehen ihm ein düsteres Erscheinungsbild. Hanibal schloss aufgrund der Farbe der Hose, dass es sich um den Gärtner handelte.

»Die Spurensicherung untersucht Herrn Eklunds Arbeitszimmer. Mein Kollege hat bereits ihre Personalien aufgenommen. Wir müssen sicherstellen, dass wir alle Fingerabdrücke korrekt zuordnen können. Wir werden daher zusätzlich Fingerabdrücke und DNS-Proben von ihnen nehmen müssen.«

Der Inhalator zische erneut und zu Brauns quäkende Stimme ertönte erneut. »Ich lasse mich doch hier nicht wie einen Schwerverbrecher behandeln! Robert! Jetzt sag doch auch mal was!« Er drehte sich theatralisch zu dem jungen Mann neben ihm.

Der Unauffällige antwortete, »Rigo, mein Vater ist gestorben. Um Himmels Willen. Lass den Kommissar seine Arbeit machen und benimm dich nicht so zickig.« Er blickte zu Herzog hinüber. »Herr Kommissar, bitte entschuldigen Sie meinen Freund. Er ist sehr sensibel. Selbstverständlich werden wir alles tun, was Sie sagen.«

Herzog nickte Robert Eklund zu. »Besteht die Möglichkeit, dass wir die Aussagen in einem getrennten Raum aufnehmen?«

Der junge Eklund wirkte verunsichert. Er drehte hilfesuchend den Kopf.

»Das ist kein Problem. Es gibt in diesem Haus genügend Räume«, erklang die Stimme der

Brünetten mit der Lockenmähne.

»Das ist die Tochter«, flüsterte Cassidy.

Herzog nickte.

»Frau Eklund?«, fragte Hanibal.

»Richtig.« Sie erhob sich von ihrem Platz und schritt auf Hanibal zu. Die Blicke der anderen folgten ihr. Eine selbstbewusste Aura umgab die junge Frau.

»Ricarda Eklund. Herr Kommissar, ich werde Sie mit allem Notwendigen unterstützen.« Sie blickte zu Braun an. »Andere mögen das vielleicht anders sehen.« Als sie Hanibal gegenüber stand, senkte sie die Stimme und fügte für die anderen nicht hörbar hinzu, »,Sensibel' ist offensichtlich eine andere Bezeichnung für Arschloch.«

Hanibal konnte sich ein Grinsen nicht verkneifen.

Sie hob die Stimme wieder an, »Was brauchen Sie?«

»Zwei Räume. Einen, um die Aussagen aufzunehmen. Einen Weiteren, damit wir die Vergleichsproben nehmen können«, sagte Hanibal

Sie deutete zur Tür hinter der Sitzgruppe. »Wir können den Rauchersalon im Nebenzimmer und eines der Lesezimmer nehmen.«

»Perfekt. Gehe ich recht in der Annahme, dass die junge Dame dort hinten im Sessel die Hausangestellte ist, die Ihren Vater aufgefunden hat?«

»Korrekt. Das ist Dolores. Ich war gerade auf dem Weg in die Fabrik. Kurz bevor ich aus dem Haus ging, habe ich ihren Schrei gehört. Ich bin sofort in den Turm gelaufen. Sie saß weinend auf dem Sofa.«

»Wissen Sie, wie das Blut an ihre Hand gekommen ist?«

»Ja. Sie hat sich am Schreibtisch abgestützt. Sie hat gesagt, sie wäre beinahe in Ohnmacht gefallen.«

Er drehte sich zu Cassidy. »Wir fangen mit ihr an. Dann kann sie sich die Hände waschen.«

Cassidy nickte.

»Herr Polizeiobermeister Schaefer. Verständigen Sie die Kollegen von der Spurensicherung.«

Hanibal liebte die förmliche Ansprache mit vollem Dienstgrad vor Zivilisten. Schaefer kannte Hanibals Marotte und antwortete zackig, »Jawoll, Herr Kriminalhauptkommissar.« Er drehte sich schneidig um und verließ den Raum.

»Was ist danach passiert?«, fragte Herzog.

Sie deutete auf den blonden Mann in der Sitzgruppe. »Mein Verlobter hat den Schrei ebenfalls gehört. Er ist ins Büro gekommen.« Sie sammelte ihre Gedanken. »Wir haben Dolores zur Halle gebracht und Magnus hat die Polizei gerufen. Das muss so gegen Viertel nach Sechs gewesen sein.«

»Ist ihr Vater immer so früh in seinem Arbeitszimmer?«

»Ja. Freitags arbeitet er immer hier zu Hause. Er fängt meistens gegen halb sieben mit der Arbeit an. Am späten Vormittag kommt dann gewöhnlich Anika mit den Wochenberichten.«

»Anika?«, fragte Herzog.

»Anika Fux. Sie leitet das Büro in der Fabrik.

Buchhaltung, Gehälter, Post. Sie wissen schon.«

Hanibal nickte.

»Und Sie Frau Eklund? Sie fahren auch immer um diese Zeit ins Büro?«

»Nein. Nur an Tagen wie heute, wenn die großen Fleischlieferungen aus Nepal kommen. Wegen der Zeitverschiebung. Falls es zu Reklamationen kommt, kann ich so etwas direkt mit den Lieferanten in Kathmandu klären. Sie wissen schon.«

Hanibal wusste nichts. »Ähem. Nein. Fleisch? Nepal? Kathmandu?«

»Tiefgekühltes Yakfleisch und Yakmilch«, sagte Ricarda.

Cassidy schaltete sich ein. »Hanibal, die Eklundwerke sind der Hersteller berühmten Yakwurst.«

Ricarda strecke den Rücken durch. »Europaweit. Wir exportieren auch nach Österreich und in die Schweiz sowie nach Frankreich, die Beneluxländer und Italien.«

Cassidy hob die Augenbrauen. »Ich liebe die Yakwurst. Besonders die Mortadella.«

Ricarda setzte ein Verkäuferlächeln auf. »Danke.«

Cassidy fragte weiter. »Wie bekommen ...?«

Hanibal fiel ihr ins Wort. »Meine Damen! Bitte!«

»Entschuldigen Sie, Herr Kommissar. Als Geschäftsführerin für Vertrieb und Einkauf in unserem Familienunternehmen, werde ich immer schnell enthusiastisch, wenn es um die Firma und unsere Produkte geht.« Sie lächelte Cassidy zu.

»Insbesondere, wenn man vor einer zufriedenen Kundin steht.«

»Da sind Sie bei Kommissarin Palatino an der richtigen Adresse. Ohne Fleisch zum Frühstück ist sie nicht zu genießen. Frau Eklund, gestatten Sie mir eine Frage. Wieso sind so viele Leute hier? Ist das um diese Uhrzeit ein Normalzustand im Hause Eklund?«

»Nein. Eigentlich nicht. Sonst sind nur mein Verlobter, ich und die Leute vom Personal hier. Manchmal Robert. Magnus hat Herrn Schickfuß angerufen. Das ist der Herr im Anzug. Meinen Bruder habe ich aber nicht vor Sonntagabend zurückerwartet. Seinen Freund«, sie atmete kurz durch, »erst recht nicht.« Sie flüsterte wieder, »ich mag ihn nicht.«

»Kann ich verstehen«, sagte Cassidy. Für die Aussage erntete sie einen strengen Blick von Hanibal.

»Und was ist mit Frau Lola?«, fragte Herzog.

»Das ist mein Onkel Klaus. Ihm gehört der Nachtclub *Slips-Off* in der Stadt. Er kommt manchmal nach der Arbeit vorbei, wenn er mit meinem Vater etwas Geschäftliches zu besprechen hat. Die Besprechungen finden dann meistens recht früh statt. Da er dann die ganze Nacht durchgearbeitet hat, ist es für ihn aber erst früher Abend. Er lebt sozusagen in einer anderen Zeitzone. Ich wusste nicht, dass er heute kommen wollte.«

»Wer gehört zum Personal?«

38

»Lore, ich meine Dolores di Fonte, unsere Hauswirtschafterin.« Dann deutete sie auf die Rotblonde. »Verena Christ. Sie ist die Chauffeurin meines Vaters.«

Herzog sah zu den beiden herüber.

»Und Erik Fischer. Unser Gärtner.«

»Ihre Angestellten wohnen hier im Haus?«, fragte Herzog.

»Erik ja. Die anderen Beiden nur zeitweise. Das Haus ist groß genug. Hier gibt es ausreichend Platz. Sie wohnen auf der anderen Seite des Innenhofes. Sie haben Innenhof bemerkt?«

Cassidy lächelte. »Nein. Wir haben noch nicht an der Schlossführung teilgenommen.«

Ricarda verstand die Andeutung. »Entschuldigen Sie. Ich vergesse manchmal die Ausmaße des Hauses. Ich bin hier aufgewachsen. Ihnen muss es riesig erscheinen.«

»Es hat nicht ganz die Größe des Hotels aus ‚Shining‘, aber es kommt nahe heran«, unterbrach Cassidy.

Diese Anspielung verstand Ricarda nicht. »Ich erkläre es Ihnen. Den linken, vorderen Teil des Gebäudes haben meine Eltern bewohnt. Seit meine Mutter uns verlassen hat, lebt mein Vater dort alleine. Mein Wohnbereich ist im Obergeschoss des linken Flügels. Mein Bruder Robert bewohnt einige Räume im Obergeschoss des rechten Flügels, inklusive des zweiten Turms. Hier im vorderen Teil des Haupthauses sind einige Gemeinschaftsräume.

Am anderen Ende des Innenhofs sind sechs Gästeappartements eingerichtet. Dort gibt es auch einige Gemeinschaftsräume. Drei der Appartements stehen unseren Angestellten zur Verfügung. Erik arbeitet bereits seit über zwanzig Jahren bei uns. Irgendwann hat mein Vater ihn eingeladen, bei uns zu wohnen. Er hat dann seine eigene Wohnung aufgegeben und ist hier eingezogen. Er kümmert sich um das Anwesen, hält das Gelände in Schuss, macht Gartenarbeiten und kleinere Reparaturen. Er handwerkelt gerne. Verena steht meinem Vater von Montag bis Donnerstag als Fahrerin zur Verfügung. Sie wohnt eigentlich im Nachbardorf.« Sie kniff kurz die Augen zusammen. »Sie übernachtet von Montag bis Donnerstag hier. Manchmal fährt sie auch erst freitags nach Hause. Mein Vater arbeitet freitags immer von hier aus. Am Wochenende fährt er selbst. An den Tagen braucht er keinen Fahrer.« Sie schluckte. »Ich meine. Jetzt. Nicht mehr. Ich ...«

»Schon gut«, sagte Herzog.

»Lore hat eine Wohnung in einem anderen Nachbardorf. Für sie steht aber auch die gesamte Zeit eines der Appartements zur Verfügung. Sie übernachtet meistens in der Nacht auf Freitag hier.« Hanibal versuchte, sich die Details zu merken. Ricarda erklärte weiter. »Im Erdgeschoss und im Keller sind noch die Küche, einige Gemeinschafts- und Lagerräume. Im Erdgeschoss des Angestellten- und Gästetrakts sind Garagen, eine Werkstatt und Geräteräume.« Sie legte eine Pause ein. »Ach ja, im

Keller ist noch Papas Labor.«

»Labor?«, fragte Cassidy.

»Er hat dort eine Art Fleischerei eingerichtet. Da hat alles angefangen. Dort hat er die Yakwurst entwickelt. Ich war damals noch ein Kind, aber ich weiß noch, dass er manchmal tagelang nicht aus dem Keller gekommen ist. So hatte es auf mich zumindest gewirkt. Er hat es immer sein 'Labor' genannt.«

Cassidy konnte ihre Neugierde nicht unterdrücken. »Woher hatte er eigentlich die Idee mit der Yakwurst?«

Ricarda zuckte mit den Schultern. »Eingebung? Spürsinn für den Markt?«

Nun zuckte Cassidy mit den Schultern. Ricarda lächelte sie an. »Er ist Ende der 1960er von Norwegen nach Deutschland gekommen. Mein Großvater war auch Metzger. Ihm gehörte die Dorfmetzgerei in Røros. Opa war berühmt für die besten Wurst- und Fleischwaren aus Elch- und Rentier. Dort wurde er hineingeboren. So gab es für Papa auch nie etwas anderes als Fleisch. Sein Kindheitstraum war es, der beste Metzger von ganz Norwegen zu werden. Den Traum hat er mit seinem älteren Bruder geteilt. Mein Onkel Björn.«

»Können wir mit seinem Erscheinen heute auch noch rechnen?«, fragte Hanibal.

»Nein«, sagte Ricarda. »Ich habe Björn seit Jahren nicht gesehen. Wir haben ihn manchmal in Røros besucht. Ich glaube, er hat Norwegen noch nie verlassen.«

Hanibal nickte. »Warum ist ihr Vater nach Deutschland gekommen?«

»Björn hat Opas Metzgerei geerbt. Mein Vater musste sich ein anderes Geschäftsgebiet suchen. Er war reisefreudig und hatte Unternehmergeist.« Ricarda verfiel wieder in ihre Vertriebstonart. »So ist er in der Stadt gelandet. In einem der Vororte hat er seine eigene kleine Metzgerei eröffnet. Seine Rezepte und Räuchermethoden trafen anscheinend den richtigen Geschmack. Er wurde schnell überregional bekannt. Er bekam Anfragen aus dem ganzen Land. Dann nahm alles seinen Lauf. Er hat mehr Leute eingestellt und die erste kleine Fabrikhalle angemietet« Sie machte eine ausladende Geste mit den Armen. »Der Rest ist Geschichte.«

Cassidy hing gebannt an ihren Lippen.

»Und heute sind wir die ‚Eklund Fleisch- und Wurstwaren International AG‘.« Sie legte eine weitere Pause ein. »Wir entwickelten neue Sorten und waren stets auf der Suche nach etwas Neuem. Meine Eltern haben vor vielen Jahren eine Reise nach Nepal unternommen. Dort haben sie von der einheimischen Yakwurst probiert. Papa war von dem Geschmack begeistert. Er kannte aber inzwischen den deutschen Geschmack recht gut. Er wusste sehr genau, dass das Originalrezept für Deutsche viel zu fettig war. So forschte er nach dem perfekten Yak-Brät.«

Die Geschichte der Eklund-Werke erinnerte

42

Cassidy an eine Fernseh-Dokumentation, bei der es um die Herstellung von Lebensmitteln ging. Sie liebte solche Dokus.

»Er wollte aber natürlich den Originalgeschmack nicht verlieren. Er arbeitete zunächst ganz traditionell mit Mörser und Wiegemesser. Als er die perfekte Mischung gefunden hatte, ersetzte er den handbetriebenen Fleischwolf durch einen Kutter für größere Mengen. Es steht alles noch im Keller.«

Herzog interessierte der Exkurs in die Geschichte der Wurst nicht. Da er sich aber Cassidys Interesse bewusst war, ließ er Ricarda weiter erzählen. Die junge Eklund erwähnte nun einige Fakten über die Beschaffenheit des tiefroten Yakfleisches und dessen hohen Myoglobingehalt. Während der Erläuterungen über den Fettgehalt und seine gelbliche Farbe, schaltete er auf Informations-Durchzug. Als Ricarda von einem hohen Carotingehalt sprach, knurrte sein Magen. Er schaute zu Cassidy, der anscheinend das Wasser im Mund zusammen lief. Dann blickte er zur Kaffeemaschine. Der Blick entging Ricarda nicht. »Wo sind nur meine Manieren. Möchten Sie etwas trinken? Haben Sie Hunger?«

Sie ging zu der Anrichte am Buffet-Schrank. »Kaffee, Tee oder lieber was Kaltes?« Die Kommissare folgten ihr.

»Wasser«, antwortete Hanibal.

»Ich nehm Kaffee.« Die Maschine wirkte auf Cassidy kompliziert. »Wenn es nicht zu viele Umstände

43

macht.«

Ricarda lächelte. »Nein, überhaupt nicht. Espresso? Kaffee? Cafelatte oder Latte Macchiato?« Herzog horchte auf. Auch dies entging ihr nicht. »Nun, Herr Kommissar. Vielleicht doch lieber einen Kaffee?«

»Ja. Einen Cafelatte, bitte.«

»Ich auch«, sagte Cassidy.

Ricarda begann, mit einem Stamper, Kaffee in zwei Siebträger zu drücken. »Kaffee ist ein wunderbares Hobby.« Mit einer geübten Bewegung ließ sie die Siebträger in der Maschine einrasten. Sie nahm zwei Tassen von der Wärmeplatte der Maschine und platzierte sie unter dem Auslass. Dann goss sie Milch in einen Edelstahlbehälter und hielt die Dampflanze hinein. »Italienreise. Seitdem bin süchtig nach gutem Kaffee und dem perfekten Milchschaum.« Als die Milch die richtige Temperatur erreicht hatte, gefiel ihrem geschulten Blick die Konsistenz des Schaums. Sie stellte den Behälter zur Seite und wischte die Düse ab. »Der Luftdruck und der Mahlgrad sind bei der ganzen Sache extrem wichtig. Den muss man je nach Wetterlage anpassen.« Hanibal und Cassidy nickten langsam.

Ricarda drückte einen Knopf. Der Kaffee strömte, gleich einem langen Mäuseschwanz, in die Tassen. Der Duft des frischen Kaffees erfüllte die Nasen der Polizisten. »Haben Sie schon einmal Jamaika Blue Mountain, Kopi Luwak oder Black Ivory probiert? Großartig!«

Hanibal hatte keine Ahnung, wovon sie redete.

Sie nahm die Milchkanne und eine der Tassen. Mit einer gekonnt, flüssigen Bewegung aus dem Handgelenk ließ sie die Milch in die Tasse fließen. Nach der Vollendung ergab sich die Form eines kaffeebraunen Farnblattes mit weißen Konturen. Sie wiederholte die Aktion mit der zweiten Tasse, doch anstatt des Farns, zauberte sie eine Spirale in den Schaum. Sie reichte den Polizisten die Tassen und fragte freundlich, »Zucker?«

»Schon öfters gemacht?«, fragte Hanibal.

Ricarda schmunzelte. »Merkt man das?«

Sie öffnete eine Tür unter der Anrichte. Dahinter verbarg sich ein Kühlschrank. Sie holte eine 0,5 Liter Flasche mit stillem französisches Wasser hervor und fragte, »Glas?«

Herzog schüttelte den Kopf.

Cassidy rührte Zucker in den Kaffee. Dann nippte sie. Ihre Augen wurden groß. »Wow!«

»Schmeckt´s?«, fragte die junge Eklund.

Cassidy erinnerte sich an den FBI Agenten Dale Cooper aus der Fernsehserie ‚Twin Peaks‘ und zitierte ihn. »Verdammt guter Kaffee!« Ricarda schaute leicht verständnislos, lächelte aber und quittierte das Kompliment mit einem Kopfnicken. Auch Hanibal schmeckte der Kaffee hervorragend. Im Gegensatz zu Cassidy zügelte er seinen Enthusiasmus jedoch und musterte Ricarda. »Gestatten Sie mir eine persönliche Frage?«

»Natürlich.«

»Ihr Auftreten scheint sehr gefasst. Belastet Sie der Tod ihres Vaters nicht?«

Ricarda schob die Augenbrauen zusammen. »Ich werde trauern, wenn ich die Zeit dazu finde. Ich bin kein sonderlich extrovertiert oder emotionaler Mensch und mache die meisten Dinge mit mir selbst aus.« Sie kratze sich am Hinterkopf. »Im Augenblick sehe ich eine ganze Reihe von Problemen, die ich lösen muss. Ich bin die Vertriebsleiterin einer international agierenden Firma.« Sie blickte zu Robert. »Und jetzt auch die alleinige Geschäftsführerin, weil unsere Firma meinen Bruder nie sonderlich interessiert hat. Was denken Sie, ist nun meine Aufgabe?« Hanibal zögerte. Bevor er eine Antwort geben konnte, fuhr sie fort. »Ich muss meinem Umfeld signalisieren, dass ich der Situation gewachsen bin. Ich habe meinen Vater geschätzt und geliebt. Dank ihm kenne ich das Unternehmen bis in den letzten Winkel. Auch wenn ich ihm im gleichen Haus wohnte, so heißt das nicht, dass wir immer ein gutes Verhältnis miteinander hatten. Oft waren wir sehr unterschiedlicher Meinung, was die Führung der Firma angeht.« Feuchtigkeit trat ihr in die Augen. »Nachdem unsere Mutter uns verlassen hat, kühlte unser Verhältnis deutlich ab. Ich fühlte mich oft ungeliebt und gab mir die Schuld. Ich habe bis heute nicht verstanden, warum sie uns verlassen hat. Unterbewusst, und manchmal auch offen, gab ich aber ihm die Schuld daran.« Sie drehte sich zu Cassidy. »Ich habe eine Wohnung in der Stadt. Dort

46

gehe ich hin, wenn ich es hier nicht mehr aushalte. Aber von dort fahre ich über eine Stunde bis zur Fabrik. Von hier sind es nur 20 Minuten.« Sie drehte sich wieder zu Hanibal. »Wissen Sie, was geschieht, wenn unsere Mitarbeiter vom Tod meines Vaters erfahren?« Die beiden Polizisten blieben stumm. »Unsicherheit. Ich muss mich spätestens am Montag vor die Belegschaft stellen und ihnen klar machen, dass weder ihre Arbeitsplätze, noch ihr Sozial- und Familienleben in Gefahr sind. Ich bin siebenundzwanzig und habe jetzt die Verantwortung für mehr als 450 Angestellte. Können Sie sich vorstellen, wie sich das anfühlt?« Cassidy war von dem Vortrag beeindruckt. Sie war nur einige Jahre älter und wusste, dass sie selbst an dieser Verantwortung scheitern würde. Manchmal war sie schon mit sich selbst überfordert. »Nein?«, fragte Ricarda. »Ich sag es Ihnen. Ich habe Schiss. Ich kann mir nicht leisten, meine Emotionen, vor meinen Pragmatismus zu stellen.«

Schritte lenkten Hanibals Aufmerksamkeit zur Eingangstür. Schaefer kehrte mit Ben Thomsen aus Kramers Team zurück. Hanibal hatte ihn im Arbeitszimmer wegen des weißen Overalls und des Atemschutzes nicht erkannt. Er hatte die Ärmel seines Overalls vor seinem Bauch verknotet. Den Mundschutz hatte er auf die Stirn geschoben. Die hochgekrempelten Ärmel seines königsblauen Hemdes präsentierten seine Unterarme. In seiner Hand baumelte ein Metallkoffer. Abgesehen von einem stummen Kopfnicken, ignorierte er Hanibal. Er lehnte sich an den Buffetschrank neben Cassidy und schenkte ihr ein strahlendweißes Lächeln. »Hi Cassy. Wie geht´s Dir?«

Sie zog einen ihrer Nasenflügel leicht nach oben. »War schon mal besser.«

»Ich habe am Wochenende frei und noch nichts vor. Sollen wir mal wieder etwas zusammen unternehmen?« Er zwinkerte ihr zu.

»Nicht, wenn es sich vermeiden lässt«, konterte Cassidy

»Ach, komm schon. Ich...«

Hanibal schnipste einige Zentimeter vor seiner Nase mit den Fingern, »Hey, Kollege! Hier spielt die Musik!« Thomsen wirbelte sofort zu Hanibal herum. Hanibal baute sich vor dem größeren Mann auf. »Wir sind hier am Tatort und nicht im Tanzkaffee! Lassen Sie ihr Testosteron nach Feierabend ab.«

Thomsen schluckte. Ricarda grinste.

Dann schaltete Hanibal in einen höflicheren Ton. »Frau Eklund, bitte zeigen Sie uns den Raum, wo wir die Fingerabdrücke aufnehmen können«

»Folgen Sie mir.« Ricarda ging voraus. Die Polizisten folgten ihr. Thomsen gaffte den beiden Frauen auf den Hintern. Sie durchquerten den Raum. Als er Lola bemerkte, zwinkerte er ihr zu. Sie verließen den Rittersaal durch die Tür hinter der Sitzgruppe. Dahinter lag ein kleines Zimmer. In der Luft lag der Geruch vieler vergangener Zigarren. Ricarda deutete auf vier cognacfarbene Ledersessel, die um einen

Tisch gruppiert waren. »Ist das hier in Ordnung?«

Thomsen ging zu der Theke in der Ecke. Das Regal dahinter war reichhaltig mit Whisky- und Cognacflaschen gefüllt. Neben der halbvollen Flasche eines 15-jährigen Single Malts stand ein Humidor am Ende des Tresens. Er nahm die Flasche in die Hand und blickte am Kamin vorbei, auf den Flachbildschirm an der Wand. »Ich find's super hier.« Er setzte seine weißen Zähne ein und schenkte Ricarda sein charmantestes, von Grübchen gesäumtes Lächeln. Hanibal fixierte ihn mit seinen Blicken. Dies entging Thomsen nicht. Das Lächeln erstarb sofort. »Der Kollege fühlt sich wohl. Dann ist der Raum perfekt.« Er drehte sich zu Thomsen. »Sie wissen, was Sie zu tun haben.« Er wandte sich an Ricarda. »Frau Eklund, wo ist andere Raum?«

»Auf dem Gang. Das Yakzimmer.«

»Yakzimmer?«, fragte Cassidy.

Ricarda lächelte und ging voraus. Thomsen schaute den Frauen hinterher. Ricarda führte sie zur Eingangstür des Rittersaals, wo Schaefer wieder seine Position als Wachtposten eingenommen hatte. Im Vorübergehen bat Hanibal ihn, die Zeugen nacheinander vorzuführen.

Die Polizisten folgten Ricarda den Gang entlang und ließen sich einige Meter zurückfallen. Sie passierten bereits die zweite Tür als Hanibal fragte, »Was war denn das mit Thomsen?«

Cassidy wirkte verlegen. »Ach nichts. Wir sind vor einigen Wochen etwas trinken gegangen. Da hat er anscheinend etwas mehr hinein interpretiert. Du kennst doch diese Typen. Jung, gutaussehend und der Meinung, sie wären unwiderstehlich.«

»Ist er wichtig?«

Sie antwortete gelassen. »Der? Nein! Er könnte Dir niemals das Wasser reichen.« Sie schmunzelte, »Hast Du vorhin wirklich ‚Tanzkaffee‘ gesagt? Aus welcher Zeit kommst Du eigentlich?«

Hanibal ignorierte die Frage.

09:45 Uhr

Ricarda blieb vor einer Tür in der Mitte des Gangs stehen und öffnete sie. »Willkommen im Yakzimmer.«

Der Raum strahlte eine rustikale Gemütlichkeit aus. Ihre Füße sanken in einen hochflorigen Teppich, der über dem Eichenparkett lag. Ricarda setzte sich auf die Rückenlehne eines dunkelbraunen Ledersessels. »Papa hat hier oft Geschäftstermine abgehalten.«

Cassidy ging an den holzvertäfelten Wänden entlang und ließ sich in den Bürostuhl hinter dem Schreibtisch fallen. Sie drehte sich mit dem Stuhl in Richtung der beiden Fenster. Hinter einer weitläufigen Wiese lag der Waldrand. Die Wipfel bewegten sich in einem grünen Meer aus Bäumen. Sie drehte sich zurück und deutete auf ein massives Eichenregal an der rechten Wand, das mit Büchern und Zeitschriften gefüllt war. »Falls uns langweilig wird.«

Hanibal setzte sich auf einen der Sessel und zeigte auf die gegenüberliegende Wand. Dort hing der präparierte Schädel eines Yaks. »Das Ding hat dem Zimmer seinen Namen gegeben, oder?«

Ricarda nickte. Hanibal beschlich ein ungutes Gefühl. Er fühlte sich von der Trophäe beobachtet.

Ricarda drehte sich langsam zur Tür. »Ist es in Ordnung, wenn ich mich nach meinen Fingerabdrücken um ein Frühstück für Sie kümmere?«

»Das wäre großartig, Frau Eklund.«

Sie schlenderte hinaus. Er zog den Mantel aus und legte ihn auf der Sessellehne ab. Er zog ein Diktiergerät aus der Innentasche und stellte es auf den Tisch, um den die Sessel gruppiert waren. Mit einem weiteren Griff holte er einen Stift und einen Notizblock hervor. Cassidy reckte sich hinter dem Schreibtisch. »Wie soll das hier ablaufen? Guter Cop, böser Cop?«

»Wir machen es situativ. Wenn ich Dir das Zeichen gebe, kannst Du gerne das böse Mädchen spielen« Sie freute sich diebisch, als es an der Tür klopfte.

»Herein«, sagte Herzog. Die Tür öffnete sich. Schaefer und das Hausmädchen standen vor der Tür. Hanibal musterte die Frau. Sie war Anfang zwanzig. Ihr langen, rabenschwarze Haare fielen locker über die Schultern ihrer schwarzen Bluse.

»Danke, Herr Polizeiobermeister.« Hanibal schaltete das Diktiergerät ein. »Frau di Fonte, bitte setzen sie sich.« Während Schaefer die Tür von außen schloss, setzte sie sich zögernd auf den Sessel, gegenüber von Hanibal.

»Guten Morgen, Frau di Fonte. Wie geht es Ihnen?« Sie flüsterte. »Bitte nennen Sie mich Dolores oder Lore.«

»Vielleicht später«, erwiderte Herzog.

Sie warf einen unsicheren Blick auf das Diktiergerät.

»Wozu ist das?«

»Zur Dokumentation ihrer Aussage. Ich werde

52

später viele lange Berichte schreiben. Das Gerät hilft mir.«

Das Hausmädchen nickte.

»Sie haben Herrn Eklund gefunden. Was ist passiert?«

Sie blickte auf ihre blutverschmierte Hand. Herzog bemerkte, dass sie sogar Blut an der Kleidung hatte, als wenn sie versucht hätte, ihre Hand daran abzuwischen. Er sah, dass sie Tränen zurückhielt. Nach einem Augenblick der Stille begann sie sie mit zittriger Stimme zu sprechen. »Ich wollte ihm heute Morgen den Kaffee bringen. So wie jeden Freitag. Er arbeitet freitags immer von zu Hause. Bevor er anfängt, stelle ich ihm normalerweise den Kaffee hin, lüfte kurz durch und schalte den Fernseher an.« Hanibal kritzelte in seinen Block. »Also hatte ich, wie immer, das Tablett mit dem Kaffee in der Hand und bin ins Arbeitszimmer gegangen. Da lag er auf dem Schreibtisch. Dann habe ich den Schuh in seinem Kopf gesehen. Dann ist mir schwarz vor Augen geworden. Ich habe das Tablett fallen gelassen und um Hilfe gerufen.« Sie schluchzte, »Das ist alles so schlimm. Ich habe mich auf die Couch gesetzt und habe ihn angeschaut. Ich konnte mich nicht mehr bewegen. Dann kam Rica und hat mich nach unten gebracht.«

»Frau di Fonte, wie ist das Blut an ihre Hand gekommen?«

»Ich weiß nicht genau. Das muss passiert sein, als mir schwindelig wurde. Ich glaube, ich habe mich auf dem Schreibtisch abgestützt, als das Tablett runterfiel.«

Hanibal nickte und schrieb eine Notiz. »Wie lange arbeiten Sie bereits hier?«

»Etwas mehr als ein Jahr. Die Stelle war frei. Herr Eklund hatte einmal gesagt, dass meine Vorgängerin einen Unfall hatte. Sie konnte danach nicht mehr arbeiten. Für mich hat das gut gepasst.« Sie stockte kurz. »Also, ich meine natürlich nicht den Unfall meiner Vorgängerin. Das muss für die Frau ganz schrecklich gewesen sein.«

»Ist schon gut«, unterbrach Hanibal sie.

Sie nickte. »Ich will nur keinen falschen Eindruck vermitteln.«

»Sie brauchen sich nicht entschuldigen. Ich lege nicht jede Äußerung auf die Goldwaage. Erzählen Sie bitte weiter.«

»Ich bin damals aus Italien zurückgekommen. Mein Mann ist verstorben, Gott habe ihn selig. Und ich suchte eine neue Arbeit hier im Ort.«

»Ihr Mann ist im Urlaub verstorben?«

Sie schüttelte den Kopf. »Nein, ich habe in meiner Jugend 5 Jahre bei meiner Tante gelebt. Bin dort aufgewachsen und habe dann geheiratet. Mein Mann hatte eine Autowerkstatt. Kennen Sie diese verdammten, engen Bergstraßen in Italien? Furchtbar. Er hatte einen Autounfall.« Sie schluchzte weiter, »Nach einem Jahr Ehe wollte ich nicht mehr zu meiner Tante zurück. Ich bin dann wieder nach Deutschland gekommen.«

54

»Warum hierher? Warum sind Sie nicht in die Stadt gezogen? Dort wäre die Chance auf eine Arbeit doch größer gewesen.«

»Sie haben recht. Aber die Stadt ist teuer. Ich wollte erst einmal zur Ruhe kommen. Ich bin hier in der Gegend geboren, müssen Sie wissen. Meine Kindheit habe ich hier in der Gegend verbracht, bevor ich zu meiner Tante gezogen bin. Ich bin im Nachbardorf aufgewachsen. Dort gab es eine freie Wohnung. Ich hatte mir keine weiteren Gedanken gemacht. Ich wollte erst einmal zurück nach Hause kommen und dann weiter sehen.«

Der Kommissar nickte und beugte sich nach vorne. »Wissen Sie, ob Herr Eklund Feinde hatte?«

»Feinde!?«, rief sie erschrocken aus. »Nein, davon weiß ich nichts. Ich bin doch nur das Hausmädchen. So etwas sollten besser Ricarda oder seine Sekretärin fragen. Diese Anika Fux.« Herzog notierte den Namen ‚*Anika Fux*‘.

»Hat sich gestern Abend etwas Verdächtiges ereignet?«

Sie schüttelte den Kopf. »Nein. Nichts. Ich war in meinem Appartement.«

»Ihrem Appartement?«

»Ja. Herr Eklund war immer so großzügig. Er stellt seinen Hausangestellten kostenlose Appartements zur Verfügung, müssen Sie wissen. Wer macht denn so etwas? Es gab schon immer ein Appartement für das Hausmädchen. Das benutze ich. Ich übernachte in der Nacht auf Freitag immer hier. Ich hätte sogar hier einziehen können. Herr Eklund hat es mir angeboten. Ich hatte bereits überlegt, die Wohnung im Dorf zu kündigen. Ich wollte aber erst einmal abwarten, ob ich mich hier länger wohlfühle. Dort war ich fast den ganzen Abend.« Sie blickte ihn mit feuchten Augen an. »Herr Eklund war immer so nett zu mir. Ich arbeite sehr gerne hier.«

»Waren Sie den ganzen Abend alleine?«

»Nein. Ich habe mich dort nicht eingeschlossen. Ich habe kurz mit Erik und Verena geredet. Verena hatte von ihren Urlaubsplänen erzählt. Sie fliegt heute Abend für zwei Wochen nach Mexiko.« Hanibal schrieb in seinen Block. »Ja. Und Erik hat erzählt, dass er die Schwenkmechanismen an den Rüstungen repariert hat.«

Hanibal blickte zu Cassidy, die stumm ein Wort mit den Lippen formte. »Was?«

»Schwenkmechanismen? Rüstungen?«, fragte Hanibal.

»Das ist eine von Eriks Erfindungen. Er ist ein geschickter Handwerker. Es gibt eine Galerie, die zu Roberts Wohnräumen führt. Dort stehen 20 von diesen Ritterrüstungen. Echte Staubfänger, wenn Sie mich fragen. Aber Herr Eklund hat die Dinger gesammelt. Er hat viele Waffen gesammelt. Schwerter, Pistolen. Waffen jeder Art. Der Keller steht voll mit dem Zeug. Dort steht sogar eine Kanone. Für Sammler sind die Rüstungen sicherlich interessant, aber furchtbar zum Putzen und

56

Abstauben. Die stehen so eng an der Wand, dass man kaum an die Rückseite heran kommt. Man muss mit dem Feudel richtige Verrenkungen machen.«

»Aha«, sagte Cassidy aus dem Hintergrund.

»Ich hatte es Erik vor einigen Monaten erzählt«, fuhr das Hausmädchen fort. »Er hat mir dann das Leben vereinfacht. Die Rüstungen sind auf Holzsockeln montiert. Erik hat an jedem Sockel eine Konstruktion angebracht. Keine Ahnung wie, aber jetzt kann man den Sockel zur Seite schwenken. Ich kann sie die Dinger einfach um ihre Achse schwenken und ich komme an die Rückseite. Das ist großartig. Die Sockel klemmen manchmal. Das hat er repariert. Und wie ich ihn kenne, flutschen sie jetzt wieder, wie geschmiert. Demnächst steht die jährliche Putzaktion an. Das ist eine enorme Hilfe.«

»Dann steht dem Kampf gegen den Staub ja nichts mehr im Weg«, kommentierte Cassidy ironisch. Hanibal strafte sie mit einem maßregelnden Blick.

»Frau di Fonte, können Sie sich an den Schuh erinnern? Haben Sie den schon einmal gesehen?«
Dolores blickte zu Boden. »Äh. Ja. Nein. Ich weiß nicht.«

Cassidy sprang auf. »Was denn nun? Ja oder nein?«

Dolores zuckte zusammen. »Ich weiß wirklich nicht. Er könnte zu einem Paar Schuhe von Rica - ich meine Frau Eklund - gehören. Sie hat viele Schuhe. Mehr als Dreihundert. Manche sind sehr ausgefallen und teuer. Ich glaube, ich habe dieses Paar schon einmal bei ihr im Schrank gesehen. Erzählen Sie bitte nicht, dass ich das gesagt habe.«

»Keine Sorge. Wir behandeln alle Aussagen vertraulich«, sagte Hanibal und machte eine weitere Notiz.

»Sie könnten aber auch Herrn Carls oder Robert gehören.«

»Herrn Carls? Sie meinen Lola d´Amour? Mit Robert meinen sie den jungen Herrn Eklund? Bei Herrn Carls kann ich das nachvollziehen, aber Robert Eklund?«

»Sie müssen wissen, dass Robert eine Vorliebe für Frauenkleider hat.«

Cassidy verdrehte die Augen.

»Ja, er arbeitet manchmal in Herrn Carls Nachtclub als Bedienung. Dort hat er auch diesen furchtbaren Herrn Braun kennengelernt.«

»Sie meinen Herrn zu Braun«, spöttelte Hanibal.

»Ja, genau. Dieser Schnösel. Der ist meiner Meinung nach nur auf Herrn Eklunds Geld aus. Er tut immer, als wäre er etwas Besseres. Da steckt aber nicht viel dahinter.«

Hanibal horchte auf.

»Aber sagen Sie nicht, dass ich das erzählt habe. Er wohnt einige Kilometer vom Dorf entfernt im Haus seiner Eltern. Vor drei Jahren hat er ihr Vermögen geerbt. Im Dorf erzählt man sich aber, dass er das ganze Geld schon durchgebracht hat. Er ist hier in der Gegend ziemlich bekannt. Er ist ja immer so auffällig gekleidet und fährt ein auffälliges

58

Auto. Wenn er im Dorf unterwegs ist, wirft er gerne mit Geld um sich. Da gibt es so ein kleines Café. Eine Freundin von mir arbeitet dort. Jenny, so heißt meine Freundin, erzählt immer, wie herablassend er die Leute behandelt. Und die Frau Friedrich, die hat einen kleinen Laden für Lebensmittel; die erzählt das auch. Maria vom Blumenladen...«

»Entschuldigen Sie, wenn ich sie unterbreche«, sagte Hanibal. »Wieso glauben Sie denn, dass er es auf Herrn Eklunds Geld abgesehen hat? Hat Robert eigenes Geld?«

»Jetzt schon, oder? Er hat sich zwar nie um die Fabrik gekümmert, aber er erbt doch jetzt das halbe Vermögen, oder?« Sie legte eine Sprechpause ein und beugte sich vor. »Erzählen Sie nicht, dass ich das gesagt habe, aber Robert ist viel zu weich, um sich mit der Verarbeitung von Fleisch zu beschäftigen. Er ist sehr nahe am Wasser gebaut.« Sie wischte sich mit dem Zeigefinger eine imaginäre Träne aus dem Augenwinkel. »Sie verstehen schon.« Sie lehnte sich wieder zurück »Aber er lebt gerne vom Geld seines Vaters. Herr Eklund hat ihn lange gewähren lassen. Vor einigen Monaten hat er Robert dann aber aufgefordert, dass er seinem Leben eine Richtung geben soll.« Sie senkte ihre Stimme, »Er hat ihm mit Enterbung gedroht.«

Hanibal nickte. »Was ist mit den anderen Personen? Zum Beispiel dieser Anwalt und Frau Eklunds Verlobter?«

»Herr Schickfuß. Das ist der Anwalt. Er geht hier

schon seit Jahren ein und aus. Schon viel länger als ich. Er ist ein Freund von Herrn Eklund. Er kümmert sich um die juristischen Angelegenheiten der Familie. Ich habe ihm aus Versehen einmal etwas Wein über die Hose geschüttet. Ich habe mich entschuldigt, aber er hat mich angeschrien, bis ich geweint habe. Ich finde, er ist kein angenehmer Mensch. Aber sagen Sie bitte nicht, dass ich das gesagt habe.« Sie schüttelte sich kurz. »Ricas Verlobter, Herr Magnus vom Sengerberg, ist ganz anders.« Sie stockte und korrigierte sich. »Entschuldigen Sie, ich meine natürlich Frau Eklund. Sie haben sich vor zwei Jahren beim Wintersport kennengelernt. Er ist sehr charmant. Ich mag ihn, aber ich denke, dass....« Sie hörte auf zu reden.

»Ja, Frau di Fonte. Was denken Sie? Keine Sorge, wir behandeln Ihre Informationen vertraulich.«

Dolores streckte den Rücken durch. »Sie haben sich vor einem halben Jahr verlobt und haben ihre Hochzeit beim Standesamt angemeldet. Aber wenn Sie mich fragen, dann passen sie nicht zueinander.«

»Warum denken Sie das?«

»Sie sind Beide sehr nett. Mit Frau Eklund habe ich ja fast ein freundschaftliches Verhältnis. Aber sie ist immer so reserviert. Schon fast kühl. Er ist ganz anders. Er ist immer sehr zuvorkommend. Sie sind sehr gegensätzlich. Sie passen einfach nicht zusammen. Meiner Meinung nach sollten sie wirklich nicht heiraten. Die Scheidung ist bereits vorprogrammiert.« Sie hielt erneut inne. »Bitte verraten Sie nicht, dass ich das gesagt habe. Ich arbeite wirklich gerne hier.«

»Keine Sorge Frau di Fonte. Wir sind jetzt auch fertig. Waschen Sie sich das Blut von den Händen und ziehen sie sich um.«

Sie blickte auf ihre Hand und wirkte erleichtert.

»Ja, gut. Danke. Ich werde vorher noch das Geschirr abräumen«, sagte sie und verließ den Raum.

Cassidy kam um den Tisch herum und setzte sich auf die Tischkante. »Die ist ja ein ganz schönes Plappermaul. Was meinst Du? Verschweigt sie etwas?«

»Sie ist das Hausmädchen. Sie hat die Ohren überall«, erwiderte Hanibal und führte seine Notizen fort. »Sie könnte wahrscheinlich noch eine ganze Menge erzählen. Ich werde vielleicht später noch einmal mit ihr reden.«

Nach einigen Minuten klopfte es an der Tür.

»Herein«, sagte Herzog. Schaefer stand in Begleitung der Chauffeurin im Rahmen.

Die durchtrainierte Endzwanzigerin baute sich im Raum auf. Sie blickte zwischen Hanibal und Cassidy hin und her. Ihr rotblonder Zopf folgte der Bewegung. Cassidy empfand eine spontane Antipathie. Sie deutete der Chauffeurin mit einer Handbewegung an, in einem der Sessel Platz zu nehmen.

Eine starke Windböe drückte gegen die Fenster und brachte sie zum Pfeifen. Verena Christ blickte zum Fenster. Herzog folgte dem Blick. »Ich fürchte, das ist nur ein Vorgeschmack.« Er blickte zu Cassidy. »Wir sollten uns beeilen.«

»Der Meinung bin ich auch«, presste die Chauffeurin heraus. »Heute Abend geht mein Flieger und ich muss noch packen.«

»Ach ja!?«, herrschte Cassidy sie an. Verena blickte gereizt zurück.

Herzog konnte sich nicht erklären, was plötzlich in Cassidy gefahren war. »Frau Christ, verzeihen Sie die forsche Art meiner Kollegin.« Verena drehte sich wieder zu Herzog. Cassidy freute sich, dass sie die Frau aus der Ruhe gebracht hatte und lächelte Herzog an.

»Sie heißen Verena Christ. Sie sind als Chauffeurin angestellt. Ist das richtig?«

»Ja«, bestätigte sie. »Ich fahre Herrn Eklund seit guten drei Jahren.«

»Und wie war ihr Verhältnis zu Herrn Eklund?«, fragte Hanibal.

»Wie meinen Sie das? Ich fahre ihn, wohin er möchte. Morgens meistens von hier zur Fabrik und abends wieder zurück. Manchmal zu Kundenterminen. Außerdem halte ich den Fuhrpark in Ordnung. Sie wissen schon, Autos waschen, kleinere Reparaturen, Reifenwechsel. Hier gibt es eine gut ausgestattete Werkstatt. Sogar mit Grube und Hebebühne. Für einen Privathaushalt echt spitze.«

»Sie kennen sich mit Autos aus?«

»Sonst würde ich das wohl kaum beruflich machen, oder?« Hanibal schrieb eine Notiz. »Benzin liegt mir im Blut. Das habe ich von meinem Vater geerbt. Er hat eine eigene Werkstatt. Ich habe meine halbe Kindheit dort verbracht. Da bekommt man einiges mit. Vor einigen Jahren habe ich dann den Fahrerjob hier angenommen. Montag bis Donnerstag, inklusive Kost und Logis. Das sind gute Konditionen. Außerdem werde ich bald wieder eine Gehaltserhöhung bekommen.«

»Das wird nach Herrn Eklunds Tod aber so bald nichts werden, oder?«, tönte Cassidy.

Die Chauffeurin fixierte Cassidy mit ihren Blicken. Cassidy parierte den Blick. »Was ist!?«

Verenas Körper spannte sich an. »Sie ...!«

»Kommissar Palatino!«, fuhr Hanibal dazwischen. Er lächelte die Chauffeurin an und wechselte in seine übliche Tonlage zurück. »Bitte entschuldigen Sie meine Kollegin. Sie ist morgens manchmal etwas unausgeglichen. Frau Christ, können wir bitte weitermachen? Sie wollen verreisen. Sie müssen noch packen. Wo soll es hingehen?«

Verena löste den Blick von Cassidy und drehte sich zu Hanibal. »Heute ist mein erster Urlaubstag. Ich fliege heute Abend nach Mexiko. Ich bin nur vorbei gekommen, weil ich noch etwas aus meinem Appartement holen wollte. Ich habe es wirklich eilig.«

»Frau Christ, in Anbetracht der Tatsache, dass Herr Eklund verstorben ist, bitte ich um Ihr Verständnis. Wir müssen diese Formalitäten erledigen.«

»Ja, ist schon klar, aber mir rennt die Zeit weg. Ich muss noch zurück in meine Wohnung und packen. Zum Flughafen fahre ich auch eine gute Stunde.«

»Ich verstehe. Ich werde versuchen es kurz zu machen. Waren Sie gestern Abend hier? Haben Sie die Nacht hier auf dem Anwesen verbracht? Haben Sie etwas Ungewöhnliches bemerkt?«

»Nein, nicht wirklich. Es war ein ruhiger Abend. Ich war nach Feierabend noch im Fitnessraum. Ich habe Rica, ähem, ich meine Frau Eklund, dort getroffen. Sie hatte sich wegen Irgendetwas aufgeregt. Sie hat ihr Training schnell abgebrochen und ist zornig rausgestürmt. Später habe ich Erik und Lore im Gemeinschaftsraum getroffen. Danach bin ich in meine Wohnung ins Dorf gefahren.«

»Wissen Sie, worüber Frau Eklund sich aufgeregt hatte?«

»Nein«, antwortete sie. »Kann ich mich jetzt auf den Weg machen?«

»Nein!«, sagte Cassidy. »Wir sagen, wann Sie gehen dürfen.«

Verena blickte Cassidy wütend an. Sie drehte sich wieder zu Hanibal und deutete mit dem Daumen auf Cassidy. »Was hat die für ein Problem? Was hat sie gefrühstückt?«

»Noch nichts.« Cassidy schnappte mit dem Mund nach der Chauffeurin. »Aber der Tag ist noch jung.«

Verena wollte antworten, doch Hanibal war schneller. »Meine Damen, bitte! Frau Christ, bitte gehen Sie zurück in den Rittersaal. Bitte verlassen Sie das Haus nicht. Wir haben vielleicht noch weitere Fragen. Wir kommen zu Ihnen, sobald wir mit den anderen Leuten durch sind. Sie werden wahrscheinlich gegen Mittag gehen können.«

»Na gut«. Sie sprang auf und fixierte Cassidy im Vorübergehen erneut mit ihren Blicken. Cassidy ignorierte sie. Hanibal schloss die Tür hinter ihr und ging zum Schreibtisch. »Cassy, bist Du verrückt geworden? Was sollte das? Du kannst die Leute doch nicht so sinnlos anpöbeln.«

»Das war nicht sinnlos. Erstens kann ich DIE nicht leiden und zweitens verbirgt DIE etwas. Hast Du gemerkt, wie kurz angebunden sie war. Die will nach Mexiko abhauen. Verstehst Du? Keine Auslieferungsvereinbarung. Morden und absetzen.«

»Vielleicht, ja«, er blickte sie an, »aber ich sehe kein Motiv.«

Auf dem Gang schallten feste, schnelle Schritte. Die Tür flog auf. Die Angeln ächzten unter der Belastung. Magnus vom Sengerberg stürmte ins Zimmer. Die mit Haargel geformte Frisur lag starr wie ein Fahrradhelm an seinem Kopf. Cassidy sprang auf. Hanibals spannte seinen Körper an. Magnus baute sich vor den Polizisten auf. »Kann mir jemand erklären, was dieser Unsinn zu bedeuten hat? Ich habe Termine. Ich kann nicht den ganzen Tag hier rumsitzen.«

Hanibal rieb seine rechte Schläfe. »Guten Morgen. Und Sie sind?«

»Magnus Johannes August vom Sengerberg. Ich bin Ricardas Verlobter.«

»Richtig. Sie haben Frau di Fonte im Arbeitszimmer gefunden.«

»Genau. Dann habe ich die Polizei angerufen. Mehr habe ich mit der Sache nicht zu tun. Ich muss los.« Er drehte sich auf dem Absatz herum.

»Halt!«, forderte Hanibal. »Ich sage, wann wir fertig sind. Wir haben Fragen!«

Vom Sengerberg dreht sich wieder herum. »Was ist denn noch?«

Der Kommissar blickte ihm tief in die Augen. »Herr vom Sengerberg, Sie haben uns verständigt. Sind Sie nicht an der Aufklärung interessiert?«

»Selbstverständlich bin ich das. Aber ich konnte ja nicht ahnen, dass ich danach hier festgehalten werde. Ich habe das für meine Verlobte getan. Sie war nicht dazu in der Lage. Ich kann nicht länger bleiben. Ich habe wichtige Geschäftstermine.«

»Haben Sie außer uns noch jemanden angerufen? Ich frage mich schon die ganze Zeit, warum hier so viele Leute aufgetaucht sind.«

Vom Sengerberg wich Hanibals Blick aus und ließ die Schultern hängen. »Ich habe Robert angerufen.«

»Robert?«, fragte Hanibal.

»Ja. Robert Eklund.«

»Wen noch?«

»Schickfuß«, erwiderte Magnus. Er blickte über

66

Hanibals Schulter hinweg.

»Nun gut, Herr vom Sengerberg. Wir sind vorerst fertig. Bitte gehen Sie zurück in den Rittersaal.«

Vom Sengerberg schluckte. Zornesröte stieg ihm ins Gesicht. »Was soll ich im Rittersaal!? Sie haben doch gesagt, wir sind fertig!«

»Nein, ich habe gesagt, dass wir vorerst fertig sind. Herr vom Sengerberg, ich habe das Gefühl, dass Sie schnellstmöglich den Tatort verlassen wollen. Haben Sie etwas zu verbergen?«

Magnus ging weiter zur Tür. Als er im Türrahmen stand, sagte Hanibal freundlich, »Herr vom Sengerberg, ich würde Ihnen empfehlen, alle Termine für heute abzusagen.«

Vom Sengerberg hielt kurz inne, murmelte etwas. Hanibal verstand ,Astloch', war sich aber sicher, das vom Sengerberg etwas anderes gesagt hatte. Magnus schleuderte die Tür hinter sich zu. Hanibal schüttelte den Kopf und blickte zu Cassidy. »Ich habe eine andere Vorstellung von ,*charmant'*.«

»Ich hab doch gleich gesagt, er ist ,*seltsam'*.«

»Ja, aber Du hast es aber anders formuliert.«

Cassidy grinste.

Vom Sengerberg stapfte über den Gang und stieß beinahe mit Schaefer und Fischer zusammen. Schaefer schüttelte wütend den Kopf und lieferte den Gärtner im Yakzimmer ab. Hanibal bot ihm einen Platz an. Fischer blickte auf den Sessel, danach an seiner schmutzigen Arbeitshose herunter. Er

67

sprach mit einer dunklen und basslastigen Stimme. »Ich steh' lieber.«

»Sie sind Erik Fischer?«, fragte Hanibal.

»Ja.«

»Sie arbeiten für die Eklunds?«

»Ja.«

Der Wind pfiff erneut durch das Fenster. Hanibal hörte ein Knacken aus der Wand mit dem Yakschädel. Fischer blickte besorgt zum Fenster.

»Herr Fischer, worin besteht ihre Arbeit?«

»Kümmer mich um das Haus. Das Grundstück.«

»Was genau machen Sie?«

»Reparaturen. Den Garten. Gibt immer was zu tun.«

Cassidy drehte sich zum Fenster und betrachtete die Größe des Anwesens. »Den Garten?«

»Ja.«

»Sie meinen den Park?«

»Wald. Wiese. Pflanzen und Bäume. Ist ein Garten.«

Hanibal ging zum Schreibtisch. »Wie lange arbeiten Sie bereits hier?«

»Ein paar Jahre«. Fischer steckte sich den kleinen Finger ins Ohr und bewegte ihn auf und ab, als hätte er Wasser im Ohr. »Dreiundzwanzig.«

»Und Sie wohnen hier auf dem Anwesen?«

»Ja«, erwiderte Fischer.

»Und seit wann und warum wohnen Sie hier?«

Fischer wiederholte seine Aktion mit dem anderen Ohr. »Seit neun Jahren. War damals sinnvoll, hier einzuziehen. Wegen dem Geld und dem Weg. Zahle hier nur kleines Kostgeld, ansonsten mietfrei. Spart `ne Menge. Und ich mag die Kinder. Hab' selbst ja keine. Damals war Frau Eklund verschwunden und die Kleinen haben so verloren gewirkt. Ich war ja ihr Onkel Erik. Bin damals mit Heinrich übereingekommen, dass ich hier wohne. Er wollte mich umsonst hier wohnen lassen. Das wollte ich nicht. Bin kein Schmarotzer. Heinrich hat immer viel gearbeitet und war oft unterwegs. Dann haben Magda und ich uns um die Kleinen gekümmert.«

Hanibal notierte die Aussage und fragte, »Kinder? Sie meinen Robert und Ricarda?«

»Ja. Und Anika.«

Cassidy schlenderte zu Fischer herüber. Sie sah kleine Haarbüschel aus seinen Ohren wachsen. »Den Namen höre ich andauernd. Wer ist diese Anika?«

Fischer dreht den Kopf. »Anika Fux. Ricardas Freundin. War ständig hier. Die beiden waren fast wie siamesische Zwillinge. Alleine gab's selten eine von den beiden«

Hanibal blickte kurz in seine Notizen.

»Sie haben eine Magda erwähnt. Wer ist das?«

»Das Hausmädchen damals. Hat sich irgendwann aus dem Staub gemacht. Danach kam Mildred.«

»Wer ist Mildred?«, fragte Hanibal.

»Das Hausmädchen vor Dolores. Hat sich die Beine gebrochen.«

»Und wie hat es sich um Frau Eklund verhalten. Sie haben gesagt, Sie hat die Familie verlassen?«

»Ja, ist 10 Jahre her, oder so«, brummte Fischer.

Hanibal machte eine Notiz. »Herr Fischer, Sie waren gestern Abend hier im Haus. Ist ihnen etwas Ungewöhnliches aufgefallen?«

Der Wind schleuderte einen Regenschwall gegen das Fenster.

»Nein.«

»Nein? Geräusche? Personen?«

»Nein. Hab` lange gehäckselt. Jetzt im Spätherbst kommt `ne Menge Dreck von den Bäumen.«

Hanibal massierte seinen Nacken. »Wann haben Sie Herrn Eklund zuletzt gesehen?«

»Mittwochabend.«

»Sie haben ihn gestern den ganzen Tag nicht gesehen. Und das wundert Sie nicht?«

»Nein.«

»Warum nicht?«

»Ist ein großes Haus. Großes Grundstück. Ich habe meine Arbeit. Heinrich hat seine. Wir haben uns manchmal tagelang nicht gesehen. Nicht ungewöhnlich.«

»Haben Sie mit jemanden gesprochen?«

»Lore. Verena. Bin dann in die Garage gegangen und habe den Rasenmäher aufgetankt.«

»Den Rasenmäher?«, fragte Cassidy

»Ja. Der hat neulich den Geist aufgegeben. Verena hat ihn repariert und aufgebohrt. Jetzt hat er richtig viel Power. Ist sogar schneller als das Kart.«

Cassidy sah Herzog an und verdrehte leicht die Augen.

»Ich glaube, wir sind hier fertig. Bitte verlassen Sie

70

das Anwesen nicht.«

»Mach' ich nicht. Wohn' ja hier. Kann ich mit meiner Arbeit weitermachen?«

»Ja.«

Fischer verließ den Raum. Hanibals Magen knurrte.

»Soll ich einen Kaffee besorgen?«, fragte Cassidy.

Hanibal rieb sich den Nacken. »Ja, gerne. Den Nächsten fertige ich alleine ab. Dann kannst Du Dir mal eine Pause gönnen.«

»Willst Du nicht auch eine kurze Pause einlegen?«

»Nein. Ich will hier fertig werden. Das Wetter macht mir Sorgen.«

Sie blickten zum Fenster. Wolken quollen am Himmel auf. Blitze zeichneten die Konturen nach. In weiterer Ferne waren bereits dunklere Wolken zu erkennen.

»Da kommt etwas auf uns zu. Ich will hier nicht festsitzen.«

Cassidy nickte und verließ das Yakzimmer. Hanibal schaltete das Diktiergerät aus. Sein Blick blieb an dem Yakschädel haften. Er fühlte sich noch immer beobachtet. Er vertrat sich die Beine und resümierte im Gedanken die letzten Gespräche. Er legte das Diktiergerät auf den Schreibtisch und blieb am Fenster stehen. Eine Gestalt in einem grünen Regencape huschte unten vorbei. Die Kapuze verdeckte das Gesicht. Sie trug eine Arzttasche aus hellem Leder in der Hand. Er vermutete, dass es Fischer war, der wieder an seine Arbeit ging. Dann verschwand die Gestalt aus seinem Sichtfeld.

Es klopfte an der Tür. Hanibal drehte sich herum. Schaefer stand mit Robert Eklund im Türrahmen.

»Herr Eklund, kommen Sie herein. Bitte, setzen Sie sich«

»Hallo Herr Kommissar, wie kommen Sie voran?«, sagte Robert und setzte sich in einen der Sessel.

Hanibal blieb am Fenster stehen und betrachtete den Waldrand. »Gut soweit. Bisher hat aber niemand etwas bemerkt, was Aufschluss auf den Tod Ihres Vaters gibt. Wie sieht es bei Ihnen aus? Ist Ihnen etwas aufgefallen? Wann haben Sie Ihren Vater zuletzt gesehen?«

Robert schaute auf seine grauen Turnschuhe. »Lassen Sie mich überlegen. Das war Dienstagabend.«

»Dienstag? Jetzt sagen Sie mir nicht auch, dass das Haus so groß ist, dass man sich nur alle paar Tage zufällig sieht«

Robert lächelte. »Ja, da ist was dran. Man kann sich hier aus dem Weg gehen.« Er biss sich nachdenklich auf die Lippen. »Ich war die letzten Tage in meiner Stadtwohnung. Ich war in den letzten Wochen nur selten hier. Meistens nur, um Sachen zum Wechseln zu holen. Das Verhältnis zu meinem Vater ist in letzter Zeit stark abgekühlt. Sobald wir uns unterhielten, haben wir gestritten. So war es auch am Dienstag wieder.«

»Worüber haben Sie gestritten?«

»Dies und Das.«

Hanibal sah ihn fragend an. Der junge Eklund

atmete tief durch. »Mein Vater ist«, er stockte, »war, mit meiner Lebenseinstellung nicht einverstanden. Sie haben vielleicht bemerkt, dass ich kein klassisches, katholisches Familienleben führe. Die Fabrik interessiert mich auch nicht sonderlich. Das war mir nach meinem ersten Praktikum bereits klar. All das Fleisch, das Blut und der Geruch. Ich bin einfach nicht so, wie mein Vater mich gerne gehabt hätte. Ich will nichts damit zu tun haben.« Seine Stimmlage wurde energischer. »Wir haben immer über die gleichen Themen gestritten. Er wollte, dass ich in der Fabrik arbeite und sie später gemeinsam mit Ricarda leite.« Ihm stieg eine blasse Zornesröte ins Gesicht und seine Atemfrequenz erhöhte sich. »Mich interessiert das alles nicht. Ich will bei meinem Onkel im Club arbeiten. Mein Vater hat sich immer eine Hochzeit und Enkelkinder gewünscht. Ich will keine Kinder. Ich bin schwul und Vegetarier.« In seinen Augen hatten sich Tränen gesammelt. »Ich will auch nichts anderes sein.« Seine Atmung beruhigte sich etwas. »Ich könnte Ihnen noch zehn weitere Dinge aufzählen. Wir waren selten der gleichen Meinung.«

»Ihr Vater hatte also andere Wertvorstellungen als Sie?«

Robert pustete aus. »Ja, so kann man das sicherlich am neutralsten ausdrücken.«

»Herr Eklund, ich merke, dass Ihnen der Tod ihres Vaters sehr nahe geht.«

Robert blinzelte ihn an. Eine Träne lief seine Wange

herunter. »Was? Was meinen Sie?« Er wischte die Träne ab und rieb sich die Augen. Dann schüttele er den Kopf. »Nein, ist schon gut.«

Hanibal setze sich auf den Sessel gegenüber. »Sagen Sie, wie lange sind Sie schon mit Herrn zu Braun zusammen?«

»Wir kennen uns seit ungefähr einem halben Jahr. Aber wir sind nicht zusammen. Wir hatten nur eine kurze Affäre. Wir sind nur Freunde. Er hat so seine Eigenarten.«

Hanibal lehnte sich zurück. Er rieb die Hände über die Oberschenkel seiner Jeans. »Ach, da wäre ich nicht drauf gekommen. Er trägt ganz schön dick auf. Er tat so, als wenn man ihn kennen müsste. Ich muss gestehen, dass ich den lokalen Klatsch und Tratsch nicht verfolge. Ist er prominent?«

»Nein. Nicht wirklich. Er tut nur gerne so.« Robert rieb sich erneut die Augen. »Er ist vor drei Jahren in einigen von diesen Nachmittagstalkshows aufgetreten. In einer Doku-Soap hat er sich einige Male ins Bild geschlichen. Danach ist er noch einmal in einer Castingshow ins Fernsehen gekommen. Seitdem ist er der Meinung, dass er berühmt wäre.« Er blickte Hanibal aus geröteten Augen an. »Dieses ständige Gehabe nervt ziemlich. Es gibt da noch einiges anderes, aber das würde jetzt zu weit führen.« Roberts Augen wässerten wieder nach.

Die Tür ging knarrend auf. Cassidy und Ricarda betraten den Raum. Ricarda trug ein reichhaltig befülltes Tablett. Tassen und Gläser klapperten während sie sich durch den Raum bewegte. »Hallo Herr Kommissar, ich habe gehört Sie möchten noch einen Kaffee?« Sie stellte das Tablett auf dem Schreibtisch ab. »Außerdem ist hier das versprochene Frühstück.« Eine Servierplatte mit belegten Brötchen war neben einer Wasserflasche und einer Kaffeekanne platziert.

»Danke, das ist nett«, antwortete Hanibal.

»Hanibal, Du musst unbedingt das Yak-Mett probieren. Das Zeug ist der Hammer«, kommentierte Cassidy euphorisch. »Rica, was hast Du gesagt? Wann kommt das in den Handel?«

»Mitte nächsten Jahres. Die Zulassung läuft noch«, antwortete Ricarda. Sie drehte sich zu Hanibal. »Das sind alles Eklundprodukte. Yakmett, Yakmortadella, Yaksalami, Yakpâté und Yakkäse.«

»Hanibal. Alles vom Yak! Ist das nicht stark! Und erst der Geschmack! Wahnsinn! Los, probier mal!« Cassidy hielt ihm eine Brötchenhälfte vor das Gesicht. Hanibal schaute Ricarda leidend an. Er blickte abwechselnd zwischen den beiden her. »Ähem. Ich glaube, ich nehme erst einmal einen Kaffee.«

Die junge Eklund schaute enttäuscht.

»Ist schon gut Rica, der alte Mann ist nicht so experimentierfreudig. Aber ich mach das schon.« Für diese Aussage erntete Cassidy wieder Hanibals finsteren Blick. Sie parierte charmant lächelnd.

»Herr Kommissar«, meldete sich Robert zu Wort. Alle drei drehten sich zu ihm. Robert zuckte zusammen.

»Ach ja, Herr Eklund. Wir sind durch. Bitte verlassen Sie das Haus noch nicht, falls ich später noch einmal mit Ihnen reden möchte.«

»Kein Problem.« Er blickte zu seiner Schwester. »Rica, weißt Du, wo Dolores ist? Ich brauch auch unbedingt etwas zu essen.«

»Das musst Du Dir selber machen. Ich habe ihr gesagt, sie soll sich hinlegen. Ihr ging es nicht gut.«

»Dann eben nicht!«, schmollte Robert und verließ den Raum.

Hanibal sah ihm hinterher. *Nimm Dir doch ein leckeres Yakmett-Brötchen.*

Hanibal goss sich einen Kaffee ein. »Frau Eklund, wo Sie gerade hier sind. Ich würde Ihnen auch noch gerne einige Fragen stellen.«

»Ja natürlich«, antwortete sie.

Er streckte die Hand nach der Servierplatte aus, zögerte dann aber. Cassidy war weniger zurückhaltend. Sie nahm eine Serviette und eines der Mettbrötchen. Dann biss sie herzhaft hinein. Das krosse Brötchen krachte unter ihrem Biss. »Köstlich!«, honorierte sie den Aufstrich. Ricarda schaute zufrieden.

»Was möchten Sie wissen, Herr Kommissar?«

»In erster Linie etwas zum Tathergang. Wo waren Sie gestern Abend? Wann haben Sie ihren Vater zuletzt gesehen? Haben Sie etwas Ungewöhnliches bemerkt?«

Ricarda steckte die Hände in die Lockenmähne. »Ich

habe ihn gestern am späten Nachmittag gesehen. Wir haben über die Lieferung von heute gesprochen. Danach bin ich in den Fitnessraum gegangen.« Cassidy war weiterhin mit Kauen beschäftigt und goss sich einen Kaffee ein. »Danach bin ich noch einmal weggefahren. Ich musste eine Besorgung machen. Gegen 23:30 Uhr war ich wieder hier.«

»Sie haben ihren Vater nicht mehr gesehen?«

»Nein, aber ich habe gesehen, dass oben im Turm Licht brannte. Also hat er noch gearbeitet.«

»Um diese Zeit noch? Kam Ihnen das nicht seltsam vor?«

»Nein, das ist nicht ungewöhnlich. Er hat oft bis in die Nacht gearbeitet.«

»Aber er hätte doch am nächsten Tag sowieso hier gearbeitet.«

»Herr Kommissar«, Ricarda blickte ihm tief in die Augen, »Sie haben offensichtlich noch nicht häufig im Home-Office gearbeitet? Da zieht man seinen Arbeitstag manchmal ungewollt in die Länge. Außerdem war er ein Arbeitstier. Er hat nur wenig geschlafen. Er hat manchmal nicht mehr als vier Stunden pro Nacht geschlafen.«

Hanibal nahm einen Schluck Kaffee. »Okay. Haben Sie gestern Abend noch mit jemanden gesprochen? Zum Beispiel im Fitnessraum?«

Cassidy nahm sich ein Brötchen mit Yakmortadella und biss hinein.

Ricarda zögerte mit der Antwort. »Ja, ich habe Verena getroffen. Sie ist fast täglich dort. Aber donnerstags eigentlich selten. Sie fährt sonst nach Feierabend in ihre Wohnung.«

»Sie hat erzählt, dass Sie aufgeregt waren und das Training schnell beendet haben. Sie hat vermutet, dass Sie sich mit ihrem Vater gestritten hätten. War das so?«

Sie zögerte erneut. »Nun ja. Es ging, wie so oft, ums Geld.«

»Inwiefern?«, fragte Hanibal.

»Das Übliche. Gehälter. Lieferkosten. Einkaufspreise. Mein Vater ist bei den Preisverhandlungen sehr hart. Ich bin der Meinung, dass selbst, wenn wir die Lieferanten nicht so stark im Preis drücken, wir trotzdem noch einen passablen Gewinn machen würden. Ich bin also, in einem gewissen Rahmen, großzügiger als mein Vater. Wir wollen ja schließlich alle leben. Aber er ist der Meinung, dass er die Preise bestimmt, solange er die Firma führt.«

»Das war aber nicht der Grund, weshalb Sie Ihr Training beendet haben, oder?«

»Nein, ich war einfach nicht gut drauf. Ich hatte es eilig und wollte noch weg. Da habe ich mit dem Training aufgehört.«

»Was hatten sie denn noch so Dringendes zu erledigen?«

»Ich habe etwas aus meiner Wohnung in der Stadt geholt.«

»Frau Eklund. Jetzt lassen Sie sich doch nicht jedes Wort aus der Nase ziehen.«

»Es war nichts wirklich Dringendes. Nur etwas für

die Hochzeit. Magnus und ich werden in ungefähr zwei Wochen heiraten.«

Ein quiekender Laut ertönte aus Cassidys Richtung. Hanibal blickte ernst in ihre Richtung.

»Was denn?«, fragte Cassidy kauend.

»Na dann, herzlichen Glückwunsch«, betonte Hanibal. »Frau Eklund, das war es zunächst.«

Ricarda erhob sich aus dem Sessel. »Wenn Sie noch Fragen haben oder etwas brauchen, melden Sie sich.«

»Danke Rica. Wir werden es dich wissen lassen«, fügte Cassidy hinzu.

Sie verließ den Raum. Nachdem sie außer Hörweite war, blickte Hanibal über seine Kaffeetasse hinweg. »Was ist denn das für eine Vertrautheit mit Frau Eklund?« Cassidy fegte mit der Hand die Krümel zusammen, die sie auf dem Schreibtisch hinterlassen hatte. »Ach nichts, ich habe vorhin ein paar Worte mit ihr geredet. Ich finde sie einfach nett. Ich dachte, so eine persönliche Basis kann nicht schaden.«

»Übertreib es nicht. Sie ist eine potenzielle Verdächtige.«

»Ach, ich weiß nicht. Sie hat doch kein Motiv.«

»Nein?«, fragte Hanibal. »Wie wäre es mit der Geschäftsleitung oder den Streitereien über die Führung des Unternehmens. Geld ist das simpelste Motiv. Die Fahrt in ihre Wohnung scheint mir auch sehr konstruiert.«

»Ja. Vielleicht hast Du recht.« Sie hatte bereits alle

Krümel zusammengekehrt, fegte aber weiter über die Tischplatte. »Sie macht auf mich nicht den Eindruck, als wenn sie ihrem Vater einen Schuh ins Gehirn rammen würde.«

Sie nahm die hohle Hand mit den Krümeln und leerte sie im Papierkorb aus. »Hanibal, ich weiß, Du hast schon hunderte von Fällen abgeschlossen, aber Du solltest ein wenig vertrauensvoller sein. Sieh nicht immer nur das Schlimmste in den Menschen.«

»Nein?«, fragte er. »Wenn Du das hier einmal so lange gemacht hast wie ich, dann reden wir weiter. Wenn Dir der erste Mörder vor Gericht ungeschoren davon kommt, weil er einen pfiffigen Anwalt hat.« Er streckte den Rücken durch. »Kannst Du dich noch an den Kerl vor zwei Jahren erinnern? Freispruch. Drei Wochen später hat er seine Frau zerstückelt. Das war nicht der Erste, der mir durchgegangen ist. Ich hatte schon einige von diesen Typen. Die Indizienlage war eindeutig. Beweise vorhanden. Dann kommen die Anwälte, spielen ihre Tricks aus und schon werden Verbrecher, die wir überführt haben, wieder freigesprochen. Wir leben in einer Welt voller Arschlöcher.«

»Ich erinnere mich. Das sind doch alte Geschichten.«

»Zwei Jahre sind nicht lange her«, stellte Hanibal fest. Er schüttelte sich kurz. »So ist das Leben. Wenn Du das einmal mitgemacht hast, dann nüchterst auch Du aus, wenn es darum geht, das Gute im Menschen zu sehen. Du hast es doch auch schon gespürt. Oder muss ich Dich an den Zwischenfall mit der Krawatte erinnern.« Er grinste, »Cassidy?«

»Nein, musst Du nicht«, erwiderte sie verlegen.

Er nahm einen Schluck Kaffee. »Wen haben wir noch übrig?«

»Den Anwalt, die Transe und den Hypochonder«, antwortete die Polizistin.

»Dann nehmen wir den Anwalt. Ich will das hier hinter mich bringen.«

Cassidy verließ den Raum. Er bemerkte, dass er das Diktiergerät nicht wieder eingeschaltet hatte.

Er ging zum Fenster. Die Wipfel der Bäume wogten nun wesentlich stärker im Wind. Er hörte wieder ein Knacken hinter der Yaktrophäe. Er ging hinüber und betrachtete den Schädel. In den schwarzen Stirnfransen des langgezogenen, kuhähnlichen Gesichtes hatte sich Staub angesammelt. Er wischte mit dem Zeigefinger über die langen Hörner. Auch hier fühlte er eine dünne Staubschicht. Er glaubte, ein leises Atmen zu hören. Dann presste eine Windböe pfeifend Luft durch den Fensterrahmen. Die Wand vibrierte leicht. Er neigte das Ohr zur Wand, als er ein Räuspern hörte. Cassidy stand mit dem Anwalt in seinem dunklen, maßgeschneiderten Nadelstreifenanzug im Türrahmen. Der Anwalt drückte sich an Cassidy vorbei und streckte Hanibal die Hand entgegen. Hanibal streckte reflexartig die Hand aus. Goldene Manschettenknöpfe funkelten ihm entgegen. Das streng zurückgekämmte, graue Haar lief spitz auf der Stirn zusammen. Zusammen mit den dunklen Augen erinnerte Hanibal der

Gesichtsausdruck an einen Raubvogel. Hanibal erkannte den Mann wieder. Es war der Drängler von der Landstraße.

»Guten Morgen Herr Kommissar. Mein Name ist Cornelius Schickfuß. Wir hatten noch keine Zeit uns vorzustellen.«, begrüßte er Hanibal mit einer alten, dunklen Stimme.

»Herzog«, stellte Hanibal sich vor.

Schickfuß zog die Manschetten seines weißen Hemdes zurecht. »Herr Kommissar, ich würde gerne mit Ihnen über das Verhalten Ihrer Kollegin reden. Sie hat mich heute Morgen recht stark angegangen und beleidigt. Das wird noch ein Nachspiel für sie haben. Sie ist offensichtlich der Meinung, dass sie sich mit ihrem Dienstausweis alles herausnehmen kann.«

Hanibal blickte zu Cassidy. Sie legte den Kopf zur Seite und versuchte unschuldig auszusehen. Dann zog sie einen Mundwinkel hoch und zuckte mit den Schultern. Hanibal erinnerte sich an Schaefers Worte.

»Herr Schickfuß, ich bin nicht hier um Dienstbeschwerden aufzunehmen.« Der Anwalt rückte die bordeauxrote Krawatte zurecht. »Sie sind verpflichtet, meine Beschwerde aufzunehmen.«

Eins zu Null für den Anwalt, dachte Hanibal.

»Natürlich werde ich ihre Beschwerde aufnehmen.« Hanibal blieb ruhig. »Aber können wir uns im Augenblick bitte auf die aktuellen Ereignisse konzentrieren. Ich werde noch mal auf Sie zukommen, wenn ich die Befragungen abgeschlossen habe.«

»Ich werde Sie in die Pflicht nehmen«, insistierte Schickfuß.

»Natürlich«, gab Hanibal nach. »Bitte setzen Sie sich.«

Hanibal setzte sich auf den Bürostuhl, während Schickfuß sich in einem der Sessel niederließ. Er schaltete das Diktiergerät ein. Cassidy stand still neben der Tür und schaute ziellos umher, bis ihr Blick auf dem Yakschädel verharrte.

»Herr Schickfuß, können Sie mir kurz erklären, in welchem Verhältnis Sie zu den Eklunds stehen?«, eröffnete Hanibal das Gespräch.

»Ich bin ein Freund der Familie. Herr Eklund und ich kennen uns seit guten vierzig Jahren. Kurz nachdem er nach Deutschland kam, hatte er juristischen Beistand bei meinem Vater gesucht. Ich hatte damals mit dem Studium angefangen und war häufig in der Kanzlei meines Vaters. Dort sind wir uns begegnet. Wir haben uns auf Anhieb gut verstanden und wurden Freunde. Wir haben vieles gemeinsam erlebt. Ich war sein Trauzeuge. Ich sollte der Pate seines ersten Sohnes werden. Im Laufe der Jahre habe ich mich dann um die juristischen Angelegenheiten der Familie und seiner Firma gekümmert.«

»Das bedeutet, Sie hatten stets einen tiefen Einblick in das familiäre Umfeld?«

»Ja. So kann man es sagen«, antwortete der Anwalt.

»Hatten Sie heute einen Termin mit Herrn Eklund oder warum sind Sie so früh hergekommen?«

»Nein, ich hatte keinen Termin. Magnus hat mich angerufen, nachdem sie Heinrich gefunden hatten. Ich bin so schnell gekommen, wie ich konnte.«

»Hatte Herr Eklund Feinde?«

»Feinde? Nein, so würde ich das nicht nennen. Vielleicht Konkurrenten und Neider. Aber Feinde? Nein.«

»Sie kennen Niemanden, der Interesse seinem Tod haben könnte?«

»Niemand, dem ich zutrauen würde, ihn zu ermorden.« Er schlug die Beine übereinander. »Einige haben ihm sicherlich den Tod oder die Pest an den Hals gewünscht. Aber das brachte der Erfolg mit sich. Wir können bei seinen Kindern anfangen und uns dann über die Konkurrenz vorarbeiten. Einige hätten sicherlich Interesse an seinem Tod. Wegen des Erbes oder wegen der Eliminierung eines großen Namens in der Wurstlandschaft. Aber, wie gesagt, ich würde Niemanden zutrauen, zu solch drastischen Mitteln zu greifen. Heinrich war ein guter Vater, ein großzügiger Arbeitgeber, ein Wohltäter, ein gewiefter Geschäftsmann und ein guter Freund.«

Hanibal lehnte sich zurück. »Aber anscheinend ist er jemandem auf den Schlips getreten. Wann haben Sie Herrn Eklund zuletzt gesehen?«

Schickfuß überlegte. »Hm. Vor ungefähr vor drei Wochen.«

»Worüber haben Sie sich unterhalten?«

»Ach, wir haben uns auf eine Flasche Wein getroffen. Daraus wurden dann drei Flaschen. Wir haben über Vieles geredet. Über alte Zeiten und sind in alte Geschichten verfallen. Später am Abend, das muss so bei der dritten Flasche gewesen sein, ist Heinrich wehmütig geworden. Er hat über Maria geredet. Dann hat er in Frage gestellt, ob er im Leben alles richtig gemacht hat. Er war sehr sentimental. Ich habe ihn öfters in dieser Stimmung erlebt, seit Maria weg ist. Ich habe mir daher weiter keine Gedanken darüber gemacht.«

»Hat er nichts ungewöhnliches erwähnt?«

Schickfuß blickte an die Decke und schien in seinen Erinnerungen zu kramen. »Ja, eine Sache war etwas ungewöhnlich. Er hat darüber geredet, sein Testament zu ändern. Das hat er bisher immer nur im Scherz getan, wenn er sauer auf Ricarda oder Robert war. Wir haben das Testament vor vielen Jahren aufgesetzt. Seitdem hat er es nicht mehr geändert. Aber diesmal schien es ihm ernst zu sein.«

Schickfuß fasste sich ans Kinn. »Er hat erzählt, dass er sich in den letzten Wochen schlecht fühlte. Er hatte erwähnt, dass er seit einigen Wochen körperliche Beschwerden hat. Er hatte das Gefühl, dass es langsam mit ihm zu Ende ging und wollte einige Dinge testamentarisch neu regeln.«

»Ist er genauer auf die Änderungen eingegangen?«, fragte Hanibal.

»Nein, keine Details. Nur die Andeutung, dass es

erhebliche Auswirkungen auf seine Kinder haben würde.«

»Das ist aber eine sehr gewichtige Information.«

»Ja, aber Sie müssen verstehen, dass es bei der dritten Flasche Rotwein war. Da macht man schon mal bedeutungsschwangere Andeutungen, die man nicht mehr so ernst meint«, verteidigte Schickfuß seinen Freund.

»Schon gut. Wie ist es weiter gegangen?«

»Eigentlich gar nicht. Das Hausmädchen hat den Abend mehr oder weniger beendet.«

»Wie denn das?«

»Ach, dieses ungeschickte Ding. Sie sollte eigentlich nur ein paar Teller abräumen. Dabei hat sie eines der Weingläser umgeworfen und mir alles über Hemd und Jacke geschüttet. Ich bin ihr gegenüber dann leicht ausfallend geworden.«

»Leicht ausfallend?«

»Naja, ich habe sie zurechtgewiesen. Sie ist dann heulend rausgelaufen. Das ist sonst nicht so meine Art, aber ich war auch schon ein wenig angetrunken. Das müssen Sie verstehen.«

»Ja, schon gut. Und danach?«

»Danach war nichts mehr. Ich habe mich von Heinrich verabschiedet, habe mich trocken gelegt und bin ins Bett gegangen. Ich hatte in der Nacht in einem der Gästezimmer im rechten Flügel geschlafen. Nach dem vielen Wein wollte ich mich nicht mehr hinters Steuer setzen. Am nächsten Morgen bin ich früh gefahren, weil ich einen Termin

86

in der Stadt hatte.«

»Das war das letzte Mal, dass Sie mit ihm geredet haben?«

»Nein, wir haben vor einigen Tagen telefoniert. Wir haben uns für das Wochenende, also für Morgen, verabredet. Er hatte das Testament geändert und wollte, dass ich es beglaubige.«

»Und Sie wissen wirklich nicht, worauf sich die Änderungen beziehen?«

»Nein. Ich nehme an, dass es um Robert geht. Die beiden haben in den letzten Monaten nur noch im Streit miteinander gelebt. Es könnte aber auch sein, dass es sich auf eine seiner Angestellten aus der Fabrik bezieht. Diese Freundin von Ricarda. Wie heißt sie noch gleich?« Schickfuß überlegte kurz. »Wolf. Hase. Fuchs. Annette. Anke. Irgendetwas mit 'A' und einem Tier.«

Hanibal horchte auf. »Anika Fux?«

»Ja genau. Die ist es!«, bestätigte der Anwalt. »Ich kann mir sehr schlecht Namen merken, wenn ich keinen beruflichen Kontakt zu den Leuten habe. Heinrich hat zu ihr in den letzten Jahren anscheinend ein besonderes Verhältnis aufgebaut. Vielleicht wollte er ihr etwas Gutes tun. Er hat sie ja fast adoptiert. So oft, wie die hier war. Aber ich wusste nicht, ob er es ernst meinte. Sie war bisher nicht im Testament erwähnt.«

Hanibal machte eine kurze Notiz. »Sie kennen das Testament? Wissen Sie, wer darin erwähnt wurde?«

»Ich kenne das alte Testament. Ich bin Anwaltsnotar

und habe es damals beglaubigt. Das ist schon lange her. Lassen Sie mich überlegen. Die Kinder. Sie erhalten den Großteil des Erbes. Dann ist dieser seltsame Bruder von Maria erwähnt. Ein oder zwei Stiftungen sollten auch Geld bekommen. Einige Freunde und nahestehende Angestellte wurden kurz mit kleineren Geldbeträgen oder einem Sacherbe erwähnt. Alles in allem keine großen Dinge. Ach ja, und der Gärtner. Erik Fischer.«

Hanibal kratze mit dem Stift über den Notizblock »Was ist mit Heinrichs Bruder?« Hanibal blätterte einige Seiten in seinem Notizblock zurück. »Björn?«

»Stimmt. Den gibt es ja auch noch. Der sollte die Kanone und das ausgestopfte Yak im Keller erben.« Schickfuß grinste. »War ein Scherz von Heinrich.«

»Verstehe. Wen meinen Sie mit 'Marias seltsamen Bruder'?«

»Carls«, sagte Schickfuß.

»Sie mögen seinen Lebensstil nicht?«, fragte Hanibal.

»Sein Lebensstil ist mir egal. Ich mag ihn nicht. Er ist Heinrichs persönlicher, dankloser Sozialhilfefall.«

»Was meinen Sie?«

»Heinrich hat ihm vor einigen Jahren einen Kredit gegeben. Der Laden lief damals nicht gut. Er hat Heinrich um Geld angebettelt. Ohne Heinrich wäre der Laden längst pleite gegangen. Heinrich hat ihm die Rückzahlung immer wieder gestundet. Carls ist Familie, aber Heinrich wollte ihn trotzdem nicht aus der Kreditverpflichtung heraus lassen. Es war aber keine Frage des Geldes. Heinrich hätte ihm die Schulden jederzeit erlassen können. Heinrich war der Meinung, dass jeder für sein Geld und sein Auskommen arbeiten solle. So, wie er selbst. Er hatte nie etwas geschenkt bekommen. Deshalb wollte er auch anderen nichts schenken, wenn sie nichts dafür taten. Gute Arbeit hat er aber stets honoriert. Wenn es hart auf hart gekommen wäre, dann hätte er Carls selbstverständlich nicht hängen lassen. Ich kenne den Betrag, den Heinrich ihm vermachen wollte. Carls ist fein raus. Heinrich wollte ihn aber etwas zappeln lassen.«

»Wie war ihr Verhältnis zueinander?«, fragte Hanibal.

»Carls ist Marias Bruder. Als der Nachtclub vor dem Ruin stand, hat Heinrich geholfen. Das ist jetzt über zwölf Jahre her. Carls war natürlich froh, dass er das Geld bekam. Er hätte sich aber sicherlich gewünscht, Heinrich hätte ihm das Geld geschenkt.« Schickfuß räusperte sich. »Carls konnte seine Lieferanten bezahlen und dringende Renovierungen durchführen. Mit dem Laden ging es dann bergauf. Carls verdient kein Vermögen, aber er kann sich gut über Wasser halten. Die monatliche Kreditrate war ihm aber immer ein Dorn im Auge. Manchmal lief der Laden schleppend. Dann ist Carls mit den Raten in Rückstand geraten. Heinrich hat sie ihm dann gestundet. Carls hat ihn ständig gebeten ihm den Kredit zu erlassen, aber Heinrich ist diesbezüglich immer stur geblieben. So war er einfach. Geld, nur gegen Leistung. Carls hat es ziemlich auf die Palme gebracht, dass er so abhängig von Heinrich war.«

Hanibal machte wieder einige Notizen.

»Wissen Sie, was Heinrich mit dem Geld gemacht hat, dass Carls ihm gezahlt hat?«, fragte Schickfuß.

Hanibal schüttelte den Kopf. »Er hat es für Carls angelegt. Im Testament war eine Klausel enthalten, die den zurückgezahlten Betrag verfünffacht.«

»Weiß Herr Carls von dieser Klausel?«, fragte der Kommissar.

»Ich denke nicht. Es wäre nicht Heinrichs Stil gewesen, es ihm zu sagen.«

Hanibal nickte. »Hat Heinrich Ihnen gegenüber erwähnt, dass er Ihr Patenkind enterben will?«

»Mein Patenkind?« Schickfuß warf ihm einen fragenden Blick zu.

»Ja, Robert. Sie haben vorhin gesagt, dass Sie der Pate des ersten Sohnes werden sollten.«

»Da haben Sie etwas missverstanden. Carls ist Roberts Patenonkel. Ich wäre der Pate von Raphael Eklund gewesen. Heinrichs erstem Sohn. Roberts älterem Bruder.«

Hanibal fuhr durch seine dunklen Haare. »Den habe ich bisher nicht kennengelernt. Ist er heute nicht hier? Könnten wir ihn anrufen?«

»Nein, das können wir nicht.« Schickfuß zog die Augenbrauen zusammen. »Raphael ist vor ungefähr 24 Jahren gestorben.«

Hanibals Augen weiteten sich und stotterte den nächsten Satz, »Oh. Was..? Was ist geschehen?«

»Er ist leider versehrt auf die Welt gekommen. Während der Schwangerschaft hatte sich die Nabelschnur um seinen Hals gelegt. Das Gehirn wurde nicht ausreichend mit Sauerstoff versorgt. Im Alter von fünf Monaten ist er am plötzlichen Kindstod gestorben. Der Kleine ist eines Morgens einfach nicht mehr aufgewacht.«

»Das tut mir wirklich sehr leid«, bedauerte Hanibal.

»Das ist lange her. Er hätte niemals das Leben führen können, das er verdient hätte.«

»Hm«, murmelte Hanibal. »Wissen Sie etwas darüber, ob Robert enterbt werden sollte?«

Der Anwalt schüttelte den Kopf. »Nur, was ich vorhin vermutet habe, aber das hätte Heinrich wahrscheinlich nicht gemacht. Die Familie war ihm wichtig. Heinrich war mit Roberts Lebenswandel nicht einverstanden, und auch wenn er sich gerne mit Robert darüber gestritten hat, so hatte er eigentlich bereits seinen Frieden damit geschlossen. Er hat sich für Robert etwas anderes gewünscht, aber er ist sein Sohn. Außerdem ist Enterbung von Blutsverwandten nicht so einfach, wie sich viele Leute, das vorstellen. Es gibt einen Pflichtanteil. Der Unterschied zwischen Pflichtanteil und Heinrichs restlicher Erbmasse ist zwar erheblich, aber wem hätte es genutzt?«

Hanibal notierte wieder etwas. »Vielen Dank, Herr Schickfuß. Das war sehr informativ.«

»Sehr gerne«, formalisierte der Anwalt das Gespräch. Er stand auf und zog sich das Sakko zurecht. »Herr Kommissar, denken Sie daran, dass wir uns nachher noch einmal wegen der Dienstbeschwerde unterhalten.«

»Ach ja«, erwiderte Hanibal. »Ich habe doch noch eine Frage. Gehört Ihnen der schwarze Bentley im Carport?«

»Ja«, bestätigte Schickfuß.

»Das habe ich mir gedacht. Sie waren heute Morgen sehr sportlich unterwegs, oder?« Hanibal nahm einen Schluck Kaffee. »Sie als Anwalt wissen, dass Missachtung der Verkehrsregeln und Nötigung im Straßenverkehr, Straftaten sind, oder?«

Schickfuß wusste nicht, worauf er hinaus wollte.

»Ich habe Ihren schwarzen Bentley bei genau diesen Vergehen beobachtet. Sie haben einen silbernen BMW genötigt. Woher ich das weiß? Ich war der Fahrer.«

Der Anwalt steckte den Zeigefinger in den Hemdkragen. Hanibal stand auf. Er stütze sich auf den Tisch und blickte Schickfuß tief in die Augen. »Ich mache Ihnen einen Vorschlag. Wenn Sie möchten, unterhalten wir beide uns nachher noch einmal über Dienstbeschwerden und Verkehrsdelikte. Vielleicht kommen wir zu folgendem Ergebnis. Beides ist manchmal nicht so wichtig. Was halten Sie davon?«

Schickfuß drehte sich tonlos um. Er stapfte mit großen Schritten aus dem Raum. Er blickte im Vorbeigehen Cassidy an. Sie spürte einen kühlen Luftzug.

Hanibal lächelte. *Ausgleich Bulle.*

Er schüttelte sich das Lächeln aus dem Gesicht und schaltete das Diktiergerät ab. »Cassy, Cassy, Cassy. Was hast Du eigentlich gemacht?«

Cassidy zwirbelte eine Haarsträhne zwischen den Fingern. »Ach, nichts Besonderes. Er kam reingerannt und wollte in den Turm. Ins Arbeitszimmer. Zuerst habe ich ihn höflich gebeten, das nicht zu tun.« Sie legte die Strähne hinters Ohr. »Dann wollte er sich an mir vorbei drängeln. Ich habe ihm den Arm in den Rücken und ihn um die eigene Achse wieder nach draußen gedreht. Nur ganz kurz.« Sie grinste. »Es war mehr wie eine Figur beim Tanzen. Dann ist er laut geworden.« Sie formte Rehaugen und neigte den Kopf zur Brust. »Dann bin ich vielleicht auch etwas lauter geworden.« Sie schaukelte mit dem Kopf. »Dann hat er angefangen. Paragraphen, Dienstbeschwerde, Anzeige. BlaBlaBla. Ricarda hat ihn beruhigt. Der kann sich aber auch was anstellen.«

Hanibal legte die Stirn in Falten. »Das könnte noch ein Nachspiel haben. Vielleicht habe ich ihn ja eingefangen«

»Ja. Danke«, sagte sie kleinlaut.

»Gern geschehen. Wir werden uns später darum kümmern. Ich fand das Gespräch mit ihm übrigens sehr interessant.«

Hanibal durchquerte den Raum. Er stellte sich seitlich zum Yakschädel.

»Ja, ich bin auch der Meinung, dass...«, sagte

Cassidy.

Hanibal hörte wieder ein Geräusch hinter der Wand und legte seinen Finger auf die Lippen. Er drehte seine Augen in Richtung des Schädels. »Wir ziehen keine Rückschlüsse. Wir werden erst mit allen reden.«

Cassidy hatte verstanden. »Ich geh mal den Kaffee wegbringen und hol den nächsten Zeugen.«

Hanibal legte die Hand auf Cassidys Schulter und schob sie durch den Raum zur Tür hinaus. Sie blickten umher. Der Gang war leer. Er lief zur Tür des angrenzenden Zimmers und riss sie auf. Er betrat einen fensterlosen Raum, der ein buntes Farbenspiel der Heraldik darstellte. Die Wände waren gesäumt von Schaufensterpuppen, gewandet in Kettenhemden und Wappenröcke. Außer den Puppen war niemand hier. Er blickte zu der Wand, die an das Yakzimmer grenzte. Die Proportionen des Zimmers irritierten sein Augenmaß. Er schaute noch einmal den Gang bis zur Tür des Yakzimmers entlang. »Ist es möglich, dass ...?«, murmelte er einen halben Gedanken.

»Was ist los?«, fragte Cassidy.

Er zeigte in Richtung des Rittersaals. Nach einigen Metern flüsterte Hanibal, »Cassy, ich kann mich irren, aber ich habe das Gefühl, dass wir belauscht wurden. Da war etwas hinter der Wand. Ich habe ein Atmen gehört.«

Sie nickte. »Ich habe auch etwas gehört. Dachte, es wäre der Wind.«

94

»Habe ich zuerst auch gedacht.«

Sie erreichten den Rittersaal. Schaefer stand auf seinem Wachposten vor der geöffneten Tür.

»Ist Frau Eklund hier?«, fragte Hanibal.

»Nein, aber der junge Eklund ist drin. Er hat sich wieder zu seinem Freund gesellt.«

»Hat sie gesagt, wo sie hingegangen ist?«

»Ja, sie hat sich förmlich abgemeldet. In die Küche«, antwortete Schaefer.

»Cassy, tu mir einen Gefallen. Ich will mit ihr reden. Treib sie auf.«

Hanibal warf einen Blick in den Saal. Die beiden Türen standen offen. Robert und zu Braun hatten ihren Platz in die Sitzecke verlagert. Zu Braun wippte nervös mit dem Bein. Robert versuchte halbherzig, ihn zu beruhigen. Seine Hand ruhte auf dem Unterarm des Pfaus. Schickfuß stand vor der Fensterfront und telefonierte. Lola d´Amour hatte sich am Buffetschrank vor dem Kühlschrank lasziv nach vorne gebeugt und wühlte darin herum.

Hanibal trat an Lola heran. »Herr Carls?«

Der Travestiekünstler reagierte nicht. »Herr Carls?«, wiederholte Hanibal, »Frau d´Amour!«

Lola d´Amour reckte sich auf und drehte sich theatralisch herum. Sie strahlte den Kommissar an.

»Aber warum denn so förmlich?«, säuselte sie. »Nennen Sie mich Lola«.

»Herr Carls, bitte kommen Sie mit.«

»Ach, Sie kommen mich sogar persönlich abholen. Da fühle ich mich aber sehr geschmeichelt.«

Hanibal verdrehte innerlich die Augen, blieb aber gelassen. »Kommen Sie bitte mit. Ich habe einige Fragen ...«

»...die Sie mir in privaterer Atmosphäre stellen möchten?«, beendete sie den Satz. »Aber Herr Kommissar, was soll ich denn davon halten?«

»Mitkommen!«, erwiderte Hanibal scharf.

Er drehte sich herum und marschierte zur Tür. Als er Schaefer passierte, sagte er gut hörbar. »Wenn er sich in einer Minute nicht bewegt, bringst Du ihn mir.« Er drehte seinen Kopf über die Schulter. »Und sei nicht zimperlich.«

Herzog nahm den Gang mit großen Schritten. Auf halber Strecke hörte er das schnelle Klacken von Stöckelschuhen hinter sich. »Herr Kommissar, warten Sie. Seien Sie doch nicht eingeschnappt.« Er verlangsamte den Schritt nicht. Lola beschleunigte und das Klackern der Absätze steigerte sich zu einem Stakkato. Sie winkte mit der Stola. »Jetzt warten Sie doch.«

Hanibal erreichte das Yakzimmer und wartete an der Tür. Lola erreichte ihn schnaubend. »Wissen Sie eigentlich, wie anstrengend das ist?« Hanibal presste die Hand zwischen ihre Schulterblätter und schob sie zu einem der Sessel.

»Herr Carls, können wir jetzt mit Spielchen aufhören!«

»Okay«. Seine Stimme wurde zwei Oktaven tiefer. »Mann, sind Sie humorlos. Was kann ich für Sie tun?« Lola zog die Perücke vom Kopf und legte sie auf den Tisch. Nun saß Klaus Carls, ein geschminkter Mann im Leopardenkleid, breitbeinig im Sessel

»Sie können mir zunächst einmal erzählen, was dieses Gehabe soll. Ich ermittele in einem Mordfall und Sie treiben hier Spielchen.«

»Ach, wissen Sie, ich müsste lügen, wenn ich behaupte, dass mir Heinrichs Tod sonderlich nahe geht.« Carls wechselte wieder in seine Lola Stimme. »Aber so ein Schnuckelchen wie Sie, lernt man nicht alle Tage kennen.« Ein Auge mit orangen Lidschatten zwinkerte Hanibal zu.

»Es reicht!«, rief er Carls zur Ordnung.

»Ja, ist gut. Ich komme manchmal schwer aus meiner Rolle. Ich bin seit Jahren jede Nacht nicht ich selbst. Ich habe eine Art zweite Persönlichkeit entwickelt. Ich wurde zur Unterhaltung geboren.«

»Kann ich verstehen. Aber jetzt, schalten Sie das aus. Ein Todesfall ist nicht unterhaltend.«

Carls sackte kurz in sich zusammen.

Hanibal warf einen flüchtigen Blick auf den Yakschädel und ließ sich in den Sessel gegenüber von Carls fallen. Dann schaltete er das Diktiergerät ein. »Können Sie mir einige Fragen beantworten, ohne das Mrs. Hyde herauskommt?«

Carls lächelte ihn an. Er wechselte wieder in seine Männerstimme. »Ja.«

»Warum sind Sie heute hier? Frau Eklund hat erzählt, dass Sie keinen Termin haben.«

»Sie sind ja ganz schön direkt. Wollen Sie nicht erst

mal wissen, wo ich letzte Nacht war? So was fragen Kommissare doch sonst.«

»Nun gut, wenn Sie wollen. Wo waren Sie letzte Nacht? Soll ich Ihnen noch eine Schreibtischlampe ins Gesicht drehen?«

Lola kam wieder zum Vorschein. »Grrrr. Sie Schlingel!« Bevor Hanibal etwas sagen konnte, wechselte sie wieder in die Männertonlage. »Ich war im Club. Habe gearbeitet und habe viele Zeugen.«

»Das habe ich mir gedacht. Sie riechen nach Kneipe. Daher habe ich die Frage übersprungen«

»Ach so. Interessiert Sie etwa nicht, was ich so mache.«

»Also, was machen Sie?«

»Mir gehört das *Slips-Off*.«

»Weiß ich bereits. Das ist die Kneipe in der Innenstadt.«

»Kneipe? Pah!« Carls legte ein Turniertänzerlächeln auf. »Wir sind viel mehr. Wir sind ein Travestie-, ein Cabaret-, ein Tanzclub. Wir machen es die ganze Nacht. Sie haben doch bestimmt schon einmal vom *Slips* gehört, oder?«

»Oh ja, das habe ich. Meine Kollegen sind regelmäßig bei Ihnen.«

Carls verschränkte die Arme vor der Brust. Er errötete leicht. »Nun ja. Hin und wieder kommt einer vorbei.«

»Herr Carls, jeder Polizist kennt das *Slips*.«

»Ach, wirklich? Ich wusste nicht, dass wir so bekannt sind.«

98

»Darauf wäre ich nicht stolz. Es gibt diverse Anzeigen wegen Ruhestörung und Drogendelikten. Sie können froh sein, dass wir den Laden noch nicht dicht gemacht haben.«

Carls wippte unruhig in seinem Sessel.

»Schlägereien. Erregung öffentlichen Ärgernisses«, zählte Hanibal weiter auf, »und wenn ich nicht irre, dann gab es schon einmal einen Vorfall mit einem Clown und einem Maultier.«

»Ich ... also ... nun ...«, stotterte Carls. »Wir ziehen ein buntes Publikum an. Und ich kann nun wirklich nichts dafür, was meine Gäste in den Seitenstraßen treiben. Schlägereien? Ich bitte Sie. Das waren höchstens kleine Rangeleien. Da bricht schon mal ein Fingernagel ab. Und die Geschichte mit Maultier kann ich erklären.«

»Ist mir egal. Ich bin nicht von der Sitte. Ich lese nur gerne ihre Berichte.«

»Also haben auch Sie schon von mir gehört?«, sagte Lola.

Hanibal konnte sich ein kurzes Lächeln nicht verkneifen. »Wie läuft der Laden?«

Klaus antwortete, »Mal besser, mal schlechter. Wir bedienen nur ein sehr ausgewähltes Publikum. Wir sind ein Nischenmarkt.«

»Herr Eklund hat Sie finanziell großzügig unterstützt, oder?«

Zwischen Carls Augenbrauen bildete sich eine Falte. »Wer erzählt denn so etwas? Schickfuß?«, empörte er sich. »Großzügig. Das ist stark übertrieben.

Heinrich war ein Geizhals. Ich war immer abhängig von ihm. Er hat mich beinahe wie einen Lakaien behandelt. Das hätte es nicht geben, wenn Maria noch hier wäre.«

»Maria Eklund ist ihre Schwester, richtig?«

»Ja. Sie war immer so ein Schatz. Aber der alte Knochen hat sie verjagt. Seitdem ist er mir gegenüber richtig gehässig geworden. Nur weil er mir etwas Geld geliehen hat.«

»Sie reden von ihr in der Vergangenheit. Ist sie tot?«

»Nein.« Er unterbrach sich. »Das heißt, eigentlich weiß ich es nicht. Sie ist seit einigen Jahren weg.«

»Sie haben seitdem nichts mehr von ihr gehört?«

»Nein. Sie hat früher oft davon gesprochen nach Nepal auszuwandern. Sie wollte all das hier hinter sich lassen. Maria war sehr kompromisslos, wenn sie sich etwas in den Kopf gesetzt hat.«

»Was war denn hier so schlimm? Sie hatte doch alles. Ein schönes Haus. Kinder. Und wenn ich die finanziellen Verhältnisse der Eklunds richtig einschätze, dann hatte sie auch ein sorgenfreies Leben.«

»Aber Herr Kommissar. Sorgenfrei kann man doch nicht nur an der finanziellen Situation festmachen.« Er beugte sich nach vorne und blickte Hanibal tief in die Augen. »Es hat alles nach dem Tod von Raphael angefangen. Sie wurde depressiv und hatte sich zurückgezogen. Ich denke, die Ehe lief damals auch nicht gut. Das ging einige Jahre so. Dann schien alles auf dem Weg der Besserung zu sein. Dann kam

Robert zur Welt. Sie hatte wieder Spaß am Leben. Eines Nachts hat sie sich aus dem Staub gemacht. Sie war mit der Situation anscheinend doch überfordert.«

»Einfach so? Kein Brief, keine Anrufe? Sie war einfach weg?«

»Ja, an einem Wochenende. Heinrich war auf Dienstreise. Die Kinder waren im Feriencamp.« Carls lehnte sich zurück. »Ich glaube, es gab einen Brief. Heinrich hat gesagt, dass er einen gefunden hat. Ich habe ihn aber nie gesehen. Er hat mir gesagt, er habe ihn aus Wut verbrannt.« Er ließ den Blick zu dem Tablett wandern. »Kann ich einen Kaffee haben?«

»Bedienen Sie sich.« Carls ging zum Schreibtisch und goss sich einen Kaffee ein. »Die Kinder haben das natürlich nicht verstanden. Wie könnten Kinder mit Zwölf und Sechszehn auch verstehen, was Erwachsene so alles überfordern kann?«

»Hat niemand wieder etwas von ihr gehört oder versucht sie zu finden?«

Carls kam zurück. »Nein. Ich gehe aber davon aus, dass es ihr gut geht.«

»Wie kommen Sie zu dieser Annahme?«

Carls setze sich wieder und blickte zu einem unsichtbaren Punkt an der Decke. »Ich habe nichts Gegenteiliges gehört.« Er zeichnete die Nähte der Lehne mit seinen roten Nägeln nach. »Ich bin bisher nicht in der Nacht von der Polizei geweckt worden, die mir mitgeteilt hat, dass meine Schwester gestorben sei. Ich habe keinen Anruf oder eine E-Mail erhalten, in der sie sich beklagt, dass es ihr schlecht geht. Also heißt das im Umkehrschluss, dass sie lebt und dass es ihr gut geht. Ich weiß nicht, was die Fragen zu meiner Schwester sollen. Maria ist seit zehn Jahren weg. Sollte es nicht um Heinrich gehen? Oder wollen Sie in alten Familiengeschichten herumschnüffeln?«

»Herr Carls, Sie nennen es ‚schnüffeln‘. Ich nenne es ermitteln. Aber Sie haben recht. In erster Linie geht es um Herrn Eklund. In welchem Verhältnis standen Sie zu ihm?«

»Sie haben es bereits gesagt. Er hat mir vor einigen Jahren Geld geliehen, damit ich meinen Laden retten konnte. Es war ein geschäftliches Verhältnis. Ich komme einmal im Monat her, um meine Rate zu zahlen. In bar. Mehr habe ich nicht mehr mit ihm zu tun.«

»In bar? Warum überweisen Sie das Geld nicht?«

»Es gab manchmal Probleme mit dem Dispokredit. Mir ist es so lieber.«

Hanibal nickte. »Ricarda hat erwähnt, dass sie nicht wusste, dass Sie heute vorbei kommen. Kommen Sie manchmal auch zwischendurch vorbei?«

»Sie ist clever. Nein. Ich bin heute tatsächlich außerplanmäßig hier. Ich wollte mit Heinrich über Robert sprechen.«

»Über Robert?«

»Ja, über Robert. Meinen Neffen.«

102

»Worüber wollten Sie mit ihm reden?«

Carls lehnte sich breitbeinig nach vorne. Er blickte Hanibal wieder tief in die Augen. »Auch das sind Familienangelegenheiten. Das hat nichts mit der Sache hier zu tun.«

Hanibal hielt seinem Blick stand. »Solange ich ermittele, entscheide ich, ob es etwas mit der Sache zu tun hat. Wollen Sie meine Ermittlungen behindern?«

Carls lehnte sich wieder zurück und antwortete. »Nichts liegt mir ferner«. Er wechselte in seine Lola Stimme. »Schätzchen! Sie sind wirklich attraktiv, wenn Sie wütend sind.«

Hanibals Versuch, gelassen zu bleiben, gelang nicht. Er erhob die Stimme. »Verdammt noch mal! Lassen Sie den Unsinn!«

»Viel Humor haben Sie nicht, oder?«, legte Lola nach. Hanibal verschränkte die Hände im Nacken und atmete tief durch. Er zog einen Mundwinkel nach oben. »Sie haben eine gute Menschenkenntnis, oder?«

Carls grinste und antwortete in der Männerstimme. »Das können Sie annehmen. Ich bin seit mehr als 25 Jahren im Nachtleben unterwegs. 12 Jahre als Angestellter in einer Bar. Seit 13 Jahren habe ich meinen eigenen Nachtclub.«

»Okay.« Hanibal blickte ihn abschätzend an. »Noch einmal von vorne. Worüber wollten Sie mit Herrn Eklund reden? Überzeugen Sie mich, dass diese Familienangelegenheit nichts mit dem Mord zu tun hat. Andernfalls habe ich einen anderen Verdacht.«

»Verdächtigen Sie mich, Heinrich getötet zu haben? Das können Sie sich abschminken. Ich habe ein Alibi. Ich war die ganze Nacht im Club. Ich habe Zeugen.« Hanibal beugte sich vor und fixierte die Pupillen des Clubbesitzers »Ach ja, Sie können mir viel erzählen. Ein Make-Up-Künstler und Imitator wie Sie, hat sich doch schnell aus einem dunklen Nachtclub heraus geschlichen. Er lässt die Leute glauben, dass er die ganze Nacht vor Ort war. Und die Leute würden dies sogar bezeugen.« Hanibal ließ seine Worte wirken. Carls blickte ihn fragend an. »Wie soll das denn funktionieren?«

»Ganz einfach. Sie sind etwa den halben Abend im Laden. Möglichst viele Gäste sehen Sie. Sie kommen hinter der Theke hervor, mischen sich unter die Leute und reden mit einigen Gästen. Dann ziehen Sie sich ins Hinterzimmer zurück. Dort ziehen Sie sich um. Sie verlassen den Laden, kommen her, töten Herrn Eklund und fahren wieder ins *Slips*. Dort ziehen Sie sich um und reden noch einmal mit den gleichen Leuten wie zuvor. Jetzt bezeugen diese Personen, dass Sie den ganzen Abend im Club waren. Um so ein billiges Alibi herum, könnte jemand einen Krimi schreiben.« Carls schluckte. Er verzog die Lippen. Bevor er antworten konnte, sagte Hanibal, »Und jetzt hören Sie auf, mich zu verarschen!«

Carls stotterte »Aber, ich … ich, habe doch kein Motiv.«

»Nein? Was ist mit dem Geld, Herr Carls? Das ist einer der niedrigsten Beweggründe. Menschen sind schon für ein paar Kröten ermordet worden. Wie hoch ist die Summe, die Sie Herrn Eklund schulden? Zehn? Zwanzig? Dreißigtausend Euro?«

Carls senkte den Kopf. »Ungefähr noch Zwanzig.«

»Das sind zwanzigtausend Motive. Wenn ich es mir recht überlege, sind Sie ab jetzt mein Hauptverdächtiger.« Hanibal klatschte in die Hände. »Ich werde ihr Leben bis in den letzten Winkel durchleuchten. Ich werde jede noch so winzige Kleinigkeit vom Falschparken bis Erregung öffentlichen Ärgernisses ans Licht bringen. Ich werde mit den Kollegen von der Sitte reden. Ich werde auch einen befreundeten Steuerfahnder nach Ihnen fragen. Kreditraten in bar bezahlen, weil es Probleme mit dem Dispo gibt? Ich bitte Sie! Ich kann mir vorstellen, dass ich eine Menge finden werde. Ich sollte Sie am besten sofort in U-Haft nehmen.« Hanibal stand auf. »Ich kann sofort meinen Kollegen reinrufen. Wir beide werden dann noch viele Termine miteinander haben. Wir haben dann viel Zeit über mein Verständnis von Humor zu reden!« Hanibal ging zum Schreibtisch, setzte sich auf die Tischkante und blickte Carls an. Er wirkte kleiner als zuvor. »Nun Herr Carls? Wie sieht es aus? Können wir uns unterhalten? Antworten Sie einfach auf meine Fragen, ohne ständig zu versuchen, vom Thema abzulenken.« Hanibal griff in eine der Innentaschen des Mantels. Er förderte ein Paar

Handschellen hervor. »Oder machen wir es sofort, auf die harte Tour?«

Carls spitzte die Lippen. Ein Anflug von Lola huschte über sein Gesicht. Lolas Worte bildeten sich bereits auf seinen Lippen. Dann biss er sich auf die Unterlippe. Er sagte leise, »Herr Kommissar. Das war jetzt so eine schöne Steilvorlage.«

Hanibal konnte sich ein leichtes Lächeln nicht verkneifen.

Carls blickte hilfesuchend zu der Perücke, die wie ein toter Fuchs auf dem Tisch lag. »Ich versuche, ernst zu bleiben. Ich kann manchmal einfach nicht anders. Lola und ich sind eins. Sie ist die heitere Seite meines Lebens. Wir können nicht ohne den anderen.« Er lehnte sich zurück und legte die Hände auf die Sessellehnen. »Also, was wollten Sie wissen? Warum ich mit Heinrich über Robert reden wollte?«

»Ja«, sagte Hanibal.

»Ich wollte über Roberts Zukunft reden. Ich weiß nicht, ob Sie es bemerkt haben, aber Robert ist sehr sensibel. Er ist homosexuell und er hat in den letzten Monaten seine Vorliebe für Verkleidungen und Frauenkleider entdeckt. Der Junge sucht noch seinen Platz in dieser Welt. Den habe ich ihm angeboten. Wir verstehen uns wirklich gut. Seit er alt genug ist, besucht er mich regelmäßig im Club. Vor einigen Monaten hat er mich gefragt, ob er hinter der Theke arbeiten darf. Ich habe natürlich zugestimmt.«

»Natürlich«, bestätigte Hanibal.

Carls fuhr fort. »Er hat sich gut gemacht. Seine

Outfits sehen fantastisch an ihm aus. Der Junge hat wirklich Talent. Die Gäste lieben ihn. Inzwischen schmeißt er eine Theke alleine. Er hat eigene Stammkunden und räumt massig Trinkgelder ab.«

»Okay, gut. Aber wo kommt jetzt Heinrich nun ins Spiel?«

»Heinrich war nicht gerade das, was man tolerant nennt. Ich meine, Roberts Homosexualität. Wenn es um die Fabrik geht, ist Robert nicht so ehrgeizig, wie Heinrich es erwartet hätte. Heinrich wollte, dass Robert sich mehr in das Unternehmen einbringt. Heinrich kommt aus einer anderen Zeit. Ein Einwanderer, der ein erfolgreiches Unternehmen aufgebaut hat. Ein Macher. Ein Malocher, der anpackt, wo es notwendig ist. Auch wenn ich nicht alles gutheiße, was Heinrich getan hat, so zolle ich ihm meinen größten Respekt, für das, was er aufgebaut hat.« Carls nahm einen Schluck aus der Kaffeetasse. »Aber er war nie ein Mensch, der seiner Ehefrau oder seinen Kindern gesagt hätte, dass er sie liebt. Gefühle sind für Schwächlinge. Mit Gefühlen kann man kein Geld verdienen. Mit Gefühlen zahlt man keine Rechnungen. Das waren seine Worte.« Eine kleine Ader pochte auf seiner Stirn. »Robert passte nicht in sein Weltbild. Als Robert das erste Mal in der Schlachterei war, hat er sich übergeben. Heinrich hat sich gewünscht, dass sein Sohn härter im Nehmen wäre.« Er nahm einen weiteren Schluck. »Rica ist eher nach seinem Geschmack. Sie ist sehr professionell. Sehr direkt. Mit ihr konnte Heinrich sich reiben, sie hat ihm Kontra gegeben. Sie ist quasi in der Fabrik aufgewachsen. Sie hat mit vierzehn Jahren ihre erste Kuh zerlegt. Sie kennt jeden Winkel des Unternehmens. Sie war oft mit Heinrich unten in den Gewölben. Hat den Kutter gefüllt und Wurst hergestellt. Sie ist also eher der Sohn, den Heinrich sich gewünscht hat.«

»Im Gewölbe?«

Carls lehnte sich in seinem Sessel zurück. »Das hier ist ein sehr großes Haus.«

»Das habe ich schon gehört.«

»Der gesamte Innenhof ist unterkellert. Das reinste Labyrinth da unten. Aber ich schweife wieder ab.« Carls schüttelte den Kopf. »Heinrich hat sich hier unter dem Haus eine komplette Metzgerei eingerichtet. Alle Geräte, die man braucht. Er hat es immer sein ‚Labor‘ genannt. Da hat er Rezepte verfeinert und neue entwickelt.«

»Ja, das weiß ich bereits. Ricarda hat ihm geholfen? Hätte ich ihr nicht zugetraut.«

»Sie wären überrascht, was das Mädchen drauf hat. Mit ihren feinen Gesichtszügen und ihrer Lockenmähne sieht sie wie ein kleiner Engel aus. Aber sie arbeitet wie ein Teufel. Sie hat vor einigen Jahren im Marketing angefangen. Hat sich neue Slogans ausgedacht. Dann hat sie fast zwei Jahre freiwillig in der Schlachtung gearbeitet. Danach ging es in Richtung Büroarbeit und Geschäftsführung. Sie ist ehrgeizig.«

»Interessant zu wissen.« Hanibal tippte mit dem

108

Stift auf den Notizblock. »Können wir wieder auf Robert zurückkommen. Was wollten Sie mit seinem Vater besprechen?«

»Entschuldigung, ich lasse mich immer so leicht ablenken. Ich wollte mit Heinrich über Roberts Zukunft reden. Robert hat bei mir etwas gefunden, woran er Spaß hat. Ich habe Robert eine Partnerschaft am *Slips* angeboten. Das wollte ich heute mit Heinrich bereden. Robert hat sich nicht getraut, alleine mit ihm darüber zu sprechen. Die beiden haben schon lange keine Ebene mehr gefunden, auf der sie gut miteinander reden konnten.«

»Wie sollte diese Partnerschaft denn aussehen?«

»Fifty-Fifty für den Anfang, mit der Option sich jährlich weitere fünf bis zehn Prozent zu kaufen. Die Bewertungsgrundlage wird jedes Jahr, zu einem festen Stichpunkt neu festgelegt. Das hat den Vorteil, dass sich keiner ausruhen kann. Denn wenn der Laden erfolgreich ist, dann ist sein prozentualer Anteil größer und ich erhalte für meinen verkauften Anteil mehr. So partizipieren wir beide am Erfolg. Ich muss ja langsam an meinen Ruhestand denken.«

»Ich nehme an, Robert sollte für die ersten fünfzig Prozent Geld auf den Tisch legen? Das Geld hätte er allein nicht aufbringen können. Er hätte seinen Vater darum bitten müssen. Richtig?«

Carls drehte die rote Stola in der Hand. »Richtig. Aber es wäre lediglich das Geld gewesen, was ich Heinrich noch hätte zurückzahlen müssen. Ein

Gewinn für Jeden. Ich bin schuldenfrei und Robert macht etwas, das ihm Spaß macht.«

»Was glauben Sie denn, wie Herr Eklund auf den Vorschlag reagiert hätte? Nachdem, was Sie erzählt haben, wäre das doch wahrscheinlich ein Problem geworden.«

»Es ist einfach nicht Heinrichs Welt. Ich hätte etwas Überzeugungsarbeit leisten müssen.«

Hanibal blickte zur Decke. »Nachdem Sie ihm erzählt hätten, dass sein Sohn hauptberuflich in Frauenkleidern in einem Nachtclub arbeitet, wollten Sie ihn um Geld bitten?« Hanibal fuhr sich durchs Haar. »Wusste Heinrich von Roberts Auftreten im *Slips*?«

Carls lächelte. »Was glauben Sie, was ich mit ‚Überzeugungsarbeit' meine?«

Hanibal schüttelte den Kopf. »Das reicht mir zum Thema ‚Familienangelegenheiten'. Was ist mit diesem zu Braun? In welchem Verhältnis steht er zu Robert?«

»Ach, dieser Vollidiot. Das ist eine andere Geschichte. Der kleine Spinner ist vor einiger Zeit aufgetaucht. Er war Zeit seines Lebens Berufssohn. Er meint, er wäre ein Superstar. Die beiden hatten eine kurze Affäre. Zur Zeit sind sie so etwas wie Freunde. Heute ist es eine Zweckgemeinschaft. Unsere Szene ist relativ klein. Da kennt man sich.«

Er drehte mit dem Zeigefinger neben der Schläfe »Das Eigen- und Fremdbild driften bei ihm extrem auseinander. Seine Eltern haben gutes Geld gemacht.

110

Waren selbständige Unternehmer. Sie sind vor einigen Jahren verstorben. Er hat das Vermögen geerbt und macht seitdem auf 'dicke Hose'.«

Hanibal nickte, klappte den Notizblock zu und schaltete das Diktiergerät aus. »Sehen Sie Herr Carls. Das war doch nicht so schlimm.«

Carls griff nach der Perücke. Er beugte sich vornüber, setzte sie auf und warf den Oberkörper schwungvoll nach hinten. Jetzt war Lola wieder da. Sie schüttelte das Haar und säuselte, »Herr Kommissar, kommt jetzt der Zeitpunkt, wo Sie mir ihre Visitenkarte geben und mich bitten anzurufen, falls mir noch etwas einfällt?«

Hanibal schüttelte den Kopf und lächelte. »Sie lassen nicht locker, oder? Hat Lola nie Feierabend?«

Lola lächelte zurück. »Nein. The show must go on!«

Hanibal zog eine Visitenkarte aus der Tasche und reichte sie Lola. Lola las den Namen und zwirbelte die Stola zwischen den Händen.

»Hanibal Herzog? Das ist aber ein kriegerischer Name. Hanibal, der vor dem Heer zog. Ein Trauuum.«

»Mein Vater war Geschichtslehrer.« Hanibal legte ihr die Hand auf die Schulter, schob sie sanft Richtung Tür und sagte freundlich, »Raus hier.«

»Gut, dass Sie nicht, wie ihr Papa geworden sind. Wenn Sie mal in der Nähe sind, kommen Sie im *Slips* vorbei. Ich gebe einen aus. Dann kann ich Ihnen noch einmal das ‚Du' anbieten.«

Zur gleichen Zeit

Während Hanibal die Flucht vor der trippelnden Lola ergriff, blieb Cassidy bei Schaefer zurück.

»Weißt Du, wohin Frau Eklund gegangen ist?«

»Sie wollte in die Küche.«

Cassidy blickte schnell durch den Raum. Dann schwenkte sie den Blick über die Türen und Treppen vor dem Rittersaal. »Hast Du eine Ahnung, wo die Küche ist?«

Schäfer zuckte mit den Schultern. »Nein, woher? Sie ist durch die Tür bei der Kaffeemaschine gegangen.« Schaefer deutete auf Robert Eklund. »Frag ihn. Der wohnt hier.«

Cassidy nickte und ging zur Sitzgruppe. Robert saß ruhig in einem der Sessel und schaute aus dem Fenster. Rodrigo zu Braun saß mit dem Rücken zu ihr. Er wippte mit den Beinen und trommelte mit den Fingern auf der Sessellehne. Hin und wieder gönnte er sich einen Zug aus seinem Inhalator. Cassidy stellte sich hinter Rodrigo. »Nervös?«

Er zuckte erschrocken zusammen und näselte ein langgezogenes »Was?«

Cassidy sprach betont langsam »Ich habe gefragt, ob Sie nervös sind?«

»Nein. Ich habe in engen, überfüllten Räumen Platzangst.«

Cassidy sah sich um. Schaefer stand an der Tür. Schickfuß stand am Fenster und telefonierte. Alle anderen waren unterwegs. Sie verglich den Saal, mit der Größe ihres Appartements und kam zu dem Schluss, dass der Raum dreimal so groß war.

Sie schüttelte den Kopf. Ihr lag eine Antwort auf den Lippen, doch vor ihrem geistigen Auge erschien Hanibals ermahnender Blick. Sie schüttelte die Worte aus dem Kopf und drehte sich zu Robert. »Herr Eklund, ich suche ihre Schwester. Mein Kollege sagt, sie ist in die Küche gegangen. Können Sie mir zeigen, wie ich dorthin komme?«

Er deutete auf die Tür neben der Kaffeemaschine. »Durch das Zimmer, die Treppe runter und dann dem Gang folgen. Kann man nicht verfehlen. Sie können auch die Gegensprechanlage benutzen. Warten Sie, ich zeig´s Ihnen.« Er stand auf und steckte die Hände in die Hosentaschen. Seine Turnschuhe schlurften über den Boden, während Cassidy ihm mit festen Stiefelschritten in den Nebenraum folgte. Am hinteren Ende des Raumes führte eine weitere Tür hinaus. Robert ging um die Theke herum, die den Großteil der Seitenwand einnahm. Er passierte einige Geschirrschränke und einen Speiseaufzug. Er stoppte vor einem kleinen Paneel, das in die Wand eingelassen war. Er drückte einen Knopf, auf dem ‚Küche' stand. Ein kurzes Knacken aus dem Lautsprecher quittierte die Aktion. »Rica, kannst Du mal hochkommen. Die Polizei will Dich sprechen.«

Die Antwort war Stille. Nach einer halben Minute sagte Robert, »Sie scheint nicht in der Küche zu sein oder antwortet nicht.«

»Wirklich? Danke, Herr Eklund. Ich geh' einfach mal runter.« Bevor sie den Raum verließ, drehte sie sich herum. »Ähem, Herr Eklund?«

»Ja«, antwortete Robert.

»Ist ihr Freund immer so nervös oder warum zappelt er die ganze Zeit, wie eine Jungfrau vor dem ersten Mal?«

Robert schaute sie leicht entsetzt an. »Höflichkeit ist nicht Ihre Stärke, oder haben Sie etwas gegen Homosexuelle?«

»Gegen Homosexuelle habe ich nichts, aber gegen Idioten. Und für Höflichkeiten habe ich meistens keine Zeit. Also?«

»Na ja, wie soll ich es formulieren. Er ist kein sehr ausgeglichener Charakter. Insbesondere nicht, wenn er so hart angegangen wird, wie es ihr Kollege heute Morgen getan hat.« Cassidy rief sich das Ereignis in Erinnerung. Sie konnte sich nicht an ein Fehlverhalten von Hanibal erinnern. »Hat er ein Problem mit Autorität, den zwanghaften Drang im Mittelpunkt zu stehen oder beides?«

»Er ist es nicht gewohnt, dass man so hart mit ihm redet.«

»Wieso? In welcher Welt lebt er? Kann er keine klare Ansage bezüglich seiner, wie soll ich es formulieren, höchst unkooperativen Art, vertragen?«

»Er ist sensibel und ist solch eine ablehnende Art einfach nicht gewohnt«, nahm Eklund seinen Freund in Schutz.

Cassidy lächelte ihn an. »Ich habe kürzlich ein

nettes Zitat über Sensibilität mitbekommen.« Sie drehte sich herum. »Ich gehe ihre Schwester suchen.«

Nach einem kurzen Flur führte eine gewundene Treppe abwärts. Diese mündete in einem Gang, von dem mehrere Türen abgingen. Sie fragte sich, was hinter den Türen wäre, ging aber stur geradeaus, bis der Gang vor einer Stahltür endete.

Sie öffnete die Tür und stand in der Küche. Edelstahl-Design-Geräte reihten sich aneinander und erinnerten Cassidy eine Restaurantküche. Nach drei Schritten über die weißen Bodenfliesen blickte sie sich um. Außer dem Interieur war niemand da. Drei Türen führten hinaus. Eine davon stand offen.

»Rica?«, rief sie. Niemand antwortete. Sie inspizierte den Raum und öffnete die erste Tür. Sie blickte in einen großen, gut gefüllten Vorratsraum und auf eine weitere geschlossene Türe, die wie der Eingang zu einem Kühlhaus aussah. Sie schloss die Tür und ging zur nächsten. Hinter der weißen Holztür befand sich ein kurzer Gang, der zu einer kleinen Treppe führte. Diese endete vor einer Tür mit Sprossenfenstern. Cassidy sah Tageslicht. Die Tür führte in den Innenhof.

»Rica?«, rief sie erneut. Sie bekam wieder keine Antwort.

Cassidy ging durch die letzte Türe, die aus der Küche herausführte. Sie folgte einem weiteren Gang mit verschlossenen Türen. Es war still. Nach geschätzten zwanzig Metern hörte sie leise Stimmen.

Sie legte instinktiv die Hand an ihr Waffenholster, griff aber ins Leere. Sie erinnerte sich, dass sie die Waffe während der Fahrt abgelegt hatte. In der Hektik hatte sie vergessen, das Holster wieder anzulegen. Die Waffe ruhte auf ihrem Beifahrersitz.

Sie bog um eine Ecke. Die Stimmen wurden lauter. Ein Raum öffnete sich vor ihr und sie stieß beinahe an einen Crosstrainer. Jetzt sah sie Ricarda. Sie stand zwischen einer Hantelbank und einer Kraftstation an die Wand gelehnt. Verena Christ stand ihr gegenüber, die Hände neben Ricardas Kopf an der Wand abgestützt. Ihre Lippen waren nur wenige Zentimeter von Ricardas Ohr entfernt. Cassidys Fuß schrammte über eine Bodenmatte, die sich kratzend bewegte. Die Chauffeurin schleuderte den Kopf herum. Sie löste sich von Ricarda, wirbelte mit dem Körper hinterher und baute sich, mit in die Hüften gestemmten Händen, schützend vor Ricarda auf. Ihre Blicke fixierten Cassidy. »Können Sie nicht anklopfen!«

Cassidy fühlte sich kurz eingeschüchtert. »Ich. Äh. Rica, kannst Du bitte nach oben kommen. Hanibal. Ich meine, Kommissar Herzog hat noch einige Fragen.«

Ricarda löste sich von der Wand. Sie drückte sich an Verena vorbei und kam Cassidy einige Schritte entgegen. Ihre Beine zitterten leicht. Ricarda blieb neben einem Rudergerät stehen. Cassidy konnte nicht deuten, ob sich Ricarda erwischt oder erleichtert fühlte.

Ricarda kaute auf ihrer Unterlippe. Sie drehte den Kopf zu Verena, dann wieder zurück zu Cassidy. Die Locken wirbelten herum. »Ich komme gleich hoch. Ich muss mit Verena noch etwas wegen ihres Urlaubs besprechen.«

Cassidy drehte sich auf dem Absatz herum. »Wir treffen uns im Rittersaal.« Sie verließ den Raum in die Richtung, aus der sie gekommen war. In der Küche angekommen, klopfte sie auf die Tasche ihrer Lederjacke. Sie fühlte die Kanten der Zigarettenpackung und nahm die Tür zum Innenhof. Im Vorraum zündete sie sich eine Zigarette an und nahm einen langen Zug. Sie blickte durch das Sprossenfenster. Das Fenster gab einen Blick auf die Längsseite des Innenhofes frei. Der Wind fegte Laub vor sich her. Am Himmel zogen graphitgraue Wolken ihre Bahnen und verzehrten den Großteil des Tageslichtes. Ein schmieriger Nieselregen befeuchtete das rote Kopfsteinpflaster. Sie trat heraus. Der Hof lag wie ein unheimlicher See aus Blut vor ihr. Sie schüttelte sich. Das Haus umschloss den gesamten Hof. Auf jeder Seite führten Türen ins Haus hinein. An den Kopfseiten waren Torbögen. In der Wand neben dem rückwärtigen Durchgang war ein großes, halbrundes Holztor eingelassen. Wenn ihr später jemand erzählen würde, dass dies der hauseigene Flugzeughangar wäre, hätte sie es geglaubt. Zumindest für einen Augenblick.

Sie ging langsam zum vorderen Torbogen, der

zum Vorplatz führte. Als sie den Bogen passierte, bemerkte sie zwei Männer der Spurensicherung. Sie trugen ihre Koffer zum Wagen.

»Na Kollegen, seid ihr fertig?«

Michael Korf schlüpfte aus seinem weißen Overall. »Ja, wir sind durch. Wir wurden zu einem Einsatz in die Innenstadt gerufen. Ich bin froh, wenn ich hier weg bin, bevor der Orkan durch den Wald fegt.«

Cassidy nickte.

Korfs Kollege hielt sich am Wagen fest und schälte sich aus dem Overall. Er griff in die Hosentasche und warf dem Fotografen eine Zigarettenpackung zu.

»Wo sind die anderen?«

Korf fummelte eine Zigarette und ein Feuerzeug aus der Packung und zündete sie an. »Der Chief will noch mit Hanibal sprechen. Thomsen ist noch drin. Der hat ein Auge auf die Frau im Leopardenkleid geworfen. Faselte irgendwas von ihrer Telefonnummer. Du kennst ihn ja.«

Ein schelmisches Grinsen huschte über Cassidys Gesicht. »Echt?«

»Warum grinst Du?«, fragte Korf.

»Nur so. Der Thomsen. Immer auf der Suche nach neuen Abenteuern. Ich gehe wieder rein. Ich sag den Kollegen, dass ihr wartet. Gute Heimfahrt.«

»Ja, Danke«, antwortete Korf.

Cassidy schnippte ihre Kippe in die Umwelt und nahm die Stufen zur Eingangstür. Die Angeln quietschten, als sie die Tür wieder schloss. Sie steckte die Hände in die Jackentaschen und ging zum Rittersaal.

11:27 Uhr

Cassidy erreichte das Yakzimmer zu dem Zeitpunkt, als Hanibal Lola herausführte, »Herr Carls, halten Sie sich bitte zur Verfügung.«

Lola zupfte ihre Perücke zurecht und antwortete »Lola! Herr Kommissar, für Sie halte ich mich jederzeit zu jeder Verfügung.«

Hanibal grinste und schüttelte den Kopf, »Natürlich. Unverbesserlich.«

Lola warf ihm einen Blick über die Schulter zu und formte einen Kussmund. Dann trippelte sie zum Rittersaal. Hanibal registrierte Cassidy, die den Gang entlang kam. »Cassy, hast Du Frau Eklund gefunden?«

»Ja, sie will zum Rittersaal kommen. Hat Carls etwas Wichtiges erzählt?«

»Ja.« Hanibal fasste die Fakten des Gesprächs zusammen, während sie zum Rittersaal gingen.

»Hanibal, zwischen Ricarda und dieser Chauffeurin läuft was. Ich habe die beiden vorhin 'in flagranti' erwischt.«

»Was meinst Du mit 'in flagranti'?«

Sie erzählte ihre Geschichte. In dem Moment, als sie den Rittersaal betraten, verließ Thomsen das Raucherzimmer. Er reckte seinen Hals zu Lola und schlich an sie heran. Die verknoteten Ärmel des Overalls baumelten bei jedem seiner Schritte. Die weiße Atemschutzmaske hatte er weiter nach oben geschoben, so dass sie wie ein Fascinator auf seinem

120

Kopf auflag. Er tippte Lola auf die Schulter. Er zog eine Visitenkarte aus der Tasche seines blauen Hemdes und hielt sie unter ihre Nase. »Frau d´Amour, wenn Sie nach dem heutigen Tag mit jemanden reden möchten. Ich lade Sie gerne zum Abendessen ein.«

Lola musterte ihn von Kopf bis Fuß. Dann schnippte sie ihm die Karte entgegen und die Stimme von Klaus Carls antwortete. »Aus welcher Anstalt bist Du denn ausgebrochen? Verpiss Dich, Du Spurenschlumpf!«

Thomsens Mund blieb offen stehen. Sein Gesicht errötete. Er wirbelte herum und stampfte mit großen Schritten zur Eingangstür. Er rauschte tonlos an Hanibal, Cassidy und Schaefer vorbei. Hanibal blickte ihm kopfschüttelnd hinterher und sagte zu Cassidy »Die gute Lola hat 25 Jahre Berufserfahrung in der Gastronomie. Sie hat eine gute Menschenkenntnis.«

Der Leiter der Spurensicherung stand am Buffetschrank und schaute seinem Kollegen ebenfalls kopfschüttelnd hinterher. Er nippte an einer Wasserflasche und stellte sie neben seinem Laptop ab. Er fügte einige Bilder in eine E-Mail und drückte auf ‚Senden‘. Hanibal ließ den Blick durch den Raum schweifen. »Wollte uns Frau Eklund nicht hier treffen?«

Die Kommissarin räusperte sich. »Vielleicht ist sie noch im Personalgespräch.« Sie zwinkerte Hanibal

zu. »Was ist eigentlich mit der Staatsanwaltschaft?«
Hanibal zuckte mit den Schultern.

Schaefer schaltete sich ein. »Die Falkenhain kommt nicht mehr. Kam vorhin über Funk. Sie hatte einen Autounfall. Ihr geht es gut. Da war irgendwas mit einem Gemüselaster.«

Cassidy amüsierte sich. »Das Treffen der Gurken?«

Hanibal spendierte ihr wieder einen gespielt, bösen Blick. Von Schaefer erntete sie ein breites Grinsen.

Sie gesellten sich zu Kramer. »Hallo Paul. Seid ihr fertig?«
Kramer nahm einen großen Schluck aus der Flasche. »Wir mussten abbrechen. Termindruck. Wir wurden zu einem Notfall in die Stadt gerufen. Wir hätten noch einige Stunden gebraucht, aber wir haben die Analyse des Büros möglichst ausführlich durchgeführt und dokumentiert. Michael hat mir vorhin gesagt, dass der Leichenwagen angekommen ist. Sie bereiten den Leichnam zum Transport vor. Wenn sie fertig sind, versiegelt er das Büro.« Kramer warf einen Blick auf sein Notebook und überflog die Betreffzeilen seiner E-Mails. »Ich fasse Dir den aktuellen Stand zusammen. Herr Eklund hat ein Hirntrauma, das ihm mit dem 15 cm langen Absatz eines Damenpumps zugefügt wurde. Er hat eine Schlagmarke am Hinterkopf. Die Tatwaffe war ein stumpfer Gegenstand, den wir bisher nicht entdeckt haben. Er hat eine mutmaßliche Abwehrblessur an

122

der linken Hand. Diese entspricht dem Durchmesser des Schuhabsatzes. Der Todeszeitpunkt war zwischen dreiundzwanzig und drei Uhr. Der Tatort weist keine Kampfspuren auf. Das Büro wurde augenscheinlich nicht durchsucht. Wir haben jede Menge Fingerspuren gefunden, die wir jetzt zuordnen müssen. Wir haben den Schuh, einige Fasern und Haare eingetütet. Am Schuh sind keine brauchbaren Fingerspuren. Der wurde mutmaßlich abgewischt. Wir haben eine Blutprobe von Herrn Eklund genommen. Ben hat die Referenzabdrücke und die DNA-Proben der anwesenden Personen aufgenommen. Die Proben wurden von allen freiwillig gegeben.« Er deutete auf Rodrigo zu Braun. »Der kleine Travolta hat sich anfangs etwas gesträubt, dem Abstrich dann aber zugestimmt, nachdem der junge Eklund ihn überzeugt hat. Schaefer hat uns die Personalienbögen, inklusive der Mobilfunknummern übergeben.« Er nahm einen weiteren Schluck aus der Flasche. »Wir werden die Proben der KTU übergeben. Die kümmern sich dann um die DNA-Abgleiche. Falls Du eine Funkzellanalyse benötigst, musst Du das selbst klären.«

»Ja, werde ich machen, wenn ich es brauche«, sagte Hanibal. »Viele verschiedene Fingerabdrücke und unklare DNA-Spuren. Das ist nicht viel, mit dem ich arbeiten kann.«.

»Ich kann Dir leider keinen rauchenden Colt mit Fingerabdrücken liefern. Ich habe euch aber einige

Bilder per E-Mail geschickt.«

Cassidy zog ihr Smartphone aus der Jacke und rief die E-Mails ab. Ein 'Ping' bestätigte den Erhalt. Sie scrollte die Fotos schnell durch. Eine Totale des Raumes. Eklund in seiner Todeshaltung am Schreibtisch. Der Python Stiletto sowie einige weitere Detailaufnahmen des Schreibtisches und des Büros.

Kramer klappte das Notebook zusammen. »Ich kontrolliere noch den Abtransport. Dann sind wir weg.« Er deutete mit dem Kopf zum Fenster. »Ihr solltet auch nicht mehr lange bleiben.«

Sie blickten nach draußen. Der Wald zeichnete sich vor anthrazitfarbenen Wolken ab, die unaufhaltsam näher kamen. Windböen schleuderten lange Regenfäden gegen die Scheiben. Hanibal schüttelte den Kopf. »Ich muss mir noch diesen Herrn zu Braun vornehmen. Ich brauche aber erst einmal eine kurze Pause.«

»Gib ihm eine Karte und bestell ihn am Montag in die Dienststelle.«, sagte Cassidy.

»Nein, die Zeit nehme ich mir noch. Ich bin froh, wenn ich den Idioten nicht noch einmal sehen muss.«

Cassidy blickte Hanibal überspitzt, böse an. »So etwas kannst Du doch nicht sagen. Da musst Du schon professioneller herangehen.«

Hanibal grinste bei ihrer Imitation.

Schaefers Funkgerät krächzte. »Einsatzleitung von Aramis 2/42. Kommen!«

Schäfer warf Hanibal das Funkgerät zu. Er fing es elegant aus der Luft. »Herzog hier. Polmann, was ist los?«

»Ich habe hier eine Anika Fux am Tor. Sie sagt, sie ist eine Angestellte von Eklund. Sie will in der Einfahrt wenden, damit sie wieder fahren kann. Was soll ich machen?«

»Hast Du Fux gesagt?« Hanibal überlegte kurz. »Schick sie zum Haus. Ich will mit ihr reden. Die SpuSi ist fertig. Auf einen mehr oder weniger kommt es jetzt nicht mehr an. Herzog, aus.«

Hanibal rieb sich mit dem Finger über die Lippen. »Paul, ich komme mit nach unten. Ich werde Frau Fux in Empfang nehmen. Der Depp muss warten. Cassy, Du ...«

»... wirst hier auf Ricarda warten«, beendete sie den Satz.

»Gutes Mädchen.«

Hanibal holte seinen Mantel aus dem Yakzimmer und begleitete Kramer zum Eingang.

Als sie ins Freie traten, trieb eine Windböe sprühenden Nieselregen über den Vorplatz. Ben Thomsen stand bei seinem Kollegen an der Hecktür des Einsatzwagens und gestikulierte wild mit den Händen. Neben dem Wagen der Spurensicherer parkte ein Leichenwagen. Hanibal und Kramer standen auf dem Treppenabsatz und vernahmen das Rasseln einer Trage hinter sich. Sie drehten sich herum. Zwei Männer schoben den, in einen Sack verpackten, Leichnam von Heinrich Eklund.

»Vorsicht. Wir müssen hier durch.«

Die beiden Beamten traten zu Seite. Die Tragenschieber nahmen die Bahre auf, trugen sie die Treppe hinunter und schoben sie zu ihrem Wagen. Hanibal und Kramer beobachten die Verladearbeiten. Michael Korf trat von hinten an sie heran. »Chief?«

Sie drehten sich herum.

»Das Büro ist versiegelt. Wir sind hier fertig.«

»Ist gut. Ich komme gleich nach.«

Korf drückte sich vorbei und gesellte sich zu seinen Kollegen. Nachdem Eklund verladen war, fuhr der Leichenwagen los. Kramer deutete in Richtung des wolkenverhangenen Himmels. »Siehst Du, was ich meine?«

»Wir sind in einer halben Stunde fertig. Dann machen wir uns auf den Weg.«

Hanibal zog eine Zigarette aus dem Mantel. Bevor er sie anzünden konnte, fuhr ein schwarzer Nissan Micra über den Vorplatz und lenkte zum Carport.

Er steckte die Zigarette ein und ging mit Kramer zu seinen Leuten. Der kurze, schwarze Ledermantel flatterte wild um seine Oberschenkel.

Eine junge Frau mit Hornbrille stieg aus dem Wagen und bewegte sich unsicher auf Hanibal zu, während er sich von Kramer verabschiedete. Hanibal nickte den anderen zum Abschied zu und widmete seine Aufmerksamkeit danach der jungen Frau. Er schätzte sie auf das gleiche Alter wie

Ricarda. Die Brille machte sie älter. Als sie noch einige Meter von ihm entfernt war, begrüßte er sie. »Frau Fux? Guten Morgen. Mein Name ist Herzog. Kriminalpolizei.«

Der Wind wehte durch ihre lockigen, dunkelblonden Haare. Nur ein dünner Haarreif hielt die Haare davon ab, ihr ins Gesicht zu wehen. »Kriminalpolizei? Ich habe gerade im Radio gehört, dass Herr Eklund ...«, sie legte eine Pause ein und fuhr mit zittriger Stimme fort, »... tot ist? Ist das richtig?«

»Das ist korrekt. Ich bin vom Morddezernat. Sie haben es im Radio gehört?«

»Ja.«

Ein weiterer Regenschwall zog über den Hof. Der Regen hinterließ dunkle Flecken auf ihrer Jeans und dem olivgrünen Oberteil. Hanibal blickte zum Himmel. »Frau Fux, wir sollten besser ins Haus gehen.«

Anika stand wie angewurzelt auf der Stelle. Sie wirkte vollkommen abwesend.

»Frau Fux?«, sprach der Kommissar sie erneut an.

Die junge Frau zuckte und blickte Hanibal an. Sie war einen Kopf kleiner als er. Tränen sammelten sich in ihren Augenwinkeln. Ihre Stimme zitterte. »Ja.«

Er deutete ihr mit der Hand an, voranzugehen. »Bitte.« Ihre Sneaker knirschten auf dem Kies.

Die Spurensicherer starteten ihre Wagen. Kramer winkte Hanibal zum Abschied. Hanibal erwiderte den Gruß und ging zum Haus zurück. Auf dem

Treppenabsatz drehte er sich noch einmal um und sah die Rücklichter der Autos hinter einem verschwommenen Vorhang aus diffusem Licht und Regen verschwinden. Er trat durch die Tür, schloss sie und schüttelte den Regen vom Mantel. Die Tropen flogen in alle Richtungen über den Marmorboden. Einige Tropfen trafen Anika, die starr in der Empfangshalle stand.

»Frau Fux, möchten Sie sich vielleicht hinsetzen?«

»Was? Nein. Was ist mit Heinrich passiert?«

»Das kann ich Ihnen zum momentanen Zeitpunkt nicht sagen.«

»Und Sie sind von der KriPo? Heißt das, er wurde ermordet?«

»Das lässt sich noch nicht definitiv sagen«, log der Kommissar. »Wir werden immer hinzugezogen, wenn die Todesursache unklar ist.«

»Ja, aber…«

Auf Galerie ertönten schnelle Schritte. »Nika!« Ricarda Eklund lief die Treppe herunter, dicht gefolgt von Cassidy, die auf der Hälfte der Treppe stehen blieb.

Ricarda war außer Atem.

»Rica!«, antwortete Anika. »Ich habe gehört, was passiert ist.«

Die beiden fielen sich in die Arme. Anika streichelte ihr über den Rücken. »Wie geht´s Dir?«

»Ich…« Ricardas Stimme versagte und alle Dämme brachen. Tränen strömten über Ricardas Gesicht, während Hanibal zu Cassidy blickte. Er ging die Treppe hinauf und flüsterte, »Was macht sie hier?«

Cassidy antwortete mit gesenkter Stimme, »Sie hat mitbekommen, dass ihre Freundin angekommen ist. Dann ist sie losgelaufen. Was hätte ich machen sollen? Ihr in die Beine springen?«

»Genau das meine ich, wenn ich sage, dass Du Dich nicht mit Verdächtigen anfreunden solltest. Andere hättest Du aufgehalten. Aber sie ist nett zu Dir, bietet Dir einen Kaffee und was zum Essen an. Und schon gelten andere Maßstäbe.«

»Hanibal, Du siehst Gespenster. Nicht alle Verdächtigen sind Mörder.«

»Du solltest es niemals ausschließen. Deshalb sind es Verdächtige.«

Als Ricardas emotionale Attacke vorüber war, lag ihr Kopf weiterhin auf Anikas Schulter, die leise flüsterte. Hanibal blickte zu den beiden Frauen. »Hilfst Du mir, sie zu trennen?« Ricarda hörte die Schritte der Kommissare. Sie hob den Kopf und blickte die Polizisten aus verquollenen Augen an. »Entschuldigung.«

»Schon gut, Frau Eklund. Ich würde mich mit Frau Fux gerne alleine unterhalten.«

Anika blickte Hanibal mit verengten Augen an. Ricarda löste sich aus der Umarmung. »Ja, selbstverständlich.«

»Frau Eklund? Wenn ich mit Frau Fux geredet habe, möchte ich mit Ihnen auch noch einmal reden.«

Ricarda nickte stumm.

»Gehen wir ins Yakzimmer?«, fragte Cassidy.

Hanibal steckte die Hände in die Manteltasche. Er ließ den Taschenaschenbecher zwischen seinen Fingern kreisen. »Das muss nicht sein. Gibt es noch einen anderen Raum, den wir benutzen können?«

Ricarda wischte sich die Tränen mit dem Ärmel ihrer Bluse aus den Augen. »Ja, wir können in die Bibliothek gehen.«

Anika drehte sich herum und ging los, bevor Hanibal reagieren konnte. Die Ermittler folgten den beiden Frauen. Ricarda führte sie am Treppenaufgang zum Turm vorbei, bis sie eine doppelte Kassettentüre aus Eiche erreichten. Anika stieß eine der Türen auf und betrat das Zimmer. Ricarda wollte folgen, aber Hanibal legte ihr die Hand auf die Schulter. »Nur Frau Fux, bitte.«

Ricarda blieb mit steinernen Beinen stehen. Cassidy übernahm sie. »Rica, komm, wir gehen zum Rittersaal. Kannst Du mir bitte noch so einen leckeren Kaffee machen?«

Ricarda blickte Anika aus ihren geröteten Augen hinterher.

Hanibal folgte Anika und schloss die Tür. Ein letzter Regentropfen floss von seinem Mantel auf den Holzboden. Er wischte mit dem Fuß darüber. Ein trockener Geruch aus archiviertem Wissen verfing sich in seiner Nase, während er sich umsah. Bücherregale säumten die Wände und Regale bildeten rechtwinklige Wände mit Folianten. Er staunte über die Masse an alten und neuen Büchern, die sich vor ihm auftat.

In einer Ecke des Raumes war eine Leseecke aus cognacfarbenen Ledersesseln um einem Tisch aus Akazienholz arrangiert. Auf dem Tisch lag ein Buch mit dem Titel *'Lula und der Freibeuter'*. An der rechten Seite des Raumes führte eine Tür heraus. Er überlegte und verortete den Raum als westliches Eckzimmer des Erdgeschosses. Anika lehnte mit verschränkten Armen in der Mitte des Raumes an einem Lesepult.

Hanibal legte den Kopf zur Seite. »Frau Fux, es tut mir leid, dass ich Sie getrennt habe. Aber je schneller wir fertig sind, desto schneller sind Sie wieder bei ihrer Freundin.«

Anikas Mine entspannte sich ein wenig. »Ja, ich verstehe. Sie machen nur ihre Arbeit.«

»Es wird nicht lange dauern.«

Anikas Finger tippten unruhig auf dem Pult.

»Ich habe ihnen ja bereits gesagt, dass Herr Eklund verstorben ist.«

Sie legte den Kopf schief.

»Wie war ihr Verhältnis zu Herrn Eklund?«

»Ich arbeite seit einigen Jahren in der Fabrik. Ich mache den Bürokram. Buchhaltung, Gehälter, Preislisten.«

»Und was führt Sie heute Morgen hier her?«

»Nichts Besonderes. Ich bringe freitags immer die Wochenberichte.«

»Wieso denn persönlich? Gibt es keine E-Mails?«

»Natürlich«, schnippte sie zurück, »aber haben Sie mal versucht, Aktenordner per E-Mail zu verschicken? Außerdem nutzen Rica und ich die Gelegenheit, um miteinander zu reden. Meistens spielen wir noch eine Runde Pool.«

»Billard? Ist nicht so der klassische Frauensport, oder?«

Ein Anflug von Zorn huschte über ihre Gesichtszüge. »Ich kann Ihnen ja mal zeigen, was ich mit dem Queue so alles hinbekomme.« Sie drückte den Rücken durch. »Wäre es Ihnen lieber, wenn wir uns gegenseitig die Nägel lackieren und Frisurentipps austauschen? Passt das besser in Ihr Frauenbild?«

»Entschuldigen Sie, ich wollte Ihnen nicht zu nahe treten. Ich wollte nur wissen, warum das Übergeben von Wochenberichten Ihre persönliche Anwesenheit erfordert. Ich habe heute Morgen gehört, dass Sie mehr als nur eine Büroangestellte sind.«

Sie nickte.

»Ich gehe davon aus, dass Sie sich im familiären und im beruflichen Umfeld der Eklunds gut auskennen. Wissen Sie, ob Herr Eklund Feinde innerhalb oder außerhalb der Firma hatte?«

Ihre grünen Augen weiteten sich. »Feinde? Er war zwar streng, aber ein sehr guter Chef. Immer fair. Ich kann Ihnen die Quittungen für unsere wohltätigen Zwecke zeigen, dann hätten Sie ihre Antwort.«

Hanibal nickte.

»Wie war es um seinen Gesundheitszustand bestellt?«

»Für einen Mann seines Alters war er eigentlich in einer guten Verfassung. Er hat immer gesagt, dass es an seinem täglichen Glas Whisky am Abend liegt.«

»Eigentlich?«

»Ja. Im Kopf, topfit. Gesundheitlich war er in den letzten Wochen etwas angeschlagen.«

»Wie hat sich das bemerkbar gemacht?«

»Er hat sich hin und wieder über Schmerzen in der Brust und im Unterleib beklagt. 'Beklagen' ist aber eigentlich das falsche Wort. Ich sollte wohl eher sagen, er hat es 'erwähnt'. Heinrich war ein harter Hund. Er hatte eine Konstitution, wie ein junger Bulle.« Sie lächelte verlegen. »Bulle war jetzt nicht böse gemeint. Das ist nur so eine Redewendung.«

Er lächelte zurück. »Warum ist er nicht zum Arzt gegangen?«

»Er kann Ärzte nicht leiden. Er war immer der Meinung, dass er selbst am besten abschätzen könne, was in seinem Körper los ist. Er hat seine Schmerzen auf Überarbeitung geschoben. Er wollte sich in den nächsten Wochen etwas zurückhalten und sich Ricas Hochzeit durchchecken lassen. Er hatte zwei Wochen nach Ricas Hochzeit einen zweitägigen Aufenthalt in einer Spezialklinik geplant.« Sie lächelte »Er hat die Ärzte immer ' weiße Parasiten' genannt.«

»Er hatte keine besonders gute Meinung von Ärzten?«

»Nein, er ist nur im Notfall zum Arzt gegangen.«

»Wissen Sie woher dieses Misstrauen kam?«

»Nein, nicht wirklich. Er war ein Typ, der mit dem Kopf unterm Arm arbeiten gegangen ist. Vielleicht hat es aber etwas mit Tod von Ricas Bruder zu tun.«

»Sie meinen Raphael? Hat er das Ihnen gegenüber erwähnt?«

Sie war überrascht. »Sie haben schon viel über die Eklunds erfahren. Ich weiß nicht, ob es etwas mit Raphael zu tun hat. Rica hat aber eine ähnliche Einstellung. Sie geht auch nicht gerne zum Arzt. Bei ihr weiß ich, dass das Misstrauen daher kommt. Sie war damals noch zu jung, um alles zu begreifen, aber sie war immer der Meinung, dass die Ärzte ihren Bruder hätten retten können.« Sie lehnte sich wieder an die Tischkante. »Sie wissen doch. Kinder kommen selten auf andere Leute. Wenn sie dieses Misstrauen hat, wird sie es wahrscheinlich von ihren Eltern übernommen haben. Aber ich mutmaße natürlich nur.«

»Hätte er denn gerettet werden können?«

»Nein, natürlich nicht. Der Schaden war ja schon vor der Geburt entstanden. Soweit ich weiß, gibt es gegen Kindstod kein Mittel. Da konnte kein Arzt helfen. Aber irgendwem muss man die Schuld geben, damit man es verarbeiten kann.«

Hanibal rieb sein Kinn »Hm, wahrscheinlich haben Sie recht.«

»Wer würde ihrer Meinung am Meisten von Herrn Eklunds Tod profitieren?«

Anika blickte zur Zimmerdecke und wippte mit dem Kopf. »Ganz wertfrei?«

Hanibal nickte zustimmend.

»Rica und Robert.«

»Hat Herr Eklund mit Ihnen einmal über ein Testament geredet?«

»Nein, aber wenn es eins gibt, dann liegt es wahrscheinlich im Tresor in seinem Büro.«

Hanibal sortierte seine Gedanken, dann lächelte er die Buchhalterin an. »Danke, Frau Fux. Das war es.«

Anika blickte ihn überrascht an. »Wirklich?«

»Ja. Frau Eklund müsste im Rittersaal sein. Ich will noch einmal mit ihr sprechen. Kommen Sie mit?«

»Was ist das denn für eine Frage?«

Hanibal drehte sich zur Ausgangstür, doch Anika hielt ihn auf. »Warten Sie, es geht schneller, wenn wir hier entlang gehen.« Sie ging zu der anderen Tür, die aus dem Raum führte. »Kommen Sie mit?«

»Was ist das denn für eine Frage«, antwortete Hanibal lächelnd und folgte ihr. Sie folgten einem kurzen Gang. Hanibals Blick blieb einen Moment an ihrer Rückansicht hängen. »Kennen Sie sich gut hier aus?«

»Ich laufe seit meiner Jugend durchs Haus. Wir sind gerade unter Herrn Eklunds Wohnräumen im Obergeschoss. Wenn wir dem Gang weiter folgen, dann kommen wir zu den Fitness- und Geräteräumen. Dahinter geht es weiter zur Garage und der Werkstatt. Rica wohnt im Obergeschoss. Ihre Zimmer grenzen an Heinrichs Räume.«

135

»Können Sie mir vielleicht bei einer Sache behilflich sein.«

»Worum geht es?«

»Ich habe viel Kaffee getrunken. Der Kreislauf des Lebens will geschlossen werden.«

Anika blickte ihn fragend an. »Sie sind Meister der umständlichen Formulierung, oder? Sie haben Glück.« Sie deutete auf eine Tür gegenüber der Ausgangstür zum Innenhof. »Dort ist eine Toilette. Ich warte im Vorraum zum Hof.«

Hanibal öffnete die Tür und betrat einen kleinen Raum. Hier gab es keine Fakten, die er aufnehmen musste; es gab nur Tatsachen, die er loswerden wollte.

Einige Minuten später traf er Anika wieder. Sie blickte durch das Sprossenfenster. Der Regen nieselte stürmisch vor einem dunkler werdenden Himmel über den Hof. Sie stieß die Tür auf. *Vivienne* pustete ihnen Wasser ins Gesicht. »Das war vielleicht doch keine gute Idee.«

Hanibals Mantel flatterte wild im Wind. »Wo müssen wir hin?«

Sie zeigte auf eine Tür, die ins Haus führte. »Die Tür zu Küche.«

»Mir macht der Regen nichts aus. Ihnen?«

Anika lief los. Hanibal lief hinterher. Kleine Pfützen platschten unter ihren Füßen. Anika riss die Tür zur Küche auf und sie schlüpften in den kleinen Vorraum. Dort schüttelten sie sich wie Labradore den Regen von der Kleidung. »War doch gar nicht so schlimm.« Hanibal strich mit der flachen Hand das Wasser vom Mantel. Er beobachtete Anika, wie sie sich den Regen von der Kleidung strich. Ihre Brüste zeichneten sich unter der klammen Bluse ab. Auch die Jeans hatte einige nasse Flecken. »Kommen Sie.« Sie führte Hanibal durch die Küche in einen Gang, der vor einer Treppe endete.

»Wie lange kennen Sie Frau Eklund?«

»Seit Fünfzehn Jahren. Wir haben uns im Ferienlager kennen gelernt. Sind später gemeinsam zur Schule gegangen.«

Sie stiegen die Treppe hinauf und kamen in das Durchgangszimmer zum Rittersaal. Einige Schritte später standen sie neben der Kaffeemaschine.

Hanibal blickte sich um. Cassidy, Ricarda und Schaefer standen redend an der Eingangstür. Der junge Eklund und zu Braun saßen am Tisch. Zu Braun wirkte auf Hanibal wie ein Lamm, das auf seine Schlachtung wartete. Aus dem Rauchersalon hörte Hanibal dumpf den Ton eines Fernsehers. Eine Nachrichtensprecherin verkündete die aktuelle Wetterlage. Anika folgte Hanibal zu der Dreiergruppe am Eingang.

»Gibt es was Neues?«, fragte er.

»Nö«, sagte Cassidy und nippte an einem Kaffee.

»Polmann hat sich gemeldet«, warf Schaefer ein. »Der Reporter vom *Tagblatt* ging ihm auf die Nerven, ist aber abgehauen, kurz bevor der Leichenwagen rausgefahren ist.«

»Der war aber hartnäckig«, sagte Hanibal. »Keine

weitere Presse bisher?«

Schaefer schüttelte den Kopf.

»Das haben wir wahrscheinlich *Vivienne* zu verdanken«, sagte Cassidy. »Bei dem Wetter kommt doch niemand freiwillig hier heraus.«

»Ja, kann sein. Ich frage mich sowieso, warum der Kerl hier aufgetaucht ist. Anika hat erzählt, dass sie die Nachricht bereits im Radio gehört hat.«

Hanibal wandte sich an Ricarda. »Haben Sie die Presse informiert?«

»Nein, ich war beschäftigt. Ich habe Dolores beruhigt. Magnus hat den Notruf angerufen. Danach war er bei mir und hat Schickfuß angerufen.«

Hanibal drehte sich zu Schaefer. »Du und Polmann könnt euch auf den Weg machen. Den Rest schaffen wir alleine. Ich mache nur noch den werten Herren von und zu Braun fertig. Dann kommen wir nach.«

Der Uniformierte zögerte einen Augenblick. »Okay, ich geb' Polmann Bescheid, dass er mich abholen soll. Ich will bei dem Wetter nicht zum Tor zu laufen.« Hanibal wandte sich an Ricarda. »Können sie das Tor von hier schließen, sobald die Kollegen weg sind? Ich will verhindern, dass der Reporter vom *Tagblatt* doch noch hier auftaucht.«

»Ja. Die Torkontrolle ist neben der Eingangshalle. Ihr Kollege könnte aber auch den Knopf unten am Tor betätigen oder ich könnte Erik bitten, Sie schnell zum Tor zu fahren. Dann kann er das Tor wieder schließen.«

Cassidy linste hinter ihrer Kaffeetasse hervor. »So

138

viele Möglichkeiten für so eine einfache Aktion. Nun Gerd, jetzt musst Du Dich entscheiden.«

Schaefer grinste. »Ich nehme das Taxi.«

Ricarda zückte ein Mobiltelefon und wählte. Nach einem kurzen Augenblick erreichte sie Fischer. »Erik, kannst Du bitte einen der Polizisten zum Tor fahren.«

»Ich komme zum Haupteingang«, schrie Fischer am anderen Ende der Leitung gegen den Wind an und legte auf.

»Wo treibt der sich denn herum?«, fragte Cassidy.

»Er hat etwas von ‚häckseln‘ gesagt«, sagte Hanibal Ricarda schaltete sich ein. »Ja, das hat er mir auch gesagt. Das Wetter macht ihm nichts aus. Er würde sogar bei Gewitter das Dach reparieren. Soll ich Sie zum Eingang bringen?«

»Nein, ist nicht nötig«, erwiderte der Schaefer.

»Aber ich komme mit«, sagte Cassidy » Ich muss mal kurz zum Wagen.«

Schaefer verabschiedete sich und verließ gemeinsam mit Cassidy den Saal.

»Frau Eklund, was ich Sie noch fragen wollte …«

Bevor er seinen Satz beenden konnte, näselte eine hohe, laute Stimme aus der Mitte des Raumes, »Herr Kommissar!«

Rodrigo zu Braun sprang auf. Er marschierte auf Herzog zu. »Was glauben Sie eigentlich, mit wem Sie es zu tun haben. Sie halten mich hier seit Stunden gefangen und behandeln mich wie einen Schwerverbrecher.« Er wedelte mit den Armen. »Sie berauben mich meiner Freiheit und Freizeit.« In den Achseln des zartrosa Hemdes hatten sich Schweißränder gebildet. »Sie ignorieren mich vorsätzlich und machen mich fertig. Ich werde eine Beschwerde gegen Sie einreichen.« Er baute sich vor Hanibal auf. Der Kommissar wich einem kleinen Tropfen Speichel aus, der sich aus zu Brauns Mund löste. Ihm stieg übler Atem in die Nase. Robert sackte in seinem Stuhl zusammen. Er schüttelte peinlich berührt den Kopf, während zu Brauns Schimpftirade weiterging. »Wenn Sie mich jetzt nicht sofort gehen lassen, dann werde ich Sie wegen Freiheitsberaubung und mentaler Folter verklagen! Dann werden Sie ihres Lebens nicht mehr glücklich werden!«

Hanibal neigte den Kopf zur Seite, um einem weiteren Speichelflug auszuweichen. Als zu Braun nach Luft schnappte, nutzte Hanibal die Gelegenheit. »Ja, ja, ist gut, Männeken. Mach das.« Er drehte er sich zu Ricarda. »Also. Was ich sie noch fragen wollte …«

Zu Brauns Gesicht nahm die Farbe eines Truthahnhalses an. Er presste Hanibal die Hand auf die Schulter und jammerte, »Schauen Sie mich gefälligst an, wenn ich mit Ihnen rede!«

Mit den Reflexen seiner Nahkampfausbildung drehte sich Hanibal in einer fließenden Bewegung herum. Er packte zu Brauns Hand und drückte ihm den Mittel- und Ringfinger zusammen. Er drehte seine Hand herum und brachte den Arm des

Blondierten auf Spannung. Ein zartes Knirschen entsprang dem Ellenbogen. Zeitgleich legte Hanibal den Zeigefinger der anderen Hand in den Winkel zwischen Rodrigos Oberlippe und den Ansatz des Nasenbeins. Er übte Druck auf die Stelle aus und animierte Rodrigo dadurch zu einem leisen Wimmern.

Die Hand und die Nase im Griff führte Hanibal zu Braun rückwärts zum Tisch und manövrierte ihn auf einen der Stühle. »Pass auf, Travolta! Ich tue uns beiden einen Gefallen. Ich werte den Blödsinn, den Du redest und die Handgreiflichkeiten nicht als Beleidigung oder Angriff auf einen Staatsdiener. Andernfalls müsste ich Dich jetzt verhaften. Aber ich habe keine Lust, wegen Dir und und Deiner Profilneurose lange Berichte zu schreiben, die sich mit verbalen und personellen Nichtigkeiten beschäftigen. Das wäre dann für mich 'Freitzeitberaubung'.« Er blickte streng auf Rodrigo herab. »Und jetzt bleibst Du sitzen und lässt den Onkel seine Arbeit machen. Haben wir uns verstanden!?«

Rodrigo zu Braun schaute ihn mit hochroten Kopf an. Seine Augen weiteten sich und er brach in Tränen aus.

Die Aktion hatte nur wenige Sekunden gedauert, hatte aber die Aufmerksamkeit aller Anwesenden auf sich gezogen. Ricarda drehte sich grinsend zur Kaffeemaschine und entdeckte plötzlich einen Fleck auf dem Chrom. Anika versteckte ein Lachen hinter der Hand während Robert beinahe unter dem Tisch versank. Lola stand im Türrahmen des Rauchersalons. Sie zwinkerte Hanibal zu und spendete stummen Beifall. Schickfuß stand hinter ihr und starrte auf sein Telefon.

Hanibal versuchte, seinen Adrenalinspiegel zu senken. Er atmete tief durch und ging zu den beiden Frauen zurück. »Hatte der auch Yakwurst zum Frühstück?«

Ricarda lächelte. »Nein. Ich biete nur netten Menschen ein Frühstück an«

»Der hat wahrscheinlich auf einem *Arschloch-für-Anfänger-Buch* geschlafen«, kommentierte Anika.

»Nein«, konterte Ricarda. »Er ist ‚sensibel'.«

»Ist ‚sensibel' ein neues Wort für Vollpfosten? Was findet Robert an ihm?« Anika zog die Augenbrauen gespielt überrascht nach oben. Sie rollte die Zunge an der Innenseite ihrer Wange. »Kann er ein Kunststück, das ich noch nicht kenne?«

Die junge Eklund schüttelte sich. »Bäh. Das will ich nicht wissen.«

»Vielleicht ist er auch einfach 8-1324!«, sagte Anika.

Ricarda brach in Lachen aus.

Hanibal folgte dem Sprüche-Ping-Pong. Er erinnerte sich an Lolas und Roberts Worte. Die beiden Frauen schienen nichts von der aktuellen Beziehung der beiden zu wissen »Frau Eklund, Sie sollten mit Robert über Herrn zu Braun reden. Sie werden überrascht sein.« Er führte die beiden in

Richtung der Kaffeemaschine. »Bevor wir unterbrochen wurden, wollte ich Sie etwas über dieses Haus fragen.«

Ricarda schaute ihn erwartungsvoll an.

»Gibt es in den Wänden Zwischenräume, in denen sich jemand verstecken könnte?«

Die Frauen tauschten Blicke aus.

»Wissen Sie etwas über die Geschichte des Hauses?«

»Nein, ich bin ziemlich schlampig, was die Geschichte von Schloss Gewöllheim angeht. Irgendeine Adelsfamilie hat das Haus gebaut und hat hier gelebt«, sagte Ricarda. »Aber ja, es gibt tatsächlich Zwischenräume. Hier ziehen sich richtige Gänge durch das Haus. Mein Vater hat sie entdeckt, als er das Haus umgebaut hat. Er hat sie erhalten. Man findet sie aber nicht, wenn man nicht weiß, wo die Zugänge sind.«

»Wissen Sie, wo diese Zugänge sind?«

»Ja. Einige kenne ich. Aber ich weiß nicht, ob es alle sind. Wir beiden...«, sie deutete mit der Hand abwechselnd auf Anika und sich selbst, »haben früher versucht die Gänge zu erforschen. Das hat aber nicht funktioniert. Es gibt viele Zwischentüren. Viele waren verschlossen, andere hatten keine Türklinken. Manchmal standen wir plötzlich vor einer Wand und es ging nicht weiter. Es gibt auch keine Schlüssel. Das hat irgendwann keinen Spaß mehr gemacht.«

»Wissen Sie, ob hinter der Wand des Yakzimmers ein Gang ist?«

»Yep«, bestätigte Anika. »Dort gibt es sogar ein Spionloch. Man schaut durch den Yakschädel ins Zimmer.«

»Ja, stimmt. Früher hing im Yakzimmer ein altes, vergammeltes Hirschgeweih. Das Loch hat mein Vater gefunden, als er das Teil entfernt hat. Er hat dann den Yakschädel darüber gehängt. Als wir jünger waren, haben wir von hinten ein Loch in der Schädel gebohrt und manchmal versucht, ihn zu belauschen. Er hat es aber mitbekommen. Er hat dann vor die Wand geschlagen. Seinem Gesprächspartner hat er dann erzählt, dass einige Wände morsch sind.«

»Werden die Gänge heute noch benutzt?«, fragte der Kommissar.

»Von mir ganz sicher nicht. Außer Robert und Erik dürfte eigentlich niemand davon wissen. Magnus vielleicht noch. Ich habe ihm von unseren Erkundungstouren erzählt. Er ist aber nicht der Typ, der durch diese Gänge schleichen würde. Bis Sie es erwähnt haben, hatte ich selbst nicht mehr daran gedacht.«

Hanibal nickte. »Wo ist der Eingang zum Yakzimmer?«

»Einige Zimmer weiter den Korridor entlang. Ich zeig es Ihnen.« Mit diesen Worten drehte sich Ricarda auf dem Absatz herum und marschierte los. Anika und Hanibal schlossen sich an, als sie bereits einige Schritte entfernt war.

Ricarda führte sie am Yakzimmer vorbei. Sie blieb nach drei weiteren Türen stehen und brachte sie in einen fensterlosen Raum, der ungefähr die Größe des Yakzimmers maß. In der Mitte des Raumes war ein Kickertisch aufgebaut, während einige Flipperautomaten die Wände säumten. Hinter dem Tischkicker blieb Ricarda stehen und zeigte auf die Wand. Hanibal begutachtete die Wand. Gusseiserne Kerzenleuchter zierten den Übergang zwischen der Vertäfelung und der blauen Tapete. Die Frauen blickten ihn erwartungsvoll an.

»Und?«, fragte Anika.

Er zuckte mit den Schultern.

Ricarda zog an einem der Kerzenleuchter. Ein leises Knacken ertönte und ein Element der Vertäfelung sprang einen Spalt breit auf. Hanibal ging staunend zu dem Spalt. Er schob seine Hand hinein und zog an dem Wandelement. Ein Durchgang von der Breite des Vertäfelungspaneels öffnete sich. Er blickte in einen Tunnel, der nach einigen Schritten um eine Ecke führte. »Der Gang führt zum Yakzimmer?«

Ricarda nickte. Hanibal sah auf den Fußboden. In der Staubschicht zeichneten sich Fußspuren ab. Er betrat den Gang und tastete sich an der Wand entlang. Als er um die Ecke bog, endete der Gang nach einigen Metern. Er bemerkte einen leichten Lichteinfall, der durch ein Loch schimmerte. Er schaute hindurch. Durch einige Fellbüscheln hindurch, spähte er in das Yakzimmer. Er zündete sein Feuerzeug an, suchte den Fußboden ab und entdeckte weitere Fußspuren. Er ließ das Feuerzeug zurück in die Tasche gleiten und ging zurück in den Kickerraum.

Zur gleichen Zeit

Während Cassidy und Schaefer zum Haupteingang gingen, unterhielten sie sich über die Sachlage im Haus. Einige Meter bevor sie die Eingangshalle erreichten, bemerkte Cassidys einen Raum, der ihr zuvor nicht aufgefallen war. Die Tür war einen Spalt geöffnet und sie sah ein bläuliches Flimmern von Bildschirmen. Nach einigen Augenblicken erreichten sie den Ausgang. Schaefer öffnete die Tür und ein lebhafter Wind blies Ihnen entgegen. Der Windstoß verfing sich unter Schaefers Mütze und hob sie an. Aus einem Reflex heraus, streckte Cassidy den Arm aus und hielt die Mütze auf Schaefers Kopf fest. Schaefer duckte sich weg und empörte sich über ihre Aktion. Sie blieben einen Moment auf der Eingangstreppe stehen und beobachten den Wald. Die Baumwipfel bogen sich bedenklich. Der Wind trieb Laub und loses Geäst über den Vorplatz. Cassidys schwarze Haare wirbelten ihr ins Gesicht. Sie traten zurück ins Haus, wo Cassidy sich im Schutz des Raumes eine Zigarette anzündete. »Was willst Du eigentlich so dringend aus dem Wagen holen?«, fragte Schaefer.

»Meine Waffe«, murmelte sie.

»Wie bitte?«, fragte Schäfer.

Sie herrschte ihn an. »Mensch! Meine Waffe.« Er zuckte erschrocken zusammen. »Ich hab sie zum Fahren auf den Beifahrersitz gelegt. Das Holster verträgt sich nicht mit meinen Schalensitzen. Zu eng.

147

Verstehst Du? Ich habe in der Hektik vergessen, das Holster wieder anzustecken.«

»Wozu brauchst Du die denn jetzt noch? Ihr haut doch auch gleich ab.«

»Sie liegt offen im Wagen. Das ist mir vorhin aufgefallen, als ich durch das Haus gegangen bin. Seit ich das weiß, fühle ich mich irgendwie nackt. Um ehrlich zu sein. Es war da unten ziemlich unheimlich.«

Er prustete. »Du hast Schiss? Hätte ich nicht gedacht. Wenn ich das Polmann erzähle ...«

Sie kniff die Augen zusammen und schnitt eine Grimasse, »Halt bloß die Klappe. Ich habe keinen Schiss. Hier ist immerhin ein Mord passiert. So wie ich das sehe, ist der Mörder noch hier. Ich habe ein ziemlich mieses Gefühl bei der Sache.«

Schäfer grinste. Er sang leise, spottend: »Cassidy hat Schiss. Cassidy hat Schiss.«

Sie verpasste ihm einen leichten Schlag auf den Oberarm. Er wollte gerade einen zweiten Schlag abwehren, als sie Motorengeräusche hörten. Sie hielten inne und suchten nach der Ursache. Ein Gefährt von der Größe eines Golfmobils näherte sich knirschend über den Kies. Das kleine Auto sah aus, wie die geschrumpfte Version eines Geländewagens. Der Wagen stoppte vor der Treppe. Das geschlossene Verdeck schützte den Fahrer vor dem Wetter. Die Fahrertür öffnete sich und eine Gestalt in einem waldgrünen Regencape stieg aus. Das Cape schleuderte wild umher. Eine sonore Stimme

148

brummte gegen den Sturm. »Wer hat das Taxi bestellt?«

»Das war ich«, bestätigte Schäfer. Er lief die Treppe hinunter. »Nettes Wägelchen.«

»Hm. Benzinmotor. Vierradantrieb. Ordentlich Power«, rasselte Fischer die Eckdaten herunter. »Geht gut im Gelände, mein kleines Kart.«

Die beiden Männer stiegen ein und kurz danach fuhr der Mini-Geländewagen los.

Cassidy schaute ihnen hinterher. Sie schnippte ihre Zigarette weg, die vom Wind zehn Meter über den Vorplatz getragen wurde. Sie hörte Hanibals Tadel vor ihrem inneren Ohr und antwortete stumm mit einem »Pfffft!«. Dann zog sie die Lederjacke glatt und lief zu ihrem Wagen. Sie betätigte die Fernbedienung des Schlüssels und die Zentralverriegelung sprang klackend auf. Sie öffnete die Beifahrertür. Auf dem Sitz lag ihre Walther P99 im Clipholster. Sie packte die Waffe, schleuderte die Tür zu und lief, gegen den Wind ankämpfend, zurück zum Eingang, wobei sie zweimal beinahe auf dem feuchten Kies ausglitt. Nachdem sie an der Eingangstür ankam, verriegelte sie den Wagen. Im Schutz der Halle fuhr sie sich mit den Händen durch die Haare und schüttelte das Wasser von der Jacke. Sie befestigte das Holster im Rücken an ihrem Gürtel. Auf dem Rückweg zum Rittersaal fiel ihr Blick wieder in den Raum, in dem sie vorher das Bildschirmflimmern gesehen hatte. Sie gab ihrer Neugier nach und öffnete die Tür. Eine Wand aus

Bildschirmen dominierte den fensterlosen Raum. Davor war das Pult mit den Kamerakontrollen installiert. Ein großer Bürosessel aus schwarzem Leder bot einem ambitionierten Beobachter, der anhand der Beschriftung der Monitore erkennen konnte, wohin die Kamera zeigte, einen Sitzplatz. An der rechten Wand bemerkte sie zwei Paneele, die mit den Worten Alarmanlage und Torkontrolle gekennzeichnet waren. Sie überflog die Bildschirme. Die Bilder zeigten verschiedene Außenbereiche des Anwesens. Einer der Bildschirme war mit 'Haupttor' beschriftet. Dort sah sie den Mini-Geländewagen, der soeben vor dem Tor zum stehen kam. Schaefer sprang heraus und sprintete zum Polizeiwagen, in dem Polmann bereits mit laufendem Motor wartete. Nachdem Schaefer eingestiegen war, fuhr der Streifenwagen davon. Fischer wendete seinen Wagen und stieg aus. Er betätigte die Torkontrolle, die einige Meter vor dem Tor installiert war, und das Tor schloss sich.

Cassidys Blicke wanderten über die anderen Kamerabilder. Die Monitore zeigten einen Ausblick in die Natur und die menschenleeren Außenbereiche des Hauses. Ihr Blick verharrte auf einem Bildschirm, der mit 'Straße - Ost' beschriftet war. Die Kamera zeigte einen verlassenen dunklen Kombi, der an der Straße parkte. Sie schenkte dem Wagen keine weitere Beachtung und verließ den Raum.

12:13 Uhr

Als Cassidy den Gang zum Rittersaal entlang kam, hörte sie Stimmen, aus einem Raum, an ihr Ohr dringen. Sie steckte den Kopf in dem Moment hinein, als Hanibal aus dem Durchgang in der Wand stieg. Er rieb sich nachdenklich das Kinn und ging zu Ricarda und Anika.

»Haben Sie etwas gefunden?«, fragte Anika.

»Nein, nur das Guckloch. Ich frage mich allerdings, wer unser Mithörer gewesen sein könnte?« Cassidy machte sich mit einem Räuspern bemerkbar und ließ den Blick über das Inventar gleiten. Sie peilte den Tischkicker an. »Macht ihr Pause? Ist Spielzeit?« Sie deutete mit dem Daumen auf Hanibal. »Ihr müsst aufpassen. Er sieht unscheinbar aus, hat aber zwei Jahre den Kickermeisterpreis vom Revier gehalten. Das ist zwar schon einige Jahre her, aber ...«

»Für dich reicht´s noch,« fiel Hanibal ihr ins Wort. Er zeigte auf die Öffnung in der Vertäfelung. »Wir hatten eine Ratte in der Wand.« Cassidy ging zu der Öffnung und steckte den Kopf hinein. »Du meinst, wir sind tatsächlich belauscht worden? Das ist ja wie bei Edgar Wallace.« Sie drehte sich zu den beiden Frauen. »Ich wusste sofort, dass das hier eigentlich *Marks Priory* ist«

»Wie bitte?«, fragte Ricarda.

»Schon gut, Frau Eklund«, schaltete sich Hanibal ein. »Machen Sie sich nichts draus. Oberkommissarin Palatino wirft manchmal Realität und Fiktion durcheinander. *Marks Priory* ist der Schauort eines Romans vom erwähnten Autor.«

Er zog den Notizblock aus der Tasche und kritzelte etwas hinein. Danach riss er die Seite heraus und hielt sie Cassidy hin. »Kannst Du mir einen Gefallen tun?« Er gab ihr keine Gelegenheit zu antworten. »Ruf bitte diese Nummer an. Das ist mein alter Kommilitone Tarzi. Er kennt sich sehr gut mit der Geschichte der Stadt und der Umgebung aus. Vielleicht kann er Dir etwas über dieses Haus erzählen.«

Anikas grüne Augen blickten Hanibal an. »Warum beschäftigt man sich im Studium bei der Polizei mit alten Häusern?«

»Ich hatte ein Leben vor der Polizei. Ich habe einige Semester Geschichte und Archäologie studiert, bevor ich in den Staatsdienst gegangen bin.«

»Aha«, geräuschte Anika.

Cassidy war erstaunt, dass Hanibal diese Information preisgab. Er war Fremden gegenüber ansonsten nicht so auskunftsfreudig. Sie selbst hatte von seinem Studium erst erfahren, nachdem sie beinahe ein Jahr zusammengearbeitet hatten. Er wandte sich an Cassidy. »Ist Schaefer gut weggekommen?«

»Ja. Der ist ja schon groß.«

Hanibal sprach Ricarda an. »Ich möchte mich gleich um Herrn zu Braun kümmern. Nicht, dass er während seiner 'Freizeitberaubung' noch einen Herzstillstand bekommt.«

152

Anika und Ricarda grinsten. Cassidy sah ihn fragend an.

»Erzähl ich Dir später«, murmelte Hanibal. »Danach möchte ich Sie bitten, mir bei der Rekonstruktion der Aufenthaltsorte der Anwesenden zu helfen. Wir treffen uns im Rittersaal. Ich will noch einige Worte mit meiner Kollegin wechseln.« Anika und Ricarda verstanden die Aufforderung und verließen den Raum. Hanibal beobachtete, dass Anika schmollend die Lippen verzog. Hanibal schloss die Tür. »Cassy, hier gehen seltsame Dinge vor.«

»Du meinst, außer dem Mord?«

»Ja. Ich habe bei nahezu jedem das Gefühl, dass er mir nicht alles erzählt hat. Und dann diese Lauschaktion. Wer war das? Ich glaube inzwischen, dass einer unserer Gäste der Täter ist.«

»Ja, das vermute ich auch. Wollen wir ein wenig mutmaßen?«

»Nein, nicht jetzt. Aber wir können den Kreis der Verdächtigen deutlich eingrenzen. Ich befrage jetzt zu Braun und werde dann mit Frau Eklund sprechen. Danach machen wir uns auf den Weg. Den Rest machen wir im Büro. Ruf bitte Tarzi an. Ich muss kurz über etwas nachdenken.« Mit diesen Worten verließ Hanibal den Raum und ging zurück ins Yakzimmer.

Cassidy blieb zurück und blickte auf den Zettel. Darauf war der Name 'Tarzius Gonzales' und eine Telefonnummer notiert. Hanibals Schrift war schwierig zu entziffern. Sie wählte die Nummer auf ihrem Mobiltelefon.

»Marco di Nyon«, meldete sich eine Stimme.

Der Name kam Cassidy seltsam bekannt vor.

»Wer ist da bitte?«, fragte sie. »Ich möchte mit Tarzius Gonzales sprechen.«

»Den gibt´s hier nicht«, antwortete die Stimme.

»Entschuldigung. Ich habe mich verwählt.«

»Kein Problem. Schönen Tag noch«, sagte die Stimme und legte auf.

Sie schaute erneut auf den Zettel. Sie bemerkte, dass sie eine 4 anstatt einer 9 gelesen hatte. Sie fluchte leise über Hanibals Handschrift und korrigierte ihre Fehleingabe am Telefon. Nach dem dritten Klingeln meldete sich eine andere Stimme.

»Gonzales!«

»Guten Tag Herr Gonzales. Mein Name ist Cassandra Palatino. Ich bin …«

»… die Kollegin von Hanibal«, beendete Gonzales den Satz.

Cassidy stockte, »Ja richtig. Woher wissen Sie das?«

»Hanibal hat mir schon in höchsten Tönen von Ihnen erzählt. Was kann ich für Sie tun? Steckt Hanibal in Schwierigkeiten? Ist ihm etwas zugestoßen?«

»Nein, ihm geht es gut. Er sitzt im Nebenraum und grübelt vor sich hin.«

»Ja. Grübeln kann er wie kein Zweiter. Aber warum rufen Sie dann an?«

»Hanibal hat mich gebeten, mit Ihnen zu sprechen. Wir sind hier auf Schloss Gewöllheim. Draußen vor der Stadt.«

»Ich weiß, wo das ist. Das ist der heutige Familiensitz der Eklunds.«

»Sie sind gut informiert«, antwortete sie erstaunt. »Hanibal hat vermutet, dass Sie uns etwas über dieses Haus erzählen können? Etwas über die Geschichte?«

»Ja, das kann ich tatsächlich. Ich kann ziemlich viel über die Geschichte der Stadt und die Umgebung erzählen. Oder möchten Sie lieber über lokale Bräuche reden?«

»Eine Stadt ist eine Stadt, egal ob es nach Lokalkolorit mieft«, antwortete Cassidy. »Könnten Sie mir die Geschichte von Schloss Gewöllheim kurz zusammenfassen.«

»Kurz?«, fragte Gonzales enttäuscht. »Sie haben es aber eilig. Nun gut. Schloss Gewöllheim wurde 1607 vom Grafen *Archibald zu Stucks vom Berg* erbaut. Er hatte es, zu Ehren seines Lehnsherren, damals allerdings *Hagenswacht* genannt. Es war auch wesentlich kleiner als heute. Es bestand ursprünglich nur aus dem vorderen Teil und dem Turm. Es gab noch einige Anbauten und Nebengebäude. Der zweite Turm wurde dann einige Jahre später gebaut. Die *zu Stucks* haben gute hundert Jahre auf *Hagen*swacht gelebt. Gustav, der Enkel vom alten Archibald war aber ein Trinker und Spieler. Nachdem sein Vater verstorben war, hatte er

155

große Schulden angehäuft. Er versuchte, die Schulden mit Gewinnen aus Glücksspielen auszugleichen.«

Gonzales räusperte sich. Cassidy hörte, dass er etwas trank. Sie wusste nicht warum, aber ihr schoss das Bild einer mannshohen Schildkröte, die aufrecht in einem Ledersessel saß und an einem Cognac-Schwenker nippte, in den Kopf. »Er hatte nicht viel Glück damit, oder?«

»Nein. Profan gesagt, hat er Haus und Hof, verwettet und versoffen. Das Grundstück und alle darauf befindlichen Gebäude gingen 1706 an einen gewissen *Bertram Stengel von Gelderland*.«

»Klingt irgendwie unseriös«, warf Cassidy ein.

»Sie haben ein gutes Gespür«, fuhr Gonzales fort. »Es wird vermutet, dass es nicht sein richtiger Name war. Er hat sich als Kaufmann ausgegeben. War aber ein windiger Geselle. In Wirklichkeit war er auch nichts anderes als ein Playboy und Spieler. Er war allerdings vom Glück begünstigt. Er hatte es geschafft, sich einen gewissen Wohlstand aufzubauen. Einige Zeitzeugen behaupteten, dass sein Vermögen aber nicht nur auf legalem Wege gewachsen sei. Angeblich hat er seinem Erfolg beim Glückspiel tüchtig nachgeholfen. Unter anderem soll er auch ein recht skrupelloser Waffenhändler gewesen sein. Er war sehr gerissen und immer bestens informiert.«

»Herr Gonzales, bitte mehr Informationen über das Haus«, unterbrach ihn Cassidy. »Ja, ja, ist gut.

Gustav hat Stengel Betrug vorgeworfen. Er wolle das Haus lieber niederbrennen, als es Stengel in die Hände fallen zu lassen. Und das hat er auch getan. Zumindest hat er es versucht. Die Anbauten, die Ställe und die Scheune brannten bereits. Bevor er Feuer im Haupthaus legen konnte, haben Stengel und seine Leute ihn aufgehalten. Es kam zu einem Handgemenge. Einer von Stengels Leuten wurde getötet. Stengel selbst erlitt eine üble Knieverletzung. Er ging den Rest seines Lebens am Stock. Sie wollten Gustav der Gerichtsbarkeit übergeben. Der konnte allerdings fliehen.« Gonzales legte eine weitere Trinkpause ein. »Da er keine bekannten Kinder hatte, verliert sich die Spur der *Stucks vom Berg* dann im Nebel der Geschichte. Angeblich hat er sich einer Spielmannstruppe angeschlossen. Das lässt sich aber nicht mehr nachvollziehen.«

Cassidy unterbrach ihn. In ihrer Vorstellung trug die Schildkröte nun ein Monokel. »Entschuldigen Sie, aber ich wollte etwas über das Haus wissen. Nicht über die Familiengeschichte der *Stucks*.«

»Natürlich. Dazu komme ich ja jetzt. Sie sind aber ungeduldig. Aber das hat Hanibal bereits erwähnt. Sie sollten sich merken, dass es immer eine Geschichte hinter einer Geschichte gibt. Man muss die Dinge in ihrer Gesamtheit betrachten. Sonst versteht man die Zusammenhänge nicht. Aber wahrscheinlich erfährt man trotzdem nie alle Fakten.«

»Verzeihung«, sagte Cassidy. »Ich will nicht

157

unhöflich sein, aber wir haben es hier eilig.«

Ein Rauschen legte sich unter Gonzales Stimme. Die Stimme klang hohler. »Also, nachdem Stengel das Haus in Besitz genommen hat und Stucks verschwunden war, hat Stengel sich dort niedergelassen. Er hat daraus einen repräsentativen Geschäftssitz und Lustschloss gleichermaßen gemacht. Er wurde zum voll integrierten Mitglied der guten Gesellschaft. Man sagte ihm beste Verbindungen in die Lokalpolitik nach. Er hatte Geschäftsbeziehungen in alle Richtungen. Wenn man etwas benötigte, dann konnte er es beschaffen. Er ließ das Haus in seine heutige Form umbauen und erweitern. In dem hinteren Turm hatten während des Umbaus Schleiereulen genistet. Daher kommt der heutige Name. Es war wohl ein Scherz seinerseits. Das Haus soll die reinste Lasterhöhle gewesen sein. Stengel hat dort rauschende Feste gefeiert und seine Geschäftsabschlüsse getätigt. Aber nirgends ist tatsächlich belegt, was es für Geschäfte waren. Zeitzeugen berichten von Glücksspiel und Orgien. Angeblich soll er auch nicht vor Erpressungen und Auftragsmorden zurückgeschreckt haben. Ein dubioser Gentleman-Ganove im Deckmantel eines Honoratioren.«

Die Schildkröte trug nun einen Frack und einen Zylinder »Wissen Sie etwas von Geheimgängen oder Zwischenräumen in den Wänden?« Das Rauschen wurde stärker. Sie konnte Gonzales kaum noch verstehen.

158

»Nein, nicht unbedingt, aber es würde mich nicht wundern. Dies könnte der Grund sein, warum Stengel immer über das Treiben seiner Geschäftspartner informiert war. Es würde seinem Naturell entsprechen. Er bewegte sich gerne, ohne dass es jemand mitbekommen sollte. Er tauchte immer dort auf, wo man ihn nicht erwartete. Warum sollte es nicht in seinem eigenen Haus auch so gewesen sein.«

»Was ist aus Stengel geworden?«, fragte Cassidy.

»Er ist irgendwann...«, die Stimme war kaum noch zu hören. Das Rauschen lag wie ein Tuch über seinen Worten. Sie hörte noch ein Wortfragment. Es klang wie, *'das Chamäleon von Chemnitz'*. Dann brach die Verbindung endgültig ab. Die Schildkröte verpuffte in einer Qualmwolke.

Cassidy versuchte erneut, die Nummer anzurufen. Sie hatte keinen Erfolg. Die Leitung blieb tot. Sie starrte auf das Display. Das Telefon zeigte kein Empfangssignal mehr. Sie fluchte laut und verließ zornig den Raum in Richtung des Yakzimmers.

Als Hanibal das Yakzimmer wieder betrat, warf er einen prüfenden Blick auf den Yakschädel und setzte sich an den Schreibtisch. Er öffnete den Notizblock und überflog seine Aufzeichnungen. Er ließ sich von den Überresten des Frühstücks ablenken. Einige der Yakbrötchen und die Kaffeekanne standen noch auf dem Schreibtisch. Er goss sich einen Kaffee ein und nahm eines der Käsebrötchen. Er roch daran und nahm einen Bissen. Er war überrascht. Der Käse schmeckte ihm. Ein strenger aber mild, nussiger Geschmack vor dem Hintergrund einer ihm unbekannten Milch. Er drehte sich mit dem Stuhl zum Fenster und starrte hinaus. Er ließ seine Gedanken schweifen.

Cui bono? Wem nutzt Heinrichs Tod? Wenn ich dem Geld folge, dann sind es Ricarda und Robert. Sie sind die Haupterben. Beide wirken aber nicht wie Mörder. Das Hausmädchen oder der Gärtner? Kaum. Beide könnten ihre Arbeit verlieren. Obwohl ich nicht glaube, dass Ricarda sie entlassen würde. Es ist ein großes Haus.

Er lächelte bei dem Gedanken.

Die Fahrerin könnte auch ihren Job verlieren, aber nachdem was Cassy erzählt hat, muss sie sich keine Sorgen über eine schnelle Entlassung machen. Ihre Affäre dürfte ihrem Verlobten ein Dorn im Auge sein. Weiß er davon? Hat er ein Motiv? Nein, nicht offensichtlich. Solange die beiden nicht verheiratet sind, hat er nichts von dem Geld. Ok, er ist ein Arschloch, aber er kommt offensichtlich selbst aus reichem Hause.

Lola? Carls hatte Differenzen mit Eklund, aber er scheint seine Schulden nicht mit Gewalt tilgen zu wollen. Anika Fux. Ihr glaube ich, dass sie nicht hier war. Sie blickt durch Eklunds Tod auch in eine ungewisse Zukunft. Der Anwalt? Er wurde von Magnus benachrichtigt und ich habe ihn gesehen, bevor er hier aufgetaucht ist. Er könnte natürlich zum Tatort zurückgekehrt sein, um von seiner Schuld abzulenken.

Ein Motiv?

Hanibal schüttelte den Kopf.

Und dann habe ich noch den Idioten. Der spielt hier keine Rolle. Er tötet nichts anderes als die Nerven seiner Mitmenschen.

Er nahm einen Schluck Kaffee.

Hat die Mordwaffe eine Bedeutung? Ein Stiletto. War es eine Frau? Es gibt zwei Männer, die Damenschuhen gegenüber auch nicht abgeneigt sind. Das Schuhdesign und der Preis lassen auf einen gutverdienenden, extrovertierten und selbstbewussten Charakter schließen. Ich muss Lolas Schuhgröße prüfen. Dolores hat gesagt, dass die Schuhe Ricarda gehören.

Er nahm einen weiteren Bissen des Yakkäses.

Gibt es noch Unbekannte in der Gleichung? Der schwedische Bruder? Maria Eklund? Vielleicht ist sie zurückgekehrt? Sie kennt das Haus. Sie kennt die geheimen Gänge. Vielleicht gibt es einen Gang in Eklunds Arbeitszimmer. Niemand hat genug Anhaltspunkte geliefert, um auch nur ansatzweise einen Verdacht auszusprechen. Also, Cui verdammt bono? Ich komme immer wieder zu Ricarda oder Robert.

Die Tür flog auf und riss ihn aus seinen Gedanken. Cassidy stürmte hinein und schleuderte die Tür hinter sich zu. »Dieses verdammte Telefon!«

»Beruhig Dich. Was ist los?«

»Die Leitung ist tot!«

Hanibal verzog die Lippen. »Hat Tarzi Dir etwas über das Haus erzählen können?«

»Ja. Er hat viel erzählt. Nicht direkt über das

161

Haus, aber ich habe viel über die Erbauer und ihre Familiengeschichte gehört. Wenn er nicht so viel gequatscht hätte, wären vielleicht mehr Informationen über das Haus rausgekommen.«

Hanibal grinste. »Hat er etwas weiter ausgeholt?«

»Yep. Er hat gesagt, dass das Haus 1607 erbaut wurde und einer der Besitzer es niederbrennen wollte. Ein neuer Besitzer, ein gewisser *Bertram Stengel*, hat das Haus umgebaut und erweitert. Und da dieser *Stengel* ein zwielichtiger Charakter war, schließt er geheime Gängen nicht aus.«

»Das ist nicht viel, aber es bestätigt meine Annahme. Der Mörder kennt sich im Haus sehr gut aus. Sonst noch etwas?«

»Nein. Es sei denn, Dir sagt das ,*Chamäleon von Chemnitz'* etwas.«

Er schüttelte den Kopf, »Was?«

»Ach egal. Das Gespräch ist abgebrochen. Mein Telefon ist tot.«

Hanibal zog sein Telefon aus der Tasche und warf einen Blick auf das Display. Auch er hatte kein Empfangssignal mehr. »Vielleicht einer der Sendemasten? Verdammte *Vivienne*!«

Die Tür flog erneut auf. Ricarda eilte ins Zimmer. Hinter ihr stand Fischer, der schwer atmend seine Hände auf die Oberschenkel stützte. Er wedelte mit einer Hand und deutete an, etwas sagen zu wollen. Als er ansetzte, kam aus seinem Mund nur ein leises Keuchen. Ricarda ergriff aufgeregt das Wort: »Herr Kommissar. Im Geräteschuppen liegt eine Leiche!«

13:01 Uhr

»Was?«, riefen die Polizisten gleichzeitig.

Ricarda deutete auf den Gärtner, der weiterhin mit der Hand vor seinem Mund wedelte. »Erik hat ihn gefunden.« Fischer pustete laut aus und sah die Kommissare an. »Ein Mann.«

»Wer?«, fragte Cassidy.

»Weiß nicht. Kenn' ihn nicht.«

Von den Geräuschen vor dem Yakzimmer angezogen, kamen einige Personen aus dem Rittersaal und drängten sich um den Gärtner. Dolores ging noch einmal zurück und hielt danach eine Wasserflasche in der Hand. Hanibal ließ seinen Blick über die Versammelten schweifen. Alle außer der Chauffeurin waren anwesend.

»Erzählen Sie, was passiert ist«, sagte Hanibal.

Fischer atmete schwer. »Also … ich hab' gehäckselt … Dann hat Rica angerufen…« Seine Stimme versagte kurz, »…Kollegen zum Tor gefahren.«

Cassidy unterbrach ihn ungeduldig. »Das wissen wir.«

Hanibal schenkte ihr seinen vorwurfsvollen Blick. Dolores reichte dem Gärtner die Wasserflasche. »Hier Erik, trink.«

Fischer nahm einen Schluck und grunzte, »Danke, Mädchen.« Er atmete zweimal tief durch und seine Atmung beruhigte sich weiter. Die Stimme wurde nun fester. »Also…«, begann er erneut. »Ich hab' den

Polizisten zum Tor gebracht. Dann hab' ich den Häcksler geholt. Hab' den Wagen wieder in die Garage gestellt. Dann bin ich 'rüber zum Geräteraum.«

Hanibal sah ihn fragend an. Fischer beantworte den Blick stur und erläuterte, »Der Raum, wo die Gartengeräte sind. Sie wissen schon... Kettensägen, Harken und so.«

Hanibal nickte.

»Und da liegt ein Mann«, fuhr Fischer fort. »Tot.«

»Wie? Der liegt da einfach so herum?«, fragte Cassidy.

»Nee, nich' einfach so. Hat die Sense in der Brust.«

Die Leute rumorten im Hintergrund. Lola tuschelte mit Dolores. Robert riss die Augen auf. Hanibal legte dem Gärtner die Hand auf die Schulter. »Jetzt beruhigen Sie sich erst einmal.«

»Wieso? Ich bin doch ruhig«, brummte der Gärtner.

Hanibal wechselte Blicke mit Cassidy. Sie zuckte kaum wahrnehmbar mit den Schultern.

»Kann mich jemand zu diesen Geräteraum bringen?«

»Ja. Das mache ich«, sagte Ricarda.

Hanibal wandte sich an den Gärtner. »Können Sie uns auch begleiten?«

Ein Fingerschnippen ertönte im Hintergrund. »Herr Kommissar ...«, tönte es aus zu Brauns Mund. Hanibal drehte sich blitzschnell um. Er kniff grimmig die Augen zusammen und nahm ihn mit

164

dem Zeigefinger ins Visier. »Was!?«

Zu Braun schluckte deutlich hörbar. Er überdachte seinen Einwand und hauchte, »Nichts.«

»Dann ist gut.« Hanibal überblickte die Menge. »Aber wo sie alle bereits hier versammelt sind. Ich will jeden in 30 Minuten im Rittersaal sehen.«

Er drehte sich zu Ricarda. »Können wir gehen?«

Sie nickte und ging voran. Hanibal legte dem Gärtner die Hand erneut auf die Schulter. »Können wir los?«

»Ja.«, murmelte er.

Ricarda führte die Gruppe einige Treppen hinunter, bis sie einen Gang erreichten, der von trübem Lampenschein erhellt war. Ein abgestandener, feuchter Geruch lag in der Luft. Sie waren im Kellergeschoss angekommen. In unregelmäßigen Abständen zweigten weitere Gänge ab. Hanibal versuchte, sich die Abzweigungen zu merken. Nach der fünften Ecke gab er auf. »Ist ziemlich weitläufig hier. Sind wir jetzt unterhalb des Haupthauses?«

Ricarda schüttelte den Kopf. »Nein, wir sind unter dem Innenhof.«

»Welche Räume sind hier unten?«, fragte Cassidy, die das Schlusslicht der Gruppe bildete.

Ricarda deutete mit dem Daumen über die Schulter zur letzten Abzweigung. »Dahinten geht es zum *Labor*.«

»Hier unten ist noch der Weinkeller, einige Lagerräume und so.«

»Kein Kerker? Keine geheime Folterkammer?«, scherzte Cassidy.

»Die werden schon lang' nich' mehr benutzt«, murrte Fischer.

Cassidy grinste ihn an. Fischer verzog keine Mine.

»Ach Erik!«, fuhr Ricarda fort. »Nein. So etwas hat es hier nicht gegeben.« Sie zögerte, »Soweit ich weiß. Aber wer weiß schon, was in diesem Haus so alles passiert ist.« Cassidy erinnerte sich an das Telefonat mit Gonzales.

Ricarda führte sie eine Treppe hinauf, die in einen kleinen Raum mündete, aus dem zwei Türen hinausführten. Ricarda öffnete die Tür, die dem Treppenaufgang gegenüber lag. Die Scharniere quietschten. »Muss ich mal ölen«, sagte Fischer.

Sie betraten eine kleine Halle. Hanibal stieß mit dem Fuß an die Rollen eines roten Werkzeugwagens, der neben der Tür stand. Der Geruch von Öl und Gummi lag in der Luft. Hanibal erblickte mehrere Fahrzeuge. Zuerst sah er einen Sitz-Rasenmäher. Daneben einen Miniatur-Geländewagen. Einige Meter weiter parkte ein alter, weißer Mercedes-Benz 300D neben einem schwarzem Audi A8. Weiter hinten im Raum sah er einen silbergrauen Lotus Esprit und einen weißen VW Käfer, die den Blick auf einen roten 356er Porsche Speedster halb verdeckten. Vor dem großen, halbrunden Holztor, das auf der Seite des Innenhofes lag, parkte ein grüner Q7. Ein identisches Tor war auf der gegenüberliegenden Seite der Halle eingelassen und führte in die Außenanlage des Anwesens.

»Das war früher der Pferdestall. Hier standen früher viel mehr Wagen, aber mein Vater hat in den letzten beiden Jahren einige verkauft«, erklärte Ricarda.

Hanibal überkam plötzlich der Gedanke, dass er seine Winterreifen aufziehen lassen musste. Während sie den Raum durchquerten, bemerkte er die Banner und Fahnen einiger Motorsport-Rennställe, die sich über die Wände und Türen verteilten. Die Fahnen steckten in Halterungen, die in einem 45 Grad-Winkel arretiert waren und die Flaggen locker herabbaumeln ließen. In der rechten Ecke der Garage war ein weiterer Ausgang. Die Tür stand offen und führte in einen Korridor. Darüber war die Fahne eines englischen Rennvereins montiert.

Ricarda führte sie nach links in den zweiten Teil der Halle, der als Werkstatt benutzt wurde. Ein rotgoldener Rolls-Royce Silver Cloud stand auf einer Grube. Neben der Grube waren Werkzeugwagen platziert, gefolgt von einer Hebebühne. Cassidy gab einen leisen Pfiff von sich. »Ihr seid hier ziemlich gut ausgestattet.«

»Mein Vater liebte seine Autos. Er hat früher gerne selbst an den Wagen geschraubt und an Oldtimer-Ralleys teilgenommen. Verena kümmert sich inzwischen um den Fuhrpark.«

Ricarda blieb am Ende der Werkstatt vor einer

Stahltüre stehen. »Wir sind da. Wer will zuerst?«

Hanibal schob sich vor Ricarda und öffnete die Tür. Grelles Neonlicht blendete ihn. Der Geruch von frischem Blut stieg ihm in die Nase. Cassidy blockierte den Durchgang, während Hanibal den Raum betrat. Auf dem Betonboden sah er, was Fischer angekündigt hatte. Ein sandfarbener Trenchcoat in einem See aus Blut. Der Trenchcoat umhüllte einen Mann mittleren Alters. In seiner Brust steckte ein langes Sensenblatt. Der Holzstiel ragte wie ein Markierungspfahl zur Decke.

Hanibal erschrak. Er konnte sich nicht an den Namen erinnern, aber er kannte den Mann. Er hatte ihn oft an Tatorten gesehen. Es war der Reporter vom 'Tagblatt'. Er kniete sich hin und fühlte nach dem Puls des Mannes. Kein Pochen. Er winkte Cassidy herbei. Sie betrachtete die Szene. »Er hatte wohl ein ziemlich einschneidendes Erlebnis in seinem Leben.«

Hanibals Blick überflog prüfend die Wand. Ausgenommen eines leeren Platzes, hingen Gartengeräte in Reih und Glied nebeneinander. Er sah sich weiter um. Über den Fußboden waren Schrauben, Muttern und Nägel verteilt. Sein Blick blieb auf einer großen Sprungfeder haften, die unter der Werkbank lag. Oberhalb der Werkbank war eine Vielzahl von Werkzeugen an der Wand aufgehängt.

Er untersuchte die Lücke, in der er die Sense vermutet hatte. Einige Haken und Ösen hatten augenscheinlich als Halterung für die Sense gedient.

168

Er bemerkte einen feinen Draht, der lose aus einer der Ösen hing. Mit den Augen folgte er dem Draht, der hinter einer Schaufel und einer Spitzhacke entlangführte. Das Ende war um den Stiel einer Laubharke gewickelt. Hanibal strich sich übers Kinn. Er ging zurück zur Tür. Ricarda blickte ihn erwartungsvoll an. »Was ist denn los?«

»Herrn Fischers Beschreibung stimmt exakt. Wir haben eine weitere Leiche. «

Fischer sah ihn an. »Was haben Sie erwartet?«

Hanibal ignorierte den Kommentar. »Es ist eine ziemlich blutige Angelegenheit. Ich würde Ihnen den Anblick lieber ersparen.«

»Danke, dass Sie um mein Wohlergehen besorgt sind. Ich bin die Tochter eines Metzgers. Ich bin blutige Anblicke gewohnt. Ich will wissen, was in meinem Haus passiert ist.« Sie drückte sich an dem Kommissar vorbei. »Wer ist das?«

Erik blieb vor der Tür stehen und zuckte mit den Schultern.

»Das ist ein Reporter von der städtischen Zeitung«, antworte Hanibal.

»Wie ist der hier rein gekommen?«, fragte Ricarda. Sie schaute zu Fischer. Dieser zuckte erneut mit den Schultern. »Weiß' nich'. Vielleicht über'n Zaun geklettert und durch den Wald.«

»Herr Fischer«, Hanibal lenkte die Aufmerksamkeit des Gärtners auf die Lücke an der Wand, »dieser Draht da. Gehört der dort hin?«

Der Gärtner schaute sich die Lücke an. »Nee, hab'

ich noch nie gesehen. Der is' nich' von mir.« Fischers Blick folgte dem Verlauf des Drahtes bis zu der Laubharke. »Die Harke hab' ich vor einigen Wochen benutzt. Als das Laub runter war.«

»Und das Licht? Brennt das die ganze Zeit?«

»Nee. Hab' ich vorhin angemacht. Hab' vergessen, es auszuschalten. Bin ja schnell zu Ihnen gelaufen.«

Ricarda schaute fragend zwischen Hanibal und Cassidy hin und her. »Was hat das zu bedeuten?«

»Alle raus hier«, befahl Hanibal. »Das ist ein Tatort. Wir brauchen die Spurensicherung.«

Er scheuchte Ricarda und Cassidy aus dem Raum und schloss die Tür hinter sich. Dann zog er sein Mobiltelefon aus der Innentasche seines Mantels. Er prüfte das Display. Er hatte weiterhin keinen Empfang. »Cassy?«

Die jüngere Polizistin blickte auf ihr Telefon und schüttelte den Kopf.

Ein Windstoß pfiff durch das Tor der Außenanlage. In der Ferne erklang ein lautes Krachen.

»Hört sich nich' gut an«, sagte der Gärtner.

»Wir brauchen die Spurensicherung«, sagte Hanibal. »Unsere Telefone funktionieren nicht. Wir haben keinen Empfang. Können Sie mir ihr Telefon leihen?«

Ricarda zog ihr Mobiltelefon aus der Gesäßtasche ihrer Jeans. Sie prüfte ihr Display. »Oh. Ich habe auch keinen Empfang.«

170

Die drei blickten den Gärtner an. Er gab ein mürrisches Geräusch von sich und wühlte in der Oberschenkeltasche seiner Hose. Er zog ein altes Telefon heraus und nahm das Display in Augenschein. »Gleiches Problem.«

Cassidy blickte zu Ricarda. »Habt Ihr ein Festnetztelefon?«

»Ja, selbstverständlich. In Papas Büro. Robert und ich haben auch eigene Anschlüsse. Dann gibt es aber auch noch einige Schnurlose, auf jeder Etage.«

»Wo ist das Nächste?«, fragte Hanibal.

»In meiner Wohnung. Ich bringe euch hin.«

Der Gärtner blickte besorgt zu dem Holztor, das erneut unter einem starken Windstoß knarrte. »Kann ich mich verabschieden?«

»Wieso?«, fragte Hanibal.

»Das Krachen vorhin. Hat sich nich' gut angehört. Da sind bestimmt Bäume drauf gegangen. Will mir das anschauen.«

Hanibal blickte ihn durchdringend an. Fischer blickte starr zurück.

»Ja, ist gut«, bestätigte der Kommissar.

»Sei vorsichtig«, sagte Ricarda.

»Bin ich«, sagte Fischer. Er lief zu dem Holztor, das ins Außengelände führte. Er öffnete das Tor und ein heftiger Wind blies durch die Garage, der Schmutz und loses Astwerk hinein wehte. Er hastete zu dem Gelände-Kart. Seine Stimme kämpfte gegen das Rauschen des Windes an. »Ich komm' später zum Rittersaal.«

Hanibal nickte ihm zu, während Ricarda sich herumdrehte und auf das andere Tor zeigte. »Über den Hof geht es am schnellsten.«

Erik startete den Motor des Geländewagens und brauste los.

14:17 Uhr

Sie verließen die Garage durch eine Nebentür. Sie kämpften sich über den Hof und *Vivienne* peitschte sie mit windigen Ohrfeigen. Hanibals Mantel flatterte genauso unkontrolliert umher, wie die Haare der Frauen. Ricarda führte die Polizisten durch eine Eingangstür in einen Vorraum. Ricarda und Cassidy versuchten, notdürftig mit den Händen, die Sturmschäden an Ihren Haaren zu beheben. Es gelang nur dürftig. »Wenigstens hat der Regen aufgehört«, sagte Ricarda. Sie führte die Polizisten über eine Treppe ins Obergeschoss und danach über einen Gang, der vor einer Tür endete. »Das ist mein Appartement.«

Der Raum hatte die Größe einer Hotelsuite. Aus dem Hauptraum führten zu beiden Seiten Türen heraus. Zwei zur Rechten und eine zur Linken.

Ricarda durchschritt den Raum bis zu ihrem Schreibtisch. Sie entnahm ein schnurloses Telefon von der Station und drückte die Wahltaste. Als sie kein Freizeichen hörte, schüttelte sie den Kopf. »Die Leitung ist tot.«

Ricarda reichte Hanibal das Telefon. Nachdem er auch kein Freizeichen bekam, fluchte er, »Verdammt!«

Die Fenster vibrierten unter einer weiteren kräftigen Windböe. »Das ist ja wie im Horrorfilm.«, sagte Cassidy. »Fehlt nur noch ein Typ mit Eishockey-Maske und Kettensäge.«

»Mach nicht solche blöden Scherze«, erwiderte Hanibal. Er schürzte die Lippen und blickte Ricarda an. »Können wir ein anderes Telefon probieren. Das im Büro ihres Vaters?«

»Ja, können wir. Das wird aber auch nicht funktionieren. Die Telefone laufen alle über die gleiche Anlage.«

»Ich würde mich gerne selbst davon überzeugen. Ich habe eine Frage...«, er zögerte und blickte Ricarda an, die mit den Fingern versuchte, ihre Haare zu kämmen. »Cassy, kannst Du bitte die Mail von der Spurensicherung öffnen und mir das Foto des Schuhs zeigen.«

Cassidy machte einige Gesten auf ihrem Smartphone und reichte es Hanibal. Er überzeugte sich, dass sie das richtige Foto geöffnet hatte. Es war das Bild des Mordschuhs im Plastikbeutel. Er drehte das Display zu Ricarda. »Kennen Sie diesen Schuh?«

Sie kniff die Augen zusammen und betrachtete Bild. »Ja, das ist meiner.«

Cassidy blickte überrascht, Hanibal nicht. »Dann können Sie mir vielleicht erklären, wie er im Kopf ihres Vaters gelandet ist?«

»Nein. Ich ... weiß ... es ... nicht«, stotterte sie. »Ich habe diese Schuhe ewig nicht mehr getragen. Ich habe sie auch schon lange nicht mehr gesehen. Ich...« Sie führte den Satz nicht zu Ende und verfiel in Schweigen. Dann sagte sie, »Robert!«

»Wie bitte?«, fragte Hanibal.

»Robert muss sich die Schuhe geliehen haben. Das

174

macht er manchmal für seine Outfits. Wir haben die gleiche Schuhgröße.«

Cassidy blickte an der 1,69 m großen Frau herunter. »Du hast die gleiche Schuhgröße, wie dein Bruder?«

»Ja, Größe 41. Er ist nur fünf Zentimeter größer. Ich habe große Füße. Na und!?«, erwiderte sie schnippisch.

»Ist Dir nicht aufgefallen, dass die Schuhe fehlen?«

»Nein. Willst Du meinen Schuhschrank sehen? Das ist ja kein Schuh, den man jeden Tag trägt. Komm, ich zeig Dir den Schrank.« Bevor die Polizisten reagierten, verschwand Ricarda durch eine der Türen. Sie folgten ihr und standen in einem kurzen Gang, von dem zwei Schiebetüren abgingen. Ricarda wartete vor der Hinteren. Sie schob die Tür auf. »Bitte!«

Es war Ricardas Ankleidezimmer. Cassidy bot sich ein Mädchentraum auf Erden. Sie hatte das Gefühl, eine Boutique zu betreten. Sie bewunderte die Kleiderstangen, die Schubladen und Spiegel. »Kann ich hier einziehen?«

Eine der Wände war mit deckenhohen Regal ausgestattet. In den Fächern säumten sich High Heels an Peeptoes. Ballerinas und Flip-Flops flankierten Sneaker, während Stiefel und Ankle-Boots eine Landschaft aus ledrigen Gipfeln bildeten. Cassidy blickte Ricarda über die Schulter an. »Wie viele sind das?«

»373«, antwortete Ricarda verlegen und stolz gleichermaßen. Ricarda deutete auf eines der Fächer. »Die Schuhe sollten eigentlich dort stehen. Hintere Reihe.« Der Ermittler betrachtete das Regal. In der hinteren Reihe war ein leerer Platz. Er inspizierte die anderen Fächer und bemerkte weitere Lücken. »Hat ihr Bruder sich noch mehr Schuhe ausgeliehen?«

»Ja. Aber meistens fragt er vorher. Ich habe auch schon einige aussortiert.«

Cassidy inspizierte die Reihen an Regalen und Kleiderstangen. In einigen der Fächer fand sie Herrenkleidung. »Deine Sachen?«

»Nein, ich fühle mich in meinem Körper sehr wohl. Die sind von Magnus.«

Ricarda griff in eine Schale, die ihren Platz auf einer Kommode hatte. »Willst Du auch ein Haarband?«

Cassidy schüttele den Kopf. Hanibal begutachtete die Regale. Einige Hemden, Hosen, T-Shirts und Pullover. In einem der Fächer bemerkte er den Rand einer eingetrockneten Flüssigkeit. Er strich mit dem Zeigefinger darüber, rieb den Zeigefinger gegen den Daumen und roch an der Duftprobe.

»Dort steht sonst einer von Magnus Parfum-Flakons. Ist wahrscheinlich abgetropft«, sagte Ricarda und band ihre Haare zusammen.

Hanibal kannte den Geruch; er konnte ihn aber nicht zuordnen. Es war ein eigenartiger Geruch für ein Parfum. »Hm«, murmelte er. »Können Sie uns jetzt bitte in das Büro ihres Vaters bringen? Ich muss

176

wirklich dringend telefonieren.«

Hanibal ging zum Ausgang. Als Cassidy den Schrank verließ, warf sie einen letzten sehnsüchtigen Blick zurück, der Ricarda nicht entging. Sie tippte ihr auf die Schulter und flüsterte, »Komm doch in ein paar Tagen noch einmal vorbei.« Cassidy lächelte und flüsterte zurück. »Ich ruf Dich nächste Woche an.«

Hanibal erwartete sie bereits im Gang vor Ricardas Appartement. Er blickte zum Fenster hinaus und danach auf seine Uhr. Es war früher Nachmittag, aber die dunklen Wolken verfinsterten den Himmel zu einem trüben Dämmerlicht. Ricarda führte sie einige Gänge entlang und durch ein kleines Treppenhaus. Als sie durch die nächste Tür traten, standen sie in der Bibliothek. Magnus vom Sengerberg saß schnell atmend in einem der Lesesessel und hielt ein Buch in der Hand.

»Hallo Schatz«, begrüßte ihn Ricarda.

»Hallo Liebling, wo kommt ihr denn her?«

Hanibal beäugte ihn misstrauisch. »Was machen Sie hier? Ich hatte Sie gebeten, im Rittersaal zu warten.«

»Nein, Sie haben gesagt, dass Sie uns in einer halben Stunde im Rittersaal treffen wollten. Sie sind nicht aufgetaucht. Da habe ich mir gedacht, ich vertreibe mir die Zeit mit Lesen.« Er zeigte Hanibal das Buch in seiner Hand. Der Kommissar warf einen Blick auf den Titel und schaute danach Magnus in die Augen, »'Lula und der Freibeuter'? Ist das Buch sehr aufregend, Herr vom Sengerberg? Das hätte ich Ihnen nicht zugetraut.«

»Es ist wirklich mitreißend geschrieben. Ich bin vielseitig interessiert.«

»Haben Sie ein Telefon dabei?«, fragte Cassidy.

Magnus Atmung hatte sich wieder beruhigt, »Ja, mein Handy. Funktioniert aber nicht. Kein Empfang.«

»Verdammt. Sind wirklich alle Telefone tot?«, murmelte Herzog.

»Wahrscheinlich ja. Im Fernsehen haben sie gesagt, dass der Orkan einige Sendemasten zerlegt hat«, berichtete Magnus.

»Dann bleibt nur noch das Telefon ihres Vaters.« Hanibal sah Ricardas Verlobten durchdringend an. »Und wir sehen uns gleich im Rittersaal.«

Ricarda hauchte ihrem Verlobten einen Kuss auf die Stirn und begleitete die Polizisten bis zum Treppenaufgang in den Turm.

»Wir finden den Weg alleine. Sie müssen uns nicht begleiten«, sagte Hanibal.

»Ist schon gut. Früher oder später muss ich sowieso da rauf«, antwortete Ricarda.

Sie stiegen die Treppe hinauf und Hanibal blieb überrascht stehen, als sie die Bürotür erreichten. Die Tür stand offen und das Polizei-Absperrband baumelte schlaff herunter. Hanibal stürmte in den Raum und stieß beinahe mit Cornelius Schickfuß zusammen. Das gerahmte Familienfoto war von der Wand weggeklappt und Schickfuß hantierte an

178

einem Tresor, der bisher hinter dem Bild verborgen war.

»Was machen Sie hier«, fuhr Herzog den Anwalt an.

»Ich«, stotterte er. »Ich, wollte … «

»Etwas aus dem Tresor stehlen«, beendete Ricarda den Satz, die hinter Cassidy ins Zimmer trat. »Cornelius? Was soll das?« Der Anwalt warf ihr einen finsteren Blick zu.

»Ist das so? Was suchen Sie, Herr Schickfuß?«, übernahm Hanibal die Wortführung.

»Ich will einen Blick auf das Testament werfen«, erwiderte Schickfuß, der seine Fassung wieder zurückgewonnen hatte.

»Warum?«, argwöhnte Hanibal.

»Weil ich sein Anwalt bin«, konterte Schickfuß.

Ricarda blickte ihn skeptisch an und kniff die Augen zusammen.

»Das muss warten. Es gibt Wichtigeres zu tun«, erwiderte Hanibal, »aber wir unterhalten uns noch. Sie haben unbefugt einen versiegelten Tatort betreten. In mir kommt beinahe die Annahme auf, Sie versuchen, etwas zu verschleiern.«

Der Anwalt wich Hanibals Blick aus. Ihm war bewusst, dass die Lage zu seinen Lasten ausfiel. »Aber, Ich…«, nahm Schickfuß das Wort auf.

»Nein, nicht jetzt!«, unterbrach Hanibal ihn. Er blickte suchend durchs Zimmer. Er realisierte eine Veränderung in dem Raum, konnte sie aber nicht genauer spezifizieren. Das Telefon stand auf dem

Schreibtisch. Er nahm es auf und drückte die Wahltaste. Cassidy sah ihn erwartungsvoll an. Er schüttelte den Kopf. »Tot.«

»Ich habe doch gesagt, dass die Telefone über dieselbe Anlage laufen«, gab Ricarda zu bedenken.

»Wir gehen zurück in den Rittersaal«, sagte Hanibal.

Ricarda und Schickfuß folgten der Anweisung und gingen die Treppe hinunter. Cassidy ging den beiden hinterher, bemerkte aber, dass Hanibal nicht folgte. Er blieb im Türrahmen stehen und betrachtete das leere Büro. Sein Blick fiel auf den Tisch mit der Whiskyflasche. Die Flasche war leer. Sein Blick wanderte weiter zur Wand. Dort war eine leere Stelle. Eines der Dekorationsstücke fehlte. Wo vorher die Mauser C96 Pistole hing, klaffte eine Lücke. Er bemerkte einen schmalen Streifen aus Blech auf dem Schreibtisch. Er war sicher, dass der Blechstreifen zuvor nicht auf dem Schreibtisch gelegen hatte. Das Blech war an beiden Längsseiten umgebogen und Hanibal wusste, was dies war. Es war ein Ladestreifen, der das schnelle Einschieben von Patronen in eine Waffe ermöglichte. Das Magazin der C96 wurde auf diese Weise befüllt. Er zählte die Fakten zusammen. Die fehlende Waffe und der leere Ladestreifen bedeuteten, dass jemand die Waffe entwendet und geladen hatte. Er griff instinktiv nach dem Schulterholster mit seiner Waffe. Die Anwesenheit seiner P99 beruhigte ihn. Er ging zu dem Tisch herüber und betrachtete die

180

Flasche. Er bemerkte einen feuchten Kranz um den Flaschenboden. Dies zeugte davon, dass jemand die Flasche entleert und bewegt hatte. Sein erster Gedanke galt der Spurensicherung. Hatten sie die Flüssigkeit sichergestellt? Kramer hatte nichts davon erwähnt. Das war nicht seine Art.

Hanibal fühlte mit dem Zeigefinger über die Innenseite des Flaschenhalses. Er war feucht. Die Leerung der Flasche war noch nicht lange her. Er roch an seinem Zeigefinger. Ein scharfer Geruch. Er legte seinen Finger an die Zungenspitze. Die Stunden ohne Zigaretten hatte seinen Geschmacks- und Geruchssinn wieder etwas intensiver werden lassen. Es war eindeutig Whisky. Aber es hatte einen seltsamen Nachgeschmack. Er fragte sich, wohin der Inhalt verschwunden war.

Der Wind klopfte an die Fenster. Eines klapperte leicht. Der Hebel war nicht vollständig in die Schließposition gedreht. Er hielt einen Augenblick inne und ließ die Erkenntnisse noch einmal Revue passieren. Danach wandte er sich ab und folgte den anderen.

14:59 Uhr

Schickfuß trottete wie ein Schuljunge, der beim Rauchen erwischt wurde, hinter Ricarda die Treppe hinunter. Sie erreichten die Eingangshalle und trafen auf Dolores, die einen der englischen Plattenpanzer polierte, der den Treppenaufgang bewachte. Sie hörte die Schritte der Neuankömmlinge und fuhr erschrocken herum.

»Hallo Lore«, sagte Ricarda, »wir wollten Dich nicht erschrecken. Was machst Du hier? Wir wollen uns doch im Rittersaal treffen.«

Die Augen der Haushälterin zogen sich wieder auf ihre normale Größe zusammen. »Ja, ich weiß, aber außer Robert und zu Braun war niemand dort. Ich habe gedacht, ich schaue nach, wo alle sind.« Sie wedelte mit dem Tuch in Richtung der Rüstung. »Dann habe ich den Schmierfleck wieder gesehen. Der ist mir vor einigen Tagen schon aufgefallen, aber es kam ständig etwas dazwischen. Ich ...« Die Tür flog auf und der Satz blieb unvollendet. Fischer stand mit wild umher wehenden Regencape im Rahmen. Braunes, feuchtes Laub folgte ihm. Dolores stieß einen heiseren Laut aus und begann prompt das Laub einzusammeln. Erik zog die Kapuze vom Kopf und stapfte durch den Raum. Er hinterließ schmutzige Fußspuren. Dolores beobachtete den Gärtner missfällig.

»Wir haben ein Problem!«, dröhnte die Bassstimme des Gärtners.

182

»Was ist denn nun schon wieder?«, sagte Hanibal, der just in diesem Augenblick die Eingangshalle betrat. Die Köpfe schnellten in seine Richtung.

»Ach. Hier seid ihr alle«, sagte Lola, die gemeinsam mit Anika am oberen Ende der Freitreppe stand. Nun drehten sich die Köpfe in ihre Richtung.

Cassidy konnte nicht an sich halten und setzte die Stimme eines Kasperles auf. »Seid ihr alle da?« Sie spürte Hanibals strafenden Blick, der sie hart im Nacken traf. Ricarda übernahm das Wort. »Erik, was ist los?«

Der Gärtner pustete schwer atmend aus und rieb den Regen vom Cape. »Also, wir haben doch das Krachen aus dem Wald gehört. Ich hatte ein schlechtes Gefühl.« Ricarda nickte, während der Gärtner erneut pustete. »Rica, Du kannst Dich bestimmt noch an den schlimmen Sturm vor fünfzehn Jahren erinnern?«

Sie schüttelte langsam den Kopf. »Nein. Da war ich Elf oder so..«

»Ach ja. Egal«, brummte er. »Also«, setzte er wieder an, »damals hatten wir auch so einen Sturm. Ähnlich wie heute.« Er blickte mit seinen dunklen Augen umher und tropfte weiterhin den Boden voll, wobei Dolores ihn kopfschüttelnd beobachte. »Und damals sind die Bäume reihenweise umgeknickt.«

Schickfuß und Lola nickten zustimmend.

»Auf jeden Fall«, fuhr er fort, »als wir vorhin das Krachen gehört haben, hab' ich gedacht, 'das kenne *ich¹.*« Cassidy blickte ihn ungeduldig an. »Und dann hab' ich mich auf den Weg in den Wald gemacht. Ich hatte eine Vermutung. Und die ist wahr.« Er legte eine Pause ein. »Die Bäume fallen wieder. Da ist was los, im Wald. Lebensgefahr. Dann wollt' ich zum Tor fahren.«

Hanibal beschlich bereits eine Vorahnung, was Fischer berichten würde.

»Ich bin nicht weit gekommen. Auf der Straße liegen mindestens drei Bäume. Einer liegt im Bach. Das Wasser ist angestiegen und hat die Brücke überschwemmt. Da kommt kein Auto mehr durch«, er warf den beiden Polizisten einen Blick zu. »Wir sind eingeschlossen.« Hanibal rollte mit den Augen. Er blickte zu Cassidy. Sie blickte zurück und formte mit den Lippen ein stummes, langgezogenes »*Fuck!*«

In diesem Augenblick ertönte ein erneutes Krachen im Wald.

»Verdammt! Das kann doch nicht wahr sein«, fluchte Hanibal leise. Dann fragte er laut, »Sind Sie sicher, dass man da nicht mehr durch kommt?«

Fischer nahm den Polizisten ins Auge. »Ja. Sie können klettern, aber ohne Räumfahrzeug kommt da niemand durch.«

»Verdammt!«, fluchte Hanibal erneut. »Hat jemand ein funktionierendes Telefon?«

Alle blickten auf ihre Telefone und schüttelten den Kopf.

»Vorhin haben sie im Fernsehen gesagt, dass der Sturm Sendemasten beschädigt hat«, sagte Anika.

»Ja, das haben wir bereits gehört«, knurrte Hanibal. »Was kommt als Nächstes? Stromausfall?«

Ein starker Windstoß ließ die Tür rappeln. Das Licht flackerte einen Moment. Alle Augen richteten sich gleichzeitig zu dem flimmernden Kronleuchter hinauf. Hanibal überwand den Schockmoment zuerst. »Okay. Wenn wir sowieso alle so schön zusammen stehen, können wir gemeinsam zum Rittersaal gehen.«

Die Gruppe rottete sich, wild redend zusammen und setzte sich, wie eine Karawane, in Bewegung. Hanibal hielt seine Kollegin an der Schulter zurück. Er flüsterte ihr seine Beobachtungen aus dem Arbeitszimmer ins Ohr. Sie blickten sich kopfnickend an. Cassidy fühlte zärtlich über das Leder ihres Holsters. Sie folgten der Gruppe in einigem Abstand und tauschten flüsternd ihre bisherigen Beobachtungen und Vermutungen aus. Kurz bevor sie den Rittersaal erreichten, schlossen sie zu der Gruppe auf.

Im Rittersaal erwarteten sie Robert Eklund, Rodrigo zu Braun und Magnus vom Sengerberg. Hanibal zählte die Köpfe. »Wo ist Frau Christ?«

Alle blickten sich um. Lola zuckte demonstrativ mit den Schultern und stakste zu der Sitzgruppe hinüber, wo Schickfuß bereits schmollend Platz genommen hatte, und ließ sich neben ihn in einen Sessel fallen. Anika leistete Ricarda Gesellschaft, die an der Kaffeemaschine hantierte und Milch aufschäumte. Fischer warf sein feuchtes Regencape über einen der Stühle. Er zog zwei Holzscheite aus dem Stapel neben dem Kamin und legte sie ins Feuer. Dolores blieb verloren in der Mitte des Raums stehen und schaute umher. Dann fiel ihr augenscheinlich etwas an einer der Rüstungen auf. Sie ging hinüber und beschäftigte sich eine Weile mit imaginären Flecken.

Ricarda reichte Hanibal einen Kaffee. Er nahm in dankend entgegen und nippte daran. »Frau Eklund. Wo ist Frau Christ?«

Sie zuckte mit den Schultern. »Ich kann versuchen, sie über die Sprechanlage zu finden?«

»Bitte«, forderte Hanibal.

Ricarda ging in den Raum neben der Kaffeemaschine. Hanibal und Cassidy folgten ihr. Hanibal warf einen prüfenden Blick in den Rittersaal und schloss die Tür hinter sich. Ricarda drückte einen Knopf an dem Paneel, der mit 'Hausanlage' beschriftet war. Aus einer Vielzahl von Lautsprechern, die über das Haus verteilt waren, tönte gleichzeitig: »Verena, kannst Du bitte in den Rittersaal kommen.«

Ricarda ließ den Knopf los. »Sie sollte bald hier sein.«

»Dann haben wir ja einige Minuten Zeit«, entgegnete Hanibal. »Frau Eklund, ich muss Ihnen eine indiskrete Frage stellen. Was läuft zwischen Ihnen und ihrer Chauffeurin?«

Ricarda blickte ihn verwirrt an. »Was meinen Sie?«

186

Sie blickte zu Cassidy, die unschuldig ihre Fingerkuppen inspizierte.

»Ja, der Blick ist richtig. Sie hat mir von der Begegnung im Keller erzählt.«

Ricarda rieb die Handflächen aneinander und biss auf ihre Unterlippe. »Ich weiß nicht, was das mit der Sache hier zu tun hat? Das ist privat.«

»Privat? Das gibt es während einer Mordermittlung nicht. Schweigen, lügen und verheimlichen wirkt extrem verdächtig. Also, was ist los?«

Ricarda trat von einem Fuß auf den anderen und stammelte, »Ich … Wir … Ich weiß nicht… wie…« Cassidy legte ihr sanft die Hand auf die Schulter. »Rica. Was ist denn los?«

Ricarda rang um die richtige Formulierung. »Ich … ich weiß nicht, wie ich es sagen soll.« Sie schluckte kurz und presste die Erklärung leise heraus, »Verena und ich … also … wir hatten eine Affäre.«

»Ja, das wissen wir bereits«, bestätigte Herzog. »Und was noch?«

Ricarda blickte den Polizisten mit großen Augen an. »Aber das ist schon lange vorbei. Es ist wegen Magnus.«

»Ja, Ihr Verlobter wäre schockiert, wenn das herauskommt.«

»Ja. Aber da ist noch eine andere Sache.«

»Lassen sich mich raten«, begann Herzog. »Frau Christ hat gedroht, ihrem Verlobten von der Affäre zu erzählen?«

Ricarda schaute ihn geschockt an. »Woher wissen Sie das?«

Hanibal deutete mit dem Zeigefinger auf sich selbst. »Kommissar! Schon vergessen? Viel Berufserfahrung. Sie sind nicht die Erste, der so etwas passiert.« Nach einer kurzen Unterbrechung fragte er, »Wie ging es weiter? Erpressung? Geld?«

»Ja«, presste sie heraus. »Sie hatte eine Kamera versteckt und heimlich Fotos und Filme gemacht. Dann hat sie eine *'nette'* Website erstellt, die sie online stellen will, wenn ich ihren Forderungen nicht nachkomme.«

»Miststück!«, schoss es aus Cassidy heraus.

»Ja, den Web-Link will sie Magnus und meinem Vater schicken.« Ricarda lehnte sich an die Theke und fuhr mit den Händen durch die Haare. »Sie wollte zunächst nur kleine Beträge. Sie nannte es *'Gehaltserhöhung in bar'*. Dann wollte sie mehr Urlaubstage. Sie ist zwar die Angestellte meines Vaters, aber ich konnte ihn trotzdem überreden. Ihren Mexikourlaub habe ich natürlich auch bezahlt.« Sie blickte Hanibal leidend an. »Zwei Wochen Luxus-Resort. Und… na ja… das war auch der wirkliche Grund, warum ich das Haus gestern Abend verlassen habe. Sie wollte *'Urlaubsgeld'* haben. Zweitausend Euro. Wir haben zwar vieles hier im Haus, aber keinen Geldautomaten. Ich hatte noch Geld in meinem Wohnung in der Stadt. Das habe ich geholt, den Rest am Automaten.«

188

Während Ricardas Monolog stieg Wut in Cassidy auf. »Diese miese Schlange werde ich mir zur Brust nehmen.« Sie ließ die Finger knacken. »Die kann sich ihren Urlaub abschminken.«

Hanibal schaute seine Kollegin verwirrt an.

Ricarda winkte ab. »Nein, bitte nicht. Dann bekommt Magnus das mit. Und alle anderen auch. Dann kann ich die Website auch gleich selber online stellen.«

»Das ist Deine Entscheidung, aber es kann doch nicht sein, dass Du für Deinen jugendlichen Leichtsinn, dein Leben lang bezahlst.«

»Ich weiß. Aber was soll ich denn machen?«

»Wir finden eine Lösung«, fügte Hanibal hinzu.

Cassidy grinste diabolisch. »Es gibt hier viele Treppen und dunkle Ecken.«

»Cassy!«, fuhr Hanibal sie an. »Wir finden vielleicht heute keine Lösung, aber wir werden uns etwas Diskretes ausdenken. Sie kann nicht weg und wird ihren Flieger nicht erreichen.« Hanibal ließ seinen Blick über die Geschirrschränke schweifen. »Wir haben aber noch ein anderes Problem. Wir können ebenfalls nicht weg.«

Ricarda wirkte erleichtert, dass sie ihre Probleme ausgesprochen und die Polizisten auf ihrer Seite hatte. »Das ist kein Problem. Sie können selbstverständlich bleiben, bis sich der Sturm gelegt hat und die Straße wieder frei ist. Es gibt genügend Gästezimmer.« Sie warf einen Blick auf die Digitaluhr an der Wand. 15:30 Uhr. »Haben Sie

Hunger? Ich lasse Ihnen von Dolores gerne etwas anrichten. Ich glaube, wir könnten alle etwas vertragen. Danach zeige ich Ihnen die Zimmer.«

Der Kommissar nickte.

»Pizza bestellen, ist nicht drin, oder?«, stellte Cassidy fest.

»Gibt es hier auch was ohne Yak?«, fragte Hanibal.

»Wenn es sein muss«, erwiderte Ricarda mit einem gespielten, pikiertem Lächeln.

Hanibal blickte die Frauen abwechselnd an. »Frau Eklund, was ist eigentlich 8-1324?«

Sie grinste, »Das haben Sie vorhin bei Anika mitbekommen, oder?«

Er nickte.

»Das kommt von der Fleischentsorgung. Es ist die Artikelnummer für Yak-Anus.«

Hanibal schüttelte den Kopf. »Sie sind auch nicht viel besser als meine Kollegin.« Die beiden Frauen grinsten sich an.

»Kann ich irgendwo rauchen?«, fragte Hanibal.

»Ja. Gehen sie in das Nebenzimmer mit der Bar. Dort liegen auch Zigarren, wenn Sie mögen.«

Sie gingen in den Rittersaal. Verena Christ war nicht anwesend. Fischer berichtete Robert und Magnus von der versperrten Straße. Rodrigo zu Braun lauschte den Worten und trommelte bei jedem weiteren Satz nervöser mit den Fingern auf die Tischplatte. Ricarda wechselte einige Worte mit Dolores. Danach huschte die Haushälterin durch das

190

Nebenzimmer zur Küche. Hanibal versuchte unbemerkt in das Raucherzimmer zu schleichen. Cassidy folgte ihm. Sie hatten kein Glück. Als Hanibal die Sitzgruppe passierte, rief die schrille, näselnde Stimme, »Herr Kommissar!«

Hanibal bemerkte im Augenwinkel eine blaurosa Gestalt, die sich schnell näherte. Er drehte sich ab, doch Rodrigo zu Braun rauschte meckernd auf die Polizisten zu. »Das haben Sie ja sauber hinbekommen. Mich den ganzen Tag hier für Nichts und Wiedernichts festzuhalten. Ich werde mich über Sie beschweren. Ich werde Sie anzeigen! Jawoll! Das werde ich.«

Hanibal hob den Zeigefinger. Zu Braun zuckte kurz zusammen. »Ich habe Sie aufgefordert, den Tatort nicht zu verlassen. Sie sind Zeuge in einer Mordermittlung. Wenn ich Sie wirklich *'fest'* halten würde, hätten Sie das bemerkt«, versuchte Hanibal einen Wortwitz.

Dies animierte Cassidy zu einem Grinsen, bremste zu Brauns Tirade jedoch nicht »Sie können sich auf was gefasst machen. Das ist Freiheitsberaubung!«

»Nein, ganz sicher nicht«, gab der Kommissar gleichgültig zurück. »Aber Sie sind nervenberaubend.«

Zu Brauns Gesicht lief rot an. »Sie haben mich hier gefangen gesetzt. Und jetzt komme ich hier nie wieder weg. Ich habe einen ganzen Tag Verdienstausfall, nur weil Sie mich hier eingekerkert haben. Das werde ich Ihnen in Rechnung stellen.

Und dann diese körperliche Gewalt, die Sie mir angetan haben. Und die psychische Folter, der ich hier den ganzen Tag ausgesetzt war. Sie haben mich ja nicht einmal befragt. Das war alles reine Polizeiwillkür. Ich habe einen sehr guten Anwalt. Sie werden die Quittung für ihr Verhalten noch erhalten. Und die wird sich gewaschen haben.«

Hanibal blieb ruhig, da er Beschimpfungen und Drohungen gewohnt war, doch er bemerkte Cassidy, die den Körper anspannte, und sich wahrscheinlich bereits ausmalte, wie sie zu Braun über das Sofa schleuderte. Rodrigo zu Braun hatte es geschafft. Alle Aufmerksamkeit war auf ihn gerichtet und die Anwesenden beobachteten voller Erwartung, die weitere Entwicklung der Szene. Zu Braun hatte sich inzwischen soweit genähert, dass Hanibal wieder seinen schlechten Atem in der Nase hatte. Der Kommissar beugte sich vor und flüsterte laut in Rodrigos Ohr. »Ich verrate Ihnen jetzt ein Geheimnis, Herr zu Braun. Glauben Sie es oder nicht. Die Welt dreht sich nicht um Sie. Es gibt wichtigere Dinge, als Ihre Annahmen und Interpretationen.«

Rodrigo schnappte nach Luft. Doch bevor er reden konnte, fuhr Hanibal fort. »Sie wollen befragt werden? Bitte schön! Gehen Sie ins Nebenzimmer.« Hanibal deutete auf das Raucherzimmer »Da entlang!«

Rodrigo plusterte sich auf und stolzierte durch die Zimmertür. Gemein lächelnd flüsterte Hanibal seiner Partnerin ins Ohr: »Ich finde, so ein gesunder Masochismus muss belohnt werden.«

Cassidy wusste, dass zu Braun kein einfaches Gespräch bevorstand. Sie folgte Hanibal und grinste.

15:45 Uhr

Hanibal blickte durch den Raum. Er sah das Sofa und entschied, das Gespräch sitzend durchzuführen. Er zog seinen Mantel aus und präsentierte zu Braun einen guten Blick auf die Waffe im Schulterholster. Er ließ sich auf der ledernen Doppelsitzer-Couch nieder. »Bitte, Herr zu Braun. Setzen Sie sich.«

Zu Braun setzte sich in einen der Sessel.

»Sie haben meine ungeteilte Aufmerksamkeit«, sagte Hanibal freundlich.

Cassidy stellte sich mit dem Rücken zum Fenster und beobachtete Rodrigo skeptisch. Sie war gespannt, was Hanibal plante. Das Gespräch würde nicht nett enden. Rodrigo spürte ihren Blick. Er blickte unsicher zu ihr, begann mit dem Bein zu wippen und nahm einen Zug aus seinem Inhalator, aber er hatte seinen Willen bekommen und wirkte weniger nervös.

Hanibal lehnte sich zurück. Er fragte sich, warum Rodrigo diese immensen Stimmungsschwankungen hatte und er etwas zur Lösung des Falls beitragen konnte. Hanibal kam zu dem Schluss, dass dem nicht so war.

»Nun, Herr zu Braun. Was möchten Sie mir erzählen?«, eröffnete Herzog.

»Ich habe gedacht, Sie stellen die Fragen«, näselte zu Braun.

»Natürlich«, stellte Hanibal fest. Die nächsten Worte betonte er, als würde er mit einem Kind

194

reden. »Ich bin ja der Polizist.« Im nächsten Moment kehrte er zu einer normalen Tonlage zurück. »Wo waren Sie denn gestern Abend?«

»Ich war im Club«, antwortete Rodrigo, als würde es sich um ein Naturgesetz handeln.

»Im Club? Sie meinen das *Slips Off*?«

Der Goldgeschmückte nickte.

»Und was haben Sie dort gemacht? Im Club?«

»Ach, Sie wissen schon. Das Übliche. Ich muss nichts machen. Ich habe ja so eine magische Aura. Die Leute schwirren wie die Fliegen um mich rum. Ich werte den Laden allein durch meine Anwesenheit auf.«

»Davon bin ich überzeugt«, täuschte Hanibal Bewunderung vor.

Rodrigo lehnte sich lässig in dem Sessel zurück. »Deshalb lasse ich mich von Zeit zu Zeit da blicken. Das *Slips* ist eigentlich unter meinem Niveau, aber einige der Leute sind nett. Es ist einer der wenigen Läden, in den man überhaupt noch gehen kann. In den anderen Clubs ist nur noch minderwertigeres Publikum. Im *Slips* ist es zwar auch nicht perfekt, aber akzeptabel. Ich bin sehr beliebt. Die Leute kommen immer zu mir und wollen sich in meinem Glanz sonnen. Das ist manchmal schon sehr anstrengend.«

»Da bin ich sicher. Und was genau haben Sie jetzt gemacht? Im Club?«

»Was man dort so macht. Leute treffen. Reden. Kontakte pflegen. Ich bin für die anderen sehr wichtig.«

Hanibal schüttelte leicht den Kopf. »Herr zu Braun, kennen Sie den Unterschied zwischen ‚Wicht' und ‚wichtig'?«

»Wie bitte?«, fragte Rodrigo verwirrt.

»Tut nicht zur Sache«, fuhr Hanibal fort. »In welchem Verhältnis stehen Sie zu Robert Eklund? Sind sie eng befreundet?«

»Ach, der Robert. Ja, wir sind Freunde. Ich mag ihn. Ich habe ihn ein wenig unter meine Fittiche genommen. Er ist ja so unerfahren. Wie ein Reh unter Wölfen. Ich bin ja immer an seiner Theke. Dadurch habe ich ihm viele neue Kunden gebracht. Er ist wegen mir inzwischen sehr beliebt. Ohne mich, wäre der Bursche ja nichts. Seinen Status im *Slips* hat er nur mir zu verdanken.«

»Ich verstehe. Sie sind eine Lichtgestalt.«

Rodrigo winkte ab. »Ja, Sie haben recht, aber ich lasse das nicht so raushängen.«

Hanibal schüttelte wieder leicht mit dem Kopf. Meinte zu Braun seine Worte wirklich ernst? »Und sonst? Läuft alles soweit gut?«

»Was meinen Sie? Sexuell betrachtet?«

»Nein, es gibt nichts, was mich weniger interessiert. Ich meine finanziell? Beruflich? Wie geht es so einer schillernden Gestalt wie Ihnen?«

Er nahm einen Zug aus seinem Inhalator und rieb sich theatralisch die Schläfen. »Ach, ich habe Kopfschmerzen. Das kommt bestimmt von dem ganzen Stress, den ich heute hatte.«

»Herr zu Braun, wie läuft es bei Ihnen beruflich? Sie haben vorhin gesagt, Sie würden mir einen Tag Verdienstausfall in Rechnung stellen. Sie könnten ihre Termine nicht wahrnehmen. Sie scheinen enorm beschäftigt.«

Hanibal nahm eine neue Anspannung bei Rodrigo wahr. Zu Braun blickte zwischen den Polizisten hin und her. Cassidy durchbohrte ihn weiterhin mit ihren Blicken und zog unregelmäßig die linke Seite ihrer Oberlippe nach oben.

»Warum guckt die so böse?«

Hanibal blieb gelassen. »Keine Sorge. Sie guckt immer so, wenn sie Hunger hat. Frau Eklund bringt ihr gleich etwas Fleisch. Noch einmal, Herr zu Braun. Was machen Sie beruflich?«

»Was hat das hiermit zu tun?«, sagte zu Braun. Sein Kopf schnellte zur Tür.

»Eigentlich nichts, aber ich bin Polizist. Ich bin neugierig. Ich stelle manchmal solche Fragen.« Hanibal lehnte sich vor. »Einfach so!«

Rodrigo zwirbelte eine seiner Goldkette zwischen den Fingern. »Ich bin Privatier.«

»Sie meinen privatinsolvent?«

Zu Braun sprang auf, wie ein aufgescheuchtes Huhn, stemmte die Hände in die Hüften und empörte sich. »Was? Wer behauptet so etwas?«

Hanibals Kopf zuckte überrascht zurück. Cassidys schürzte die Lippen. Ihre Mundwinkel zogen sich leicht nach oben. Sie versuchte, weiterhin ernst zu schauen.

Zu Braun setzte sich in Bewegung, stakste auf und ab und lüftete mit spitzen Fingern sein Hemd. »Wer hat das gesagt? Das ist Rufmord! Sagen Sie mir sofort, wer solche Lügen über mich verbreitet. Den verklage ich. Ich…«

»…habe einen guten Anwalt«, beendete Hanibal den Satz ruhig. »Ich weiß, Herr zu Braun. Das haben Sie bereits gesagt. Aber ist an der Aussage etwas dran?«

Zu Braun kräuselte Nase und Mund, »Nein, selbstverständlich nicht!«

Hanibal bemerkte einige rote Flecken, die sich an zu Brauns Hals bildeten.

»Wir zu Brauns waren schon IMMER sehr wohlhabend. Wer solche Behauptungen macht, gehört in den Knast. Den sollten Sie sofort mitnehmen!«

»Schon IMMER? Ist es nicht vielmehr so, dass Sie im Augenblick das Geld ihrer verstorbenen Eltern durchbringen? Ich habe gehört, dass Sie deutlich über ihre Verhältnisse leben. Ist das nicht der eigentliche Grund, warum Sie sich so an Robert heranschmeißen?«

»Was soll das denn bedeuten«, äußerte Rodrigo. Er wanderte hektisch durch den Raum, hielt dabei aber einen respektablen Abstand zu Cassidy.

»Herr zu Braun. Ich hab das so gehört. Sie sind doch so bekannt und erhaben. Ich wollte diese Gerüchten ja selbst nicht glauben«, sagte Hanibal.

»Ach so. Ja, diese Neider reden immer alle so

198

schlecht.« Rodrigo wirkte wieder ruhiger.

»Was ist nun mit Robert?«

»Er schuldet mir Geld und das werde ich bekommen. Was glauben Sie, warum er so erfolgreich ist. Das hat er mir zu verdanken. Wenn ich ihn nicht mit meinen Freunden bekannt gemacht hätte, dann würde er einsam hinter seiner Theke versauern. Ab und an würde er vielleicht ein Bier an einen Betrunkenen verkaufen.«

»Lola hat erzählt, dass Robert gute Umsätze macht.«

»Ja, aber nur wegen meiner magischen Aura. Außerdem braucht Robert einen guten Freund. Mit seinem bornierten Vater hat er es nicht einfach. Ich habe Robert auf den richtigen Weg gebracht.«

»Und dafür soll er dankbar sein, richtig?« Hanibal erhob sich von der Couch. Er untermalte seine nächste Aussage mit Sarkasmus. »Herr zu Braun, Sie sind ein tadelloser Charakter in einer verrückten Welt. Die ganze Welt sollte dankbar sein, dass es Menschen, wie Sie gibt.« Hanibal stützte sich mit den Armen auf die Rücklehne der Couch. »Wissen Sie, was eine Persönlichkeitsstörung ist?«

Cassidys Mundwinkel bewegten sich weiter nach oben.

»Sie meinen Lola? Richtig? Die ist wirklich total durchgedreht.«

»Ja, genau. Sie haben recht«, sagte Hanibal.

Zu Braun blickte Hanibal liebesuchend an und antwortete mit zuckersüßer Stimme. »Ach Herr

Kommissar, Sie verstehen mich ja doch. Ich habe gedacht, Sie wären auch nur einer von diesen brutalen Schlägertypen, von denen man bei der Polizei so viel hört.«

Die roten Flecken an seinem Hals verblassten langsam.

Hanibal sah Cassidys schmunzelndes Gesicht. Er richtete die Waffe in seinem Holster zurecht, was zu Braun nicht entging. »Herr zu Braun, das Maß ihrer ,Exilligenz' ist sehr beeindruckend.«

Cassidys Grinsen wurde breiter. Sie liebte Hanibals spontane Wortschöpfungen.

Rodrigo konnte mit dem Wort nichts anfangen, »Sie meinen Intelligenz?«

»Hatte ich das nicht gesagt?«, sagte der Polizist ein Quäntchen zu freundlich. »Ich verspreche mich manchmal, wenn ich das Gegenteil meine.«

Zu Braun blickte verwirrt und sagte, »Danke. Ich habe es ja auch nicht immer leicht.«

Cassidy versuchte, zu ihrer ernsten Mine zurückzukehren.

Hanibal klatschte in die Hände, »Ich danke Ihnen. Jetzt habe ich mit allen wichtigen Zeugen und mit Ihnen gesprochen. Ihre Aussage rückt den Fall in ein ganz neues Licht.«

Rodrigos Schultern fielen erleichtert herab. »Ja, Sie hätten mich wirklich zuerst befragen sollen. Aber ich will Ihnen da jetzt keinen Vorwurf machen.«

»Ihre Eltern waren erfolgreiche Geschäftsleute, die mit beiden Beinen im Leben standen, oder?«

»Ja«, erwiderte Rodrigo stolz.

Hanibal rang mit seinem Gewissen und seinem Hang zur Professionalität, ob er die nächste Frage stellen wollte. Er wusste, dass es falsch war, aber die Antwort interessierte ihn brennend und er würde zu Braun nach diesem Abend nicht mehr wieder sehen. »Eine Frage habe ich noch. Sie wissen ja, ich bin Polizist und stelle manchmal einfach so Fragen.«

Rodrigo zu Braun blickte ihn gespannt an. »Sie wollen von mir wissen, wer Herrn Eklund getötet hat, oder?«

Hanibal schüttelte den Kopf, »Nein. Mich interessiert vielmehr, ob sie adoptiert sind?«

Rodrigo schüttelte den Kopf, »Wie kommen Sie denn auf so etwas?«

»Weil so ein gestörtes Verhalten wie Ihres, bei ausgesetzten Kindern, oft auf verwandtschaftliche Sexualverhältnisse zurückzuführen ist.«

Das ambivalente Potenzial von Rodrigo drehte umgehend auf Hochtouren und die roten Flecken kehrten in doppelter Intensität zurück. Er brüllte näselnd und leicht lispelnd, »Sie Sssscheißkerl!«. Dann ruderte er wild mit den Armen in der Luft, stürmte zur Tür und lief in den Rittersaal. Hanibal blickte ihm nach, während Cassidy das unterdrückte Lachen herausprustete.

Hanibal zuckte mit den Schultern. »Man kann doch mal fragen, oder?«

Rodrigo durchquerte den Raum, laut schimpfend,

in wenigen Sekunden. Er rauschte zwischen Ricarda und Anika hindurch und verschwand durch die Eingangstür des Rittersaals. Hanibal trat in den Türrahmen des Raucherzimmers, sah den blaurosa Blitz aber nur noch von hinten aus dem Raum flitzen. Rodrigo zu Brauns magische Aura war wieder aktiv. Die Aufmerksamkeit aller war auf ihn gerichtet. Es dauerte einige Sekunden, bis Robert realisierte, dass Rodrigo soeben durch den Raum gehastet war. Er stand kopfschüttelnd auf und murmelte, »Was ist den jetzt schon wieder?« Dann warf er Hanibal einen Blick zu und schlendert hinter Rodrigo her. Er hatte keine Eile.

Rodrigo zu Braun sauste durch die Gänge des Schlosses. Eine kleine Treppe führte hinauf. Dort gab es einen Weg über die Waffengalerie in Roberts Wohnräume. Seine Augen tränten vor Wut. Er erreichte die Galerie. Er wollte in Roberts Zimmer flüchten. Dort würde er seinen Gefühlen freien Lauf lassen. Gedanken schossen ihm durch den Kopf. Gedanken an diese Person, der sich Polizist schimpfte. Er war der größte Verbrecher von allen. Er hörte Schritte, die ihm folgten. Aber Sie waren weit entfernt.

Robert ging in gemäßigtem Tempo hinter Rodrigo her. Er verlangsamte seinen Schritt und blieb acht Meter, vor der Treppe zur Waffengalerie stehen. Es war ihm zuwider, Rodrigo erneut zu trösten. Das hatte er bereits den ganzen Tag getan.

Er hatte Rodrigo vor einigen Monaten kennengelernt. Rodrigo erschien ihm damals sympathisch. In Roberts Erinnerung hatte sich Rodrigo zu dieser Zeit anders verhalten, als er es heute gezeigt hatte. Vielleicht war er aber niemals anders gewesen. Vielleicht hatte sich Robert nur leichter beeindrucken lassen und über die divenhaften Allüren hinweggesehen. Robert war damals neu im *Slips Off*. Ein Umfeld voller schillernder Persönlichkeiten. Rodrigo war die erste Person, die er in der Szene kennenlernte und sie hatten sich außerhalb des Clubs getroffen. Anfangs bewunderte er Rodrigos gewinnendes Wesen. Rodrigo erschien weltgewandt und hatte stets etwas zu berichten. Er stand Robert mit Rat zur Seite. Es waren zwar keine guten Ratschläge, aber er schätzte die Geste. Robert hatte sie nie befolgt. Nach einigen Wochen hatte er hinter Rodrigos Fassade geschaut. Robert hatte die dritte Theke im *Slips* übernommen und Rodrigos Abstrusitäten steigerten sich. Rodrigo lungerte permanent an seiner Theke herum und betonte jedem Gast gegenüber, wie gut sie befreundet waren. Rodrigo lud seine 'Freunde' auf Roberts Kosten zu Freigetränken ein. Eines Abends stellte Robert ihn in seiner Stadtwohnung zur Rede. Rodrigo bekam einen Wutanfall. Er zerstörte einen Teil der Einrichtung und betonte lautstark, dass Lola niemals auf Robert aufmerksam geworden wäre, wenn er nicht ein gutes Wort eingelegt hätte. Robert hatte bis zu diesem Augenblick niemanden erzählt, dass Lola sein Onkel war. Er behauptete, nur er habe Roberts Potenzial erkannt. Da Robert bisher nur wenige Freunde hatte, wollte er Rodrigo nicht aus seinem kleinen Freundeskreis ausschließen und ertrug seine Allüren. Allerdings lernte er nun neue Leute kennen, und Rodrigo wurde zur Randfigur. Rodrigo war nicht freiwillig hier, aber er stand ihm zur Seite. Rodrigo hatte in den vergangenen Monaten Schulden im *Slips* angehäuft, die er mit seinem guten Namen als Stammkunde vorfinanziert hatte.

Lola hatte geplant, die Streitereien bezüglich Roberts Zukunft zu beenden. Der letzte Streit mit seinem Vater war beinahe eskaliert. Als Robert das Haus verlassen wollte, war er seinem Vater in der Eingangshalle begegnet. Da er sich erst im Club umzog, trug er seine Arbeitskleidung in einem Kleidersack und die Schuhe, die er kurz zuvor aus Ricardas Kleiderschrank geholt hatte, in der Hand.

Sein Vater wollte ihn abhalten, das Haus zu verlassen. Robert hatte sich schreiend losgerissen und die Schuhe nach ihm geworfen. Danach verließ er fluchtartig das Haus. Er hätte es dem Kommissar erzählen sollen, aber er schämte sich, Außenstehenden von seiner Vorliebe für Damenkleider zu erzählen. Er war noch nicht soweit, selbstbewusst zu seinem neuen Ego zu stehen. Er war nicht sein Onkel.

Den gestrigen Tag hatte er im Gespräch mit Lola

verbracht und sie entwickelten die Idee mit der Beteiligung am *Slips*. Lola wusste, dass Robert ungern alleine in das Haus zurückkehren würde. Daher hatte sie den Vorschlag gemacht, er solle sich begleiten lassen. Da zu Braun tief bei ihr im Kredit stand, hatte sie ihn vorgeschlagen. Im Gegenzug hatte sie zu Braun das Angebot gemacht, mit Robert ins Haus zu fahren und ihm einen Teil seiner Getränkeschulden zu erlassen. Lola wollte später im Haus dazu stoßen. Robert hatte keine Einwände, denn entgegen Rodrigos Aussagen, war ihm inzwischen durchaus bewusst, dass er seinen Erfolg seinem Fleiß verdankte. Rodrigo hatte stets versucht, sein Selbstbewusstsein zu sabotieren, aber sein heutiges Verhalten setzte allem die Krone auf. Heute war Robert bereit, ihm die Stirn zu bieten und ihm zu sagen, dass er sich in Zukunft von ihm fernhalten solle. Diesen Dolchstoß musste er ihm versetzen. Außerdem hatte er Angst um sein Mobiliar.

Zu Braun rannte die Galerie entlang. Die Wand war gesäumt von Ritterrüstungen. Die leeren Ritter, in ihrer Bewegung eingefroren und auf Podesten montiert, beobachteten, mit vorgehaltenen Waffen, durch die Fenster hindurch, den windgepeitschten Wald. Sie wirkten wie eine Kompanie, die zur Schlacht angetreten war und ihrem Schicksal entgegenblickte. Für Rodrigo waren es unheimliche Zeugen einer gewalttätigen Vergangenheit. Er passierte die ersten neun Rüstungen. Ein leises

Klicken erklang, während er die nächste Rüstung hinter sich ließ. Er war in seiner Gedankenwelt gefangen und hörte es nicht. Er selbst hatte es ausgelöst, denn er hatte den dünnen Draht, der auf Knöchelhöhe zwischen den Wänden gespannt war, herausgerissen. Das leise *'Pling'*, als der Draht den Splint der Hebel-Fixierung des übernächsten Podestes löste, nahm er ebenfalls nicht wahr. Auf dem Podest posierte ein gotischer Plattenpanzer, der einen Kriegsflegel in der Hand hielt. Am Griffstück der Waffe baumelte eine dornenbesetzte Metallkugel an einer kurzen Kette. Von der auf Spannung gebrachten Feder, die zwischen dem Sockel und der Wand klemmte, konnte Rodrigo nichts wissen. Das Lösen des Splints setzte die aufgestaute Energie in der Feder ruckartig frei. Das Podest schnellte herum, der Ritter stellte sich Rodrigo in den Weg und der Kriegsflegel folgte der Bewegung. Die Eisenkugel traf Rodrigo an der Schläfe. Die Wucht des Schlages zertrümmerte sein Schläfenbein und schleuderte ihn aus der Bahn. Der Aufprall der Kugel wirbelte ihn herum und katapultierte ihn, mit dem Gesicht voran, in die nebenstehende Rüstung.

Der deutsche Reiterharnisch aus dem 16. Jahrhundert hielt ein zum Stich präsentiertes, 30 cm langes Stilett in der Linken und ein Bastardschwert in Paradehaltung in seiner rechten Hand.

Rodrigo stürzte der schmalen, doppelt geschliffenen Stilettklinge unausweichlich entgegen. Sie bohrte sich in seine Kehle, durchtrennte die

Luftröhre und trat zwischen seinen Nackenwirbel wieder aus. Die Rüstung fiel laut scheppernd zusammen und begrub Rodrigo unter sich. Rodrigos zu Brauns magische Aura erlosch für immer.

Als Robert das Scheppern hörte, beschleunigte er den Schritt und hetzte die Treppe hinauf. Er befürchtete, dass Rodrigo seine Wut an den Rüstungen ausließ. Als er die Galerie erreichte, blickte ihm der Ritter mit dem Flegel höhnisch entgegen. Die Stahlkugel kreiste wie ein Todesgeier über einem Trümmerhaufen. Rodrigos Schlangenmusterstiefeletten und sein Kopf ragten darunter hervor. Das Stilett, das noch immer von dem Metallhandschuh gehalten wurde, reckte sich der Decke entgegen und warf einen dunklen Schatten über Rodrigos Gesicht. Unter dem Metallhaufen bewegte sich nichts. Es gab kein Zucken und kein Röcheln. Bis auf die Kette des Flegels, die leise quietschend umher baumelte, herrschte Stille. Robert wusste, dass jede Hilfe zu spät kam. Er rief um Hilfe.

16:30 Uhr

Roberts Hilferufe hallten durch die Gänge. Cassidy reagiert zuerst, als sie den ersten Ruf vernahm und spurtete los. Dicht gefolgt von Hanibal erreichte sie den Unfallort zuerst.

Cassidy touchierte Robert und raunzte leise, »Weg da!«. Aus dem Lauf heraus rutschte sie auf den Knien neben den Blechhaufen. Sie schleuderte den Brustharnisch und einige Teile des Schulterschutzes zur Seite. Dann erreichte sie den Körper und fühlte nach dem Puls. Sie fand keinen.

Sie blickte zu Hanibal, der sich vor Robert Eklund geschoben hatte. Sie schüttelte den Kopf. Ihr lag ein thematisch passendes Zitat aus *Star Trek* auf den Lippen, aber sie verkniff es sich.

Ihrem Alter und ihrer Kondition entsprechend, erreichten die anderen Personen den Eingang zur Galerie. Sie versammelten sich hinter Robert. Hanibal kniete sich neben Cassidy. Sie konnte es nicht lassen. Sie musste die Anspannung abbauen, entschied sich um, und flüsterte Hanibal ins Ohr: »Es steckt also doch etwas Gutes in ihm.«

»Cassy!«, ermahnte Hanibal sie.

Hanibal untersuchte den Körper erneut auf Lebenszeichen, konnte aber auch nur feststellen, dass Rodrigo zu Braun ein frischer, aber gutgebräunter Leichnam war. Er blickte an dem gotischen Plattenpanzer herauf, der, wie ein Wachmann, bedrohlich im Gang stand. Die

Stahlkugel baumelte über Hanibals Gesicht. Der nächste Blick fiel auf das Stilett in zu Brauns Hals. Die schmale Klinge war sauber durch seinen Hals gefahren und hatte die Wunde soweit verschlossen, dass außer einem kleinen Rinnsaal, kein Blut austrat.

»Cassy, bring alle außer den Eklunds und dem Gärtner wieder zum Rittersaal.«

Cassidy gehorchte und trieb die Gruppe aus der Galerie die Treppe hinunter. Hanibal untersuchte den Tatort. Er bemerkte einen haarfeinen Draht, der sich am Knöchel des Opfers verfangen hatte. Er folgte dem Draht, der locker in einer Öse baumelte, die in die Fußleiste geschraubt war. An seinem Ende war ein Splint befestigt. Auf der gegenüberliegenden Seite des Gangs lag ein kleiner Nagel vor der Wand. Er ruckelte an dem Podest, auf dem die gotische Rüstung montiert war und stellte fest, dass es sich sehr leichtläufig bewegte. Er fand eine große Kegelsprungfeder, die wie zufällig an der Wand hinter dem Podest lag. Er zog seinen Kugelschreiber aus der Tasche. Er nahm die Feder damit auf und betrachtete sie aus mehreren Winkeln. Federn dieser Art hatten, seines Wissens nach, eine starke Druckkraft und wurden in Werkstätten verwendet. Er ließ die Feder in die Manteltasche gleiten und folgte dem Draht erneut mit den Augen. Sein Rundblick endete auf zu Brauns Körper. Er kombinierte im Gedanken den Mechanismus und den Ablauf der Ereignisse. *Der Draht war zwischen Öse und Nagel gespannt. Die Öse war der Umlauf bis zum Podest. Der Draht löst den Splint am Podest und gibt es frei. Die Feder setzt das Podest in Schwingung, die Waffe schwingt herum und trifft zu Braun. Es ist eindeutig die gleiche Handschrift, wie die Sensenfalle im Geräteschuppen. Der Täter kennt Grundlagen der Mechanik und weiß, wo er sein Material besorgen kann. Alles weist auf einen Mechaniker oder Handwerker hin. Eine Chauffeurin, die Autos repariert? Ein Gärtner, der auch gerne als Hausmeister bastelt?*

Fischer und die Eklunds beobachteten den Kommissar bei seinen Untersuchungen. Nachdem er sie abgeschlossen hatte, kam er zu ihnen. »Wohin führt dieser Gang?«

Robert deutete auf die Tür am Ende des Korridors. »In meine Wohnung. Der Eingang ist am Ende der Galerie.«

»Er wollte in ihre Wohnung?«

»Wahrscheinlich. Den Weg kennt er von früheren Besuchen.«

»Wann sind Sie diesen Weg zuletzt entlang gegangen?«

Robert überlegte kurz. »Das ist gute zwei Monate her. Zuletzt mit ihm zusammen.«

Hanibal blickte ihn überrascht an. »Zwei Monate? Lügen Sie mich an? Sie haben heute Vormittag erzählt, dass sie Vorgestern hier im Haus waren. Sie wollen mir doch nicht erzählen, dass sie sich nur im Yakzimmer, Rittersaal, Spielzimmer, oder was es hier sonst noch für Räume gibt, aufgehalten haben.

Sie waren doch wohl in ihrer Wohnung.«

Robert trat von einem Fuß auf den anderen. »Nein, Herr Kommissar. Wirklich. Natürlich war ich meiner Wohnung, aber ich benutze diesen Weg so gut wie nie. All die Waffen und Rüstungen. Ich hasse diesen Gang. Ich habe mich schon als Kind davor gefürchtet. Ich meide diesen Korridor und benutze ihn nur alle paar Monate. Üblicherweise benutze ich den Zugang über das Erdgeschoss. Meine Wohnung grenzt hinten an den Eulenturm. Es gibt einen Eingang zu meiner Wohnung über das Treppenhaus des Turms.«

Hanibal blickte ihn eindringlich an. Er ließ erst von ihm ab, als er im Augenwinkel Ricardas zustimmendes Nicken sah.

Robert fuhr fort. »Das ist ein... «

»...Großes Haus«, beendete Hanibal seinen Satz. »Das habe ich inzwischen auch bemerkt.«

Hanibal war angespannt. Er legte seine rechte Hand beiläufig auf den Bauch, damit er schnell nach seiner Waffe greifen konnte. »Herr Fischer, Sie sind der Hauswart, oder?«

»Ja«, bestätigte der Gärtner.

»Sie haben diese Podeste mit dem Schwenkmechanismus ausgestattet, oder?«

Der Gärtner blickte Hanibal finster an und murrte, »Ja. Woher wissen Sie das?«

»Dolores hat es heute Morgen erwähnt. Sie hat mir auch erzählt, dass Sie in den letzten Tagen an den Mechanismen gearbeitet haben.«

Robert und Ricarda wichen reflexartig einen Schritt zurück.

»Ja, richtig«, brummte der Gärtner. »Einige haben geklemmt. Waren eingestaubt. Hab' sie ordentlich gesäubert und geschmiert. Jetzt schwingen die wieder problemlos.«

»Das hat Herr zu Braun gemerkt.«

Hanibal zog rasch die Feder aus der Manteltasche und hielt sie Fischer vor das Gesicht.

»Kennen Sie das hier?«

Der Gärtner fixierte die Feder stoisch. »Nein. Nicht von mir.«

»Ich habe einige davon in Ihrem Geräteraum gesehen.«

»Na und? Ist nicht mein Geräteschuppen. Der gehört den Eklunds.« Er blickte erklärend zu den Eklunds. »Da lagert viel Material. Da kann sich jeder bedienen. Solche Federn werden in der Autowerkstatt benutzt. Von Verena.«

Ein lauter Knall erschallte. Die Eklunds zuckten erschrocken zusammen. Der Sturm hatte etwas an die Fenster der Galerie geschleudert und ließ die Scheiben zittern. Hanibal erinnerte sich an die Oldtimer.

»Wo ist Frau Christ?«, fragte er Ricarda.

Ricarda verschränkte die Arme. »Ich weiß es nicht.«

Die Beleuchtung flackerte auf. Dann wurde es dunkel.

212

17:46 Uhr

Cassidy hörte den Schrei einer Frau, als das Licht erlosch. Sie tippte auf Lola.

Der Himmel hatte sich beinahe vollständig verfinstert. Das Kaminfeuer tauchte den Rittersaal in ein flackerndes Zwielicht aus Feuerschein und tänzelnden Schatten.

»Was ist denn jetzt los?«, fragte Cassidy.

»Es könnte an der Stromleitung liegen«, sagte Anika und trat aus der Dunkelheit an Cassidy heran. »Das passiert manchmal.«

»Verdammt! Wo sind wir hier? Nepal?«

»Nein, aber weit genug außerhalb der Stadt. Das Ergebnis ist das Gleiche.«

Schatten tanzten über die Gesichter der beiden Frauen. »Müssen wir hier jetzt im Dunkeln sitzen? Können wir nichts tun? «

Anika tippte sich mit dem Zeigefinger an die Nase. »Doch. Wir können den Notgenerator starten. Der versorgt nicht das ganze Haus mit Strom, aber zumindest einige Lampen und die wichtigen Räume.«

»Wo ist der Generator?«

»Auf der anderen Seite des Hauses. Im Keller.«

In diesem Moment erklangen Schritte, die sich dem Rittersaal näherten. Der Lichtkegel einer Taschenlampe scannte durch den Raum. Vier Gestalten traten in den Schein des Feuers. Fischer schaltete seine Taschenlampe aus.

»Hach, Herr Kommissar, gut das sie da sind. Jetzt fühl ich mich gleich viel sicherer«, erklang Lolas Stimme aus den Schatten.

Hanibal rollte im Dunkeln mit den Augen. »Ist bei euch alles in Ordnung?«

Einige gemurmelte Bestätigungen tönten aus der Tiefe des Raumes. Cassidy gesellte sich, gefolgt von Anika, zu den Neuankömmlingen. »Hanibal. Frau Fux hat mir gerade erzählt ... «

»...dass es einen Notstromgenerator gibt«, beendete Hanibal den Satz und deutete mit dem Kopf in Fischer Richtung. »Wir wollten Bescheid sagen, dass wir das Ding anwerfen gehen. Herr Fischer braucht allerdings mehr Licht. Wir müssen in den Keller und haben im Augenblick nur seine Minifunzel. Cassy hast Du Deine Taschenlampe dabei?«

»Ja. Im Wagen«, bestätigte die Polizistin.

»Genau wie ich«, erwiderte Hanibal.

»Ich habe auch eine im Auto«, sagte Anika.

»Na und?«, fragte Hanibal.

Die Buchhalterin war leicht eingeschüchtert. »Ich könnte Sie begleiten?«

Hanibal blickte in ihr schattenverhangenes Gesicht. »Gut. Kommen Sie mit.« Er drehte sich auf dem Absatz herum, als Lolas Stimme erklang. »Ich habe auch eine Lampe im Auto.« Der Satz wurde vom schnellen Trippeln ihrer Stöckelschuhe begleitet.

»Nein, Danke. Vier Lampen sind genug. Das soll

kein Gruppenausflug werden.«

Lola umklammerte seinen Arm und hauchte ihm ins Ohr, »Aber Herr Kommissar, ich würde mich in ihrer Gegenwart viel sicherer fühlen. Ich könnte Ihnen den Weg leuchten.«

Er befreite sich aus der Umklammerung. »Nein, lassen Sie gut sein. Ihr Glanz ist hier vor Ort genau am richtigen Platz.«

In dem schummerigen Kaminlicht konnte Hanibal es nicht sehen, aber Lola errötete leicht. Stattdessen hörte er ein gehauchtes, »Sie charmanter Schelm.«

Eine kleine Taschenlampe an Ricardas Smartphone flammte auf und leuchtete in die Gesichter der Umstehenden. »Ich hole Dolores aus der Küche. Die steht da unten wahrscheinlich alleine im Dunkeln. Das Ding hier sollte ausreichen.«

»Gute Idee. Vielleicht können wir dann endlich etwas essen«, sagte Cassidy. »Ich habe Hunger.«

»Haben Sie mal Feuer?«, fragte Ricarda.

Hanibal zog sein Feuerzeug aus der Tasche und reichte es ihr. »Ich wusste nicht, dass Sie rauchen.«

»Ist nicht für mich«, sagte die Metzgerstochter. Sie reichte das Feuerzeug an ihren Bruder. »Zünde doch mal die Kerzenleuchter an.«

»Ja. Macht es euch gemütlich«, sagte der Kommissar. »Wir sind gleich wieder da.«

Bevor die kleine Gruppe durch die Tür ging, hörten sie ein leises Hauchen aus dem Halbdunkel. »Was für ein Kerl.« Hanibal konnte den Sprecher nicht genau zuordnen, tippte auf Lola und schüttelte grinsend den Kopf.

Fischer ging voran. Er leuchtete den Weg aus und führte sie über einige Gänge im Obergeschoss. Hanibal ließ sich neben Anika zurückfallen. »Frau Fux, Sie kennen sich doch recht gut in den Eklund´schen Familienverhältnissen aus, oder?«

»Ja«, bestätigte sie knapp und fragte skeptisch, »Wieso?«

»Ich habe mich gefragt, ob Sie mir etwas über die Vergangenheit der Familie erzählen können?«

»Können Sie das nicht Ricarda oder Robert fragen«, sagte sie misstrauisch.

»Oh, das habe ich und werde ich auch noch machen. Ich höre Geschichten aber gerne aus verschiedenen Perspektiven.«

Hanibal bemerkte, dass Fischer seinen Schritt verlangsamte. Cassidy stieß beinahe mit ihm zusammen. »Soll ich voran gehen?«, fragte Cassidy schroff.

»Nein, schon gut«, murmelte der Gärtner.

»Was möchten Sie wissen?«, zauderte Anika. In der Dunkelheit gelang es ihr nicht, eine Regung in Hanibals Gesicht zur erkennen.

»Sie sind doch mit Frau Eklund zusammen aufgewachsen. Haben Sie ihre Mutter gekannt. Ich glaube, sie hieß Maria.«

»Nein, sie heißt Maria«, entgegnete Anika. »Und ja, ich kenne sie. Auch wenn ich ihr niemals verzeihen werde, dass sie uns hier im Stich gelassen

216

hat.«

»Sie sagen das so vehement. Welche Beziehung haben Sie zu Frau Eklund? Ich meine die Ältere.«

»Inzwischen gar keine mehr. Sie ist vor zehn Jahren abgehauen. Seitdem hat niemand etwas von ihr gehört. Davor hatten wir ein gutes Verhältnis. Sie wirkte immer nachdenklich, aber sie war immer nett und höflich zu mir.« Sie geriet ins Stocken. »Fast, als wäre ich ihre eigene Tochter. Mein Elternhaus ist etwas komplizierter. Hier habe ich mich immer wohl gefühlt. Ich konnte kommen, wann ich wollte und solange bleiben, wie ich wollte. Meinen Eltern war es egal, wo ich mich rumtrieb. Und dann, vor zehn Jahren haut sie einfach ab. Können Sie sich vorstellen, was das in der Seele eines unsicheren Teenagers auslöst. Ich war traurig. Aber Ricarda hat es viel schlimmer getroffen. Es dauerte fast ein Jahr, bis sie halbwegs damit umgehen konnte. Wissen Sie, wie viele Gespräche wir geführt haben, bis wir zu dem Schluss gekommen sind, dass es nichts mit ihr zu tun haben konnte, sondern dass sie einfach nur aus ihrem Leben ausbrechen wollte. Die wirklichen Gründe kann uns aber nur Maria selbst nennen.«

»Ich verstehe«, sagte Hanibal. »Sie ist einfach verschwunden?«

»Ja, wir Kinder waren im Ferienlager. Ricarda, Robert und ich. Die Zeit hat Sie anscheinend genutzt, um ihren Plan in die Tat umzusetzen. Als wir zurückkamen war sie nicht mehr da. Heinrich hat erzählt, dass sie einen Abschiedsbrief hinterlassen hat. Den habe ich aber nie gesehen. Soweit ich weiß, Ricarda auch nicht. Liegt wahrscheinlich im Tresor.«

Oder wurde verbrannt, dachte Hanibal.

»Und niemand hat je wieder etwas gehört?«

»Nicht, soweit ich weiß. Sie ist irgendwo in der Welt verschwunden und hat alles hinter sich gelassen.« Eine Träne blitze auf ihre Wange auf.

Hanibal sah die Träne. »Hm? Im Moment scheint es für Ricarda wieder gut zu laufen, oder? Sie ist mit Herrn vom Sengerberg verlobt und hat erzählt, dass die Hochzeit in Kürze ansteht.«

»Ja, das ist so«, antwortete sie knapp.

»Sie scheinen nicht sehr enthusiastisch?«

»Doch, alles ist in Ordnung. Die beiden passen irgendwie zusammen. Magnus ist ein netter Kerl.«

»Aber?«

»Aber? Irgendetwas stört mich an ihm. Nichts Bestimmtes. Es ist ein Bauchgefühl.«

»Wie haben sich die beiden kennengelernt?«

»Vor ungefähr zwei Jahren im Winterurlaub. Wir waren zum Snowboarden in der Schweiz. Sie haben sich nach dem Urlaub wieder getroffen. Danach ist eines zum anderen gekommen.«

Nun wühlte Hanibal in seiner eigenen Vergangenheit. Er hatte seine Ex-Frau im Sommerurlaub kennengelernt und eines kam zum anderen. Mann trifft Frau. Mann küsst Frau. Mann heiratet Frau. Frau verlässt Mann.

»Wir sind an einem Punkt angekommen, wo ich

218

sie ziehen lassen muss«, fuhr die Buchhalterin fort. »Verstehen Sie mich nicht falsch. Ich freue mich für die beiden, aber es ist trotzdem seltsam für mich. Es ist, als würde ich meine Schwester verlieren.«

Sie erreichten die Balustrade in der Eingangshalle. Die Halle lag tiefdunkel vor ihnen. Fischer leuchtete die Treppe aus, während sie hinunterstiegen. Lange Schatten der Rüstungen fielen in Richtung der Ausgangstür. An der Tür angekommen, umschloss Fischer die Klinke. »Bereit?«

Sie nickten zustimmend und der Gärtner öffnete die Tür. Ein heftiger Windstoß, der ihm die Klinke beinahe aus der Hand riss, schlug ihnen entgegen. Die Kommissare und die Buchhalterin eilten hinaus, während Fischer am Eingang blieb und den Überblick behielt. Hanibal und Anika liefen zum Carport. Cassidy spurtete in Richtung des Springbrunnens. Der Wind zerrte an ihrer Kleidung. Der Wind fuhr unter ihre Jacke und wehte sie hoch, bis sie ihr an den Hinterkopf schlug. Anika wurde von einer Böe erfasst, die sie beinahe umstieß. Bevor Hanibal eingreifen konnte, machte sie einem Ausfallschritt, erlangte das Gleichgewicht zurück und lief weiter. Cassidy erreichte ihren Wagen zuerst. Sie öffnete den Kofferraum, holte die Taschenlampe heraus und lief zum Haus zurück. Sie erreichte die Eingangstür, die Fischer standhaft geöffnet hielt. Sie schlängelte sich vorbei in die Eingangshalle. In der Zwischenzeit befanden sich auch Anika und Hanibal auf dem Rückweg. Auf der

Hälfte des Weges traf Anika ein Ast von der Länge eines Spazierstockes an der Stirn. Sie strauchelte und fiel zu Boden. Hanibal, der ihr bereits einige Meter voraus war, hörte den Kies knirschen. Er drehte sich herum und kämpfte sich zu ihr. Er half ihr auf die Beine und hielt seinen Mantel schützend über sie. Anika legte ihre Arme um seine Taille und die beiden taumelten zum Haus. Eine Windböe erfasste sie im Rücken, so dass der Wind ihre Schritte grotesk beschleunigte. Um einen weiteren Sturz zu vermeiden, passten sie ihre Schrittfolge an, bis sie die Treppe erreichten. Am Fuße der Treppe lösten sie sich voneinander. Fischer bemerkte eine Schürfwunde auf Anikas Stirn, als sie an ihm vorüber ging. Cassidy sah die Wunde und raunzte einen Fluch.

Nachdem Hanibal die Halle erreicht hatte, schloss Fischer unter *Viviennes* Protest die Tür. Die Fußboden der Halle glich einer Sturmwüste. Laub und Äste lagen im Eingangsbereich verteilt. Am Visier einer der Rüstungen am Eingang hatte sich eine alte Plastiktüte verfangen. Fischer zog die Plastiktüte vom Helm des Ritters. »Dolores wird ganz schön fluchen.« Anika fasste sich an den Kopf und betrachtete das Blut an ihrer Hand, »Mist! Wo kam dieser verdammte Ast her!?«

Hanibal leuchtete ihr auf die Stirn. »Ist nicht so schlimm. Keine Platzwunde, nur ein Kratzer.« Er zog ein sauberes Taschentuch aus der Manteltasche und reichte es ihr.

»Na, toll! Jetzt fühl ich mich viel besser.« Sie nahm das Taschentuch entgegen und tupfte auf die Wunde.

Fischer betrachtete den Kratzer ebenfalls. »Komm schon Nika, als Du damals mit Rica vom Baum gefallen bist, hast Du viel schlimmer ausgesehen.«

»Ja, Du hast recht« sagte sie. Ein halbes Lachen kehrte in ihr Gesicht ein, »Aber damals war ich vierzehn. Heute…« Sie verstummte mitten im Satz und blickte zu Hanibal.

»Macht sie der kleine Kratzer nicht unattraktiver«, beendete der Kommissar den Satz.

»Charmeur«, kommentierte Cassidy. »Wollen wir jetzt den Generator starten?«

Anika rieb sich über die Wunde »Ich will da nicht noch einmal raus.«

»Wir gehen durchs Haus«, sagte Fischer. Er knipste seine Lampe an und ging voraus. Anika und Hanibal folgten ihm, während Cassidy ihre Lampe anschaltete und das Schlusslicht bildete.

Anika beendete das Tupfen an ihrer Stirn nach einigen Minuten.

»Geht´s wieder?«, fragte Hanibal.

»Ja, aber es ist der verletzte Stolz. Ich wurde vom Wind weggeweht.«

»Es hätte schlimmer ausgehen können. Es war nur die Stirn. Es hätte ins Auge gehen können.«

Anika lachte kurz auf.

Erik führte die Gruppe durch die Bibliothek in den Gang, den Hanibal und Anika bereits früher am Tag benutzt hatten. Hanibal leuchtete mit seiner Lampe stetig die Umgebung ab. »Frau Fux, ich hätte noch einige Fragen.«

»Vorher habe ich eine Frage«, konterte die junge Frau. »Nachdem Sie mich jetzt vor dem sicheren Tod gerettet haben«, übertrieb sie, »können Sie mich bitte Anika und nicht ständig Frau Fux nennen? Ich denke sonst, meine Großmutter steht hinter mir.«

»Das mache ich ungern, Frau Fux. Ich möchte während meiner Ermittlung Distanz wahren.«

»Gut. Wie wäre es, wenn Sie mich beim Vornamen nennen und ich Sie weiterhin mit Herr Kommissar anrede?«, trotzte Anika, »Ansonsten werde ich ohne einen Anwalt keine Frage mehr beantworten.«

Hanibal bekam einen Schubs von hinten an die Schulter. »Mensch Hanibal! Stell dich nicht so an.«

Er drehte sich gehend herum und belohnte Cassidy mit dem strafenden Blick. Sie antwortete mit einer Grimasse.

»Na gut Frau Fux. Anika.«, der Kommissar zögerte, »Mein Name ist Hanibal.«

Cassidy grinste. Sie freute sich. Sie hatte ihn aus der Reserve gelockt. Anika lächelte ihm zu.

»Ich freue mich schon auf das Essen« sagte Cassidy. »Kann Dolores gut kochen?«

»Ja. Sie macht großartige Pasta. Sie kocht auch viele Gerichte mit Yak.«, antwortete Anika. »Da kannst Du Dich wirklich drauf freuen.«

Bei dem Worten ‚Gerichte mit Yak‘ verging Hanibal

222

der Appetit. »Seit wann ist Frau di Fonte hier beschäftigt? Sie scheint mir recht jung für eine Haushälterin.«

»Sie ist sogar jünger als Rica. Sie ist vorletzten Monat zweiundzwanzig geworden. Aber sie macht ihre Arbeit gut. Ich schätze, sie ist, seit etwas mehr als einem Jahr hier beschäftigt.«

»Und davor? Hat es hier immer eine Haushälterin gegeben?«

»Ja, so lange ich mich erinnern kann. Lores Vorgängerin war Mildred. Sie war lange hier.« Anika schien angestrengt nachzudenken. »Das müssten über 9 Jahre gewesen sein. Die war sehr lustig. Sie ist Britin. Hat immer Kekse und Kuchen für uns gebacken. Sie hatte einen schlimmen Autounfall. Sie hat sich die Beine gebrochen. Heinrich hat ihr neulich noch einen riesigen Blumenstrauß geschickt. Einige Zeit nachdem die Stelle frei war, kam Dolores.«

Hanibal nickte. »Und vor Mildred? Gab es da jemanden? Herr Fischer hatte so etwas erwähnt«. Hanibal deutete auf den Gärtner, der bei der Erwähnung seines Namens ein kurzes Murren von sich gab.

»Ja, Erik, wie hieß sie denn noch gleich?«, fragte Anika.

»Magdalena Dietrich«, murmelte er.

»Ja, genau. Magda. Sie war gute zwölf Jahre hier. Ist irgendwann nicht mehr zur Arbeit gekommen. Heinrich hatte gesagt, dass sie gekündigt hat. Das war ungefähr ein halbes Jahr, nachdem Maria verschwunden ist. Soweit ich mich erinnere, hatte sie eine kleine Tochter. Wollte sich wahrscheinlich mehr um sie kümmern. Was meinst Du Erik?«

»Möglich. War zwischendurch schwanger. Wundert mich nicht. Sie war im Dorf ‚bestens‘ bekannt. Hat sich bestimmt jemanden aus der Stadt geangelt. Vielleicht ist sie mit dem Kind wegen der Schule in die Stadt gezogen. Gibt hier ja nicht so viele Möglichkeiten.«

Fischer blieb vor einer Stahltür stehen. »Wir sind da. Hinter der Tür ist der Raum für die Sportgeräte. Dahinter ist der Generatorraum.«

»Gehen Sie bitte voraus«, bat Hanibal den Gärtner.

Die Tür quietschte. Der Schein von Eriks Taschenlampe strich über die Wände. Der Strahl blieb, auf der gegenüberliegenden Seite des Raumes, auf einer weiteren Stahltüre ruhen. Sie folgten dem Lichtschein durch den Raum. Hanibal stieg ein eigenartiger Geruch in die Nase, der ihn nichts Gutes befürchten ließ.

Cassidy stieß mit dem Fuß gegen etwas hartes am Boden. »Verdammt! Lagern hier Bowlingkugeln? Lasst mich raten. Im übernächsten Raum ist eine Bowlingbahn.«

»Nein«, antwortete Fischer.

Cassidy suchte mit ihrer Stablampe langsam den Boden ab.

Der Lichtschein fiel auf rotblonde Haare. Danach

folgte die Stirn. Dann das Gesicht von Verena Christ. Ihre toten Augen starrten zur Decke.

Anika schrie erschrocken auf und krallte ihre Finger in Hanibals Schulter.

»Wir brauchen Licht«, befahl Hanibal.

»Ja. Ja.«, brummte Fischer. Er lief in den nächsten Raum. »Können Sie leuchten?«

Hanibal schob Anika in den nächsten Raum. Sie schalteten ihre Lampen an und leuchteten den Raum aus. Hanibal nahm Fischers Lampe, damit dieser beide Hände frei hatte. Im Licht der Taschenlampen hantierte Fischer an dem Generator. Er drehte einige Ventile auf, legte Hebel um und drückte den Startknopf. Es rumpelte kurz und der Generator nahm protestierend seine Arbeit auf.

Fischer blickte zu Hanibal herüber. »So! Das hält mindestens 24 Stunden.«

Cassidy blieb im Nebenraum. Sie leuchtete die Umgebung ab und versuchte sich einen weiteren Überblick zu verschaffen. Als sie den Generator röhren hörte, suchte sie mit der Lampe einen Lichtschalter. Neben der Eingangstür fand sie einen alten Drehschalter. Bevor sie ihn erreichte, betätigte Erik den Schalter neben der Tür zum Generatorraum. Eine nackte Glühbirne flammte auf und spendete trübes Licht.

Hanibal kniete sich neben den Körper. Verena war tot. Sie lag auf ihrer rechten Seite vor einem Schrank mit Doppeltür, dessen linke Tür geöffnet war. Ihr Kopf lag leicht verdreht auf dem

Betonboden und war über einen natürlichen Winkel hinaus nach hinten weggeknickt. Sie hielt einen Umschlag mit ihrer rechten Hand umklammert, aus dem einige Geldscheine herausfächerten. Hanibal tippte auf 2000 Euro.

Neben der Fahrerin lag ein Snowboard.

Er drehte seinen Kopf zur linken Wand. Dort hingen zwei weitere Boards auf einer Art Regalhalterung. Die Ablagen schienen eigens für die Bretter angefertigt. Sie bestanden aus einfachen Stangen, die an den Enden nach oben gebogen waren, damit die Boards nicht herausrutschten. Zwischen den Brettern war eine weitere Ablage angebracht. Diese war jedoch leer. Die vordere Stange war am Ende nicht wie die anderen gebogen, sondern glatt. Hanibal inspizierte die hintere Halterung des freien Platzes. Sie bestand aus einer Doppelstange mit einen Zwischenraum von etwa fünf Zentimetern und war auf einem Drehgelenk montiert. Er blickte den Gärtner an und deutete auf den Schwenkmechanismus. »Ihr Werk?«

»Ja. Die Halterungen für die drei Bretter sind eigentlich zu dicht übereinander montiert. Das mittlere Brett ließ sich mit Bindung nur schwer zwischen den anderen beiden ablegen. War Fummelarbeit. Erst das obere runter, dann das mittlere drauf, dann wieder das obere drauflegen. Habe dann für Ricarda dieses Schwingelement gebaut.« Er unterstütze seine Worte mit Gesten »Brett hinten in die Halterung klemmen, zur Wand drehen, vorne ablegen, fertig.«

»Sie haben eine Vorliebe für Schwenkmechaniken, oder?« Hanibal suchte die Wand ab und fand, was er vermutet hatte. Ein kaum sichtbares Drahtseil verlief von der linken Tür des Schrankes, über die Ecke der Wand. Der Draht führte, über eine Umlauföse bis zur Halterung mit dem Schwingelement und baumelte dort lose herum. Am Ende des Drahtes war eine Metallklammer befestigt. Hanibal schloss, dass die Klammer eine Feder zusammengehalten hatte. Er suchte den Boden ab. Die anderen folgten seinem Beispiel. Nach kurzer Zeit sagte Cassidy aus einer Ecke des Kellerraumes. »Hanibal.« Sie deutete mit dem Finger auf eine Feder, die unter ein bodennahes Regal, auf dem eine Kiste mit Badmintonausrüstung stand, gerollt war. »Suchst Du das hier?«

»Ja, genau.«, flüsterte Hanibal seiner Kollegin ins Ohr. »Das gleiche Schema. Irgendwer baut kleine Fallen in den Haushalt und hat das Haus in eine Todeszone verwandelt.«

Hanibal kniete sich erneut neben die Leiche. »Ich verstehe nur noch nicht, was hier passiert ist.«

Anika und der Gärtner schauten ihn schulterzuckend an. Dann ergriff Anika das Wort. »Vielleicht hat sie einen Schreck bekommen, als sich das Snowboard bewegt hat und ist ausgerutscht.«

Hanibal blickte zu den beiden hinauf. Er tastete Verenas Nacken ab. Er bemerkte Unregelmäßigkeiten in den Nackenwirbeln. Sie schienen weich und unsortiert. Er drehte die Leiche herum, knipste seine Lampe an und begutachtete den Nacken. Eine lange, tiefe Strieme, die nach einer Mischung aus Schnitt und Quetschung aussah, verlief quer über den Nacken. Hanibal schätzte Verenas Körpergröße ab und die Höhe, auf der das Snowboard gelagert hatte. Er betrachte die Stahlkante an der Längsseite des Snowboards. An einer Stelle klebten Haare. Sie klebten unter einer kleinen Menge getrockneten Blutes. Hanibal erhob sich. »Hier hat jemand eine Art *'horizontale Guillotine'* gebastelt. Ich schätze, Frau Christ hat den Umschlag mit dem Geld aus dem Schrank geholt. Sie stand mit dem Gesicht zum Schrank.« Hanibal deutete auf den Verlauf des Drahtseils. »Als sie die Tür öffnete, hat der Draht die Fixierung der Feder gelöst. Die Feder ist nach vorne geschnellt und hat den vorderen Teil des Snowboards in Bewegung gesetzt. Hinten war das Board auf der Halterung mit dem Schwinggelenk fixiert. Die Stahlkante hat sie im Nacken getroffen und die Halswirbel zertrümmert.« Hanibal maß mit den Armen Verenas ungefähre Standhöhe vor dem Schrank ab. »Ich tippe auf den vierten Halswirbel.«

»Und davon stirbt man?«, fragte Anika.

»Ja«, antwortete der Kommissar. »Unser Täter hat anscheinend Anatomiekenntnisse. Vielleicht war es auch Zufall. Die oberen Halswirbel sind mit dem Zwerchfell verbunden. Wenn das Rückenmark, ab dem vierten Halswirbel aufwärts, verletzt oder durchtrennt wird, führt dies dazu, dass die Atmung versagt. Das bedeutet, Frau Christ ist erstickt.«

»Meine Güte«, stieß Anika aus. »Das ist ja grausam.«

Der alte Gärtner blickte verwirrt drein »Warum hat sie einen Geldumschlag in der Hand? Wollte sie ihn in den Schrank legen? Hat Verena hier Geld gebunkert?«

Hanibal tauschte einen Blick mit Cassidy und gab ihr mit den Augen zu verstehen, stumm zu bleiben. »Das müssen wir noch klären.«

Anika blickte auf die Leiche hinab. »Es hat nicht unbedingt die Falsche getroffen.«

Die Aussage verwirrte den Gärtner noch weiter. Die Polizisten blickten die Buchhalterin an. Hanibal nickte kaum merkbar.

»Herr Fischer, was ist da im Schrank?«, lenkte Cassidy den Gärtner ab.

Er gab einige Laute von sich und pulte mit seinem kleinen Finger im Ohr. »Zeug für die Wintersportgeräte. Werkzeug, Wachs und so.« Er deutete auf das obere Fach im Schrank. »Helme.«

Hanibal räusperte sich und deutete mit dem Daumen auf die ehemalige Chauffeurin der Eklunds. »Sie bewegt sich nicht mehr. Den Rest macht die Spurensicherung.« Er drehte sich zum Ausgang. »Das Licht funktioniert. Wir machen uns auf den Rückweg.«

19:42 Uhr

In den Gängen von Schloss Gewöllheim leuchte nun jede vierte bis fünfte Lampe. Die schwache Beleuchtung ließ viele Ecken im Schatten. Die Gruppe passierte einige der Ritterrüstungen. Im funzeligen Zwielicht der Notbeleuchtung wirkten sie selbst auf Hanibal unheimlich. »Wie viele Rüstungen gibt es im Haus?«

Der Gärtner drehte ihm den Kopf zu, ohne den Schritt zu verlangsamen. »Weiß nicht. Hab' nie gezählt. Stehen überall 'rum.«

»Ja, habe ich bemerkt.«

»Herr Eklund hat die Dinger gesammelt. Auch diese alten Waffen. Die schönsten, wertvollsten Rüstungen stehen in der Galerie zu Roberts Zimmertrakt. Ist immer wieder mal getauscht worden, wenn er eine neue gekauft hat. Die anderen wurden dann irgendwo ins Haus gestellt. Auf den Gängen im Angestelltentrakt stehen einige Samurai-Rüstungen. Heinrich mochte sie irgendwann nicht mehr. Ich mag sie.«

Hanibal lauschte Fischers Ausführungen. Die Geschichte des Mittelalters interessierte ihn. Im gesamten Haus waren wertvolle, historische Gegenstände platziert. Hanibal blickte sich fasziniert um. Nach Abschluss der Ermittlungen würde er Ricarda bitten, sich erneut im Haus umzusehen. Bei dem Gedanken an die Waffen, die im Haus verteilt waren, schüttelte es ihn. Er hatte das Gefühl, er müsse jederzeit mit einem Angriff aus den Schatten rechnen. Er bemerkte, dass auch Cassidy Signale der Anspannung zeigte. Die Kommissare ließen sich einige Meter zurückfallen. »Cassy«, flüsterte Hanibal. »Wir müssen vorsichtig sein. Irgendwer hat es auf die Leute hier abgesehen. Ich vermute, dass die Fallen, nicht heute ausgelöst werden sollten. Ich hatte zuerst die Fahrerin in Verdacht. Das hat sich aber erledigt.«

»Hast Du einen Verdacht? Ich habe nicht die geringste Ahnung«, flüsterte Cassidy.

»Nein. Mir ist nicht klar, wer ein Motiv hat, die Familie auszurotten.«

Cassidy schaute ihn erschrocken an. »Glaubst Du, die Fallen wurden gezielt platziert? Eine für jeden Eklund?«

»Ja. Ich denke, der Schrank mit den Wintersportgeräten war für Ricarda geplant. Sie hat ungefähr die gleiche Körpergröße wie die Chauffeurin. Sie ist die Snowboarderin in der Familie. Sie wäre die Einzige, die unten an den Schrank gehen würde. Spätestens zur Vorbereitung auf den nächsten Winterurlaub.«

»Aber was ist mit dem Geldumschlag? Sie muss kurz vorher selbst am Schrank gewesen sein, um den Umschlag zu platzieren. Bedeutet das nicht, dass sie die Letzte war, die sich an dem Schrank zu schaffen gemacht hat?«

»Ja«, antwortete der Kommissar knapp. »Die Waffengalerie. Robert hat erzählt, dass er den

Durchgang nur selten benutzt. Er nimmt eigentlich nur den anderen Eingang über das Erdgeschoss. 'Selten' bedeutet, dass er die Falle nicht sofort ausgelöst hätte, sondern irgendwann in der Zukunft.«

»Aber könnte die Falle nicht auch für das Hausmädchen gewesen sein? Sie hat doch erzählt, dass bald die jährliche Putzaktion fällig ist.«

»Korrekt«, bestätigte er die Aussage von Dolores vom Vormittag. Er rieb sein Kinn. »Die Falle, die für Fischer ausgelegt wurde, aber den Reporter erwischt hat, ist mir ein Rätsel.«

»Du meinst den Geräteschuppen?«

Hanibal deutete mit dem Kopf in Fischers Richtung. »Außer ihm benutzt die Gartengeräte niemand? Der Draht hing an der Harke. Das Teil fasst sonst keiner an. Der Winter steht kurz bevor. Gewissenhaft wie er ist, hat er das Laub längst zusammengefegt. Vor dem nächsten Frühjahr wäre die Falle nicht ausgelöst worden. Der Reporter war nur ein Opfer. Er hatte sich wahrscheinlich ins Haus geschlichen, um mehr über die Vorgänge hier zu erfahren. Er hat aber den falschen Eingang gewählt und die Falle aus Versehen ausgelöst. Hat vielleicht nach einem Lichtschalter gesucht oder sich einfach an der falschen Stelle abgestützt.« Hanibal fuhr sich durch die Haare. »Vielleicht geht es nicht nur um die Eklunds. Sondern um alle Bewohner des Hauses.«

»Heißt das, wir müssen hinter jeder Ecke mit einer Trickfalle rechnen?«

»Nein, ich denke nicht. Nicht in den Räumen, die fast täglich benutzt werden. Aber in anderen Räumen, die nur zu einer bestimmten Zeit aufgesucht werden, sollten wir sehr vorsichtig sein. Ich schätze, unser Attentäter hatte den Plan, die Eklunds, oder alle Bewohner dieses Hauses, nach und nach zu erledigen. Er hat aber, wie ein schlechter Schütze, bisher nicht einmal ins Schwarze getroffen.«

»Aber warum heute, Hanibal? Warum an dem Tag, als Eklund ermordet wurde?«

»Ich glaube nicht, das sie heute ausgelöst werden sollten. Ich glaube auch nicht, dass die Fallen erst heute ausgelegt wurden. Zumindest nicht alle. Einige wurden wahrscheinlich schon vor längerer Zeit installiert. Ich habe keine Spuren gesehen, die darauf hindeuteten, dass die Installationen frisch waren.« Hanibal bremste seinen Schritt weiter. »Es gibt noch zwei Sachen, die ich bisher nicht durchschaue. Der Whisky in Eklunds Büro ist verschwunden. Irgendwer hat ihn weggeschüttet; vermutlich aus dem Fenster. Ich frage mich: Wer und Warum? Es ist wahrscheinlich die gleiche Person, die auch die Waffe von der Wand genommen hat. Zweitens: unser heimlicher Lauscher vom Vormittag.«

Cassidy blickte ihn an. Sie fragte irritiert, »Du glaubst doch nicht, dass hier jemand rumschleicht, den wir bisher noch nicht gesehen haben?«

Hanibal schwieg. Nach einigen Momenten ohne

Antwort fragte Cassidy erneut, »Hanibal? Schleicht hier noch jemand herum?«

»Ich weiß es nicht. Wir sollten nichts ausschließen. Das ist ein verdammt großes Haus und hier passieren Dinge, von denen niemand etwas mitbekommt. Die beiden Leichen haben wir nur zufällig gefunden. Wenn Robert nicht hinter zu Braun her gegangen wäre, hätten wir von seinem Tod auch nichts mitbekommen.«

Cassidy lief ein kalter Schauer über den Rücken.

Vor dem Eingang des Rittersaals hielt Hanibal die Gruppe an. »Ich möchte euch bitten, noch nichts von unserem Fund zu erzählen.«

Der Gärtner grunzte zustimmend. Anika zögerte einen Augenblick. Dann nickte sie. Hanibal öffnete die Tür und ließ seine Begleiter vorausgehen. Er folgte ihnen und schloss die Tür. Der Schein der Kerzenleuchter und das Kaminfeuer strahlten eine wohlige Atmosphäre aus. *Vivienne* wütete weiter und presste böigen Wind gegen die Fenster, die pfeifend vibrierten.

Hanibal roch Essen. Sein Magen regte sich. Neben der Kaffeemaschine war eine Auswahl von Speisen angerichtet. Er trat an das Buffet. Verschiedene Brotsorten, Aufschnitt und Salate in großen Schüsseln.

»Ihr Feuerzeug«, sagte Ricarda, die neben ihm aufgetaucht war. Er nahm es entgegen und ließ es stumm in seine Manteltasche gleiten. Ein dumpfer

Ton zeugte davon, dass es an den Taschenaschenbecher gestoßen war.

»Essen ist fertig«, fuhr die junge Eklund fort. »Hunger? Dolores hat einige Kleinigkeiten vorbereitet.« Sie deutete auf eine Terrine am Ende des Speisenaufgebots. »Ich persönlich empfehle das Chili con Carne. Yak Edition.«

Hanibals Magen drehte sich bei dem Wort 'Yak' beinahe herum. Cassidys Augen weiteten sich. »Ist nicht wahr? Cool, was ihr so alles macht.«

»Mit Yak kannst Du alles machen. Der besondere Pfiff kommt vom Fleisch.«

»Ich nehme einen Happen. Hanibal? Was ist mit Dir?« Sie schnalzte zweimal mit der Zunge und ging zum Buffet. »Lecker, Yak?«

Hanibal schüttelte den Kopf und drehte sich zu Ricarda. »Haben Sie einen Augenblick? Ich will mit Ihnen etwas besprechen.« Er legte ihr die Hand zwischen die Schulterblätter und führte sie sanft in Richtung des Rauchersalons. Im Vorbeigehen zählte er die Köpfe der Anwesenden. Alle waren versammelt.

Hanibal schloss die Tür hinter Ricarda. »Frau Eklund, wir haben Frau Christ gefunden.«

Ricarda blickte ihn überrascht an. »Wo? Wo war sie?«

Hanibal zog die Augenbrauen zusammen. »Im Keller. Beim Generatorraum.«

Ricarda atmete tief durch. »Bei der

235

Wintersportausrüstung?«

Hanibal nickte. »Richtig. Ich nehme an, Sie wissen, was sie dort gesucht hat?«

»Ja«, ihre Mundwinkel senkten sich, »ihr *'Urlaubsgeld'*!« Sie blickte ihn wütend an. »Wo ist sie? Warum ist sie nicht mit Ihnen zurückgekommen?«

»Sie ist tot.«

Ricardas Augen weiteten sich. »Was? Wie?«

»Es scheint, als wäre auch sie in eine Falle getappt. Ähnlich, wie die anderen beiden.«

Sie hielt sich die Hände vor ihr Gesicht. »Zum Glück ist euch nichts passiert. Nicht auszudenken, wenn ihr die Falle ausgelöst hättet.«

»Das wäre nicht passiert. Wir hätten nicht in den Schrank geschaut.«

Ricarda schaute ihn fragend an. »Der Schrank? Da habe ich das Geld reingelegt.«

»Sie hat die Falle ausgelöst, als sie den Schrank geöffnet hat.«

Ricardas Beine wackelten. Bevor Hanibal reagieren konnte, setzte sie sich auf eine der Sessellehnen. »Sie denken, dass ich etwas damit zu tun habe?«

»Ich sehe, Sie erkennen das Dilemma. Die Indizien sprechen gegen Sie. Sie müssen auf die nächsten Fragen sehr gute Antworten haben.« Er verschränkte seine Arme hinter dem Rücken. »Wann haben Sie das Geld dort deponiert? Warum hat die Falle nicht Sie erwischt?«

236

Ricarda blickte ihn ungläubig an. Hanibal beobachtete jede ihrer Regungen. Ricarda stützte sich mit den Händen auf. »Im Laufe des Tages. Irgendwann heute Vormittag. Ich wollte ihr das Geld heute Morgen geben. Wir wollten uns am Carport treffen. Aber dann hat Dolores meinen Vater gefunden. Ich bin nicht bis zum Carport gekommen. Verena hat mich später in der Küche abgefangen und in den Fitnessraum gezogen. Dort hat sie mir gedroht, sie würde die Affäre auffliegen lassen, wenn ich ihr nicht sofort das Geld gebe. Das hatte ich allerdings zwischenzeitlich in den Raum mit den Überwachungskameras hinter einem der Bildschirme versteckt. Wir wollten es holen, aber Cassidy ist dazwischen gekommen.«

»Cassy hat mir von der Begegnung erzählt.«

»Ich habe Verena gesagt, ich würde das Geld innerhalb der nächsten Stunde in den Schrank packen. Das ist weit weg vom Rittersaal und vom Eingang, wo sie vielleicht einem Polizisten begegnet wäre. Keiner hätte sie gesehen. Danach ist sie gegangen. Ich habe sie nicht mehr gesehen.« Sie begann zu gestikulieren. »Ich bin in den Überwachungsraum gelaufen, habe das Geld geholt und in den Keller gebracht. Den Umschlag habe ich schnell in den Schrank geworfen und bin dann sofort weiter zum Rittersaal gelaufen. Cassidy hat mit ihrem Kollegen geredet und ich habe mitbekommen, dass Anika gekommen ist. Da bin ich zum Eingang gelaufen.«

Hanibal erinnerte sich an Ricardas Kurzatmigkeit. Er rieb sich das Kinn. Seine Finger kratzten über kurze Bartstoppeln. »Klingt schlüssig. Welche der Schranktüren haben Sie geöffnet?«

Sie blickte auf ihre Hände und stotterte, »Ich weiß nicht. Ich…«

»Denken Sie genau nach«, ermahnte der Kommissar.

Sie überlegte noch einen Augenblick, dann hob sie die rechte Hand. »Rechts. Die rechte Tür. Warum?«

»Sie sind Rechtshänder?«

Sie nickte.

»War Frau Christ Rechtshänder?«

Die Metzgerstochter überlegte. Sie schüttelte den Kopf. »Nein. Linkshänder.«

»War der Schrank der übliche Übergabeort für das Zusatzgehalt?«

Sie schüttelte den Kopf. »Nein, nur heute. Sie kommt es sonst am Anfang des Monats persönlich bei mir abholen. Sie hat gedrängt. Sie wollte zum Flughafen.«

Hanibal nickte.

»Wann haben Sie den Schrank zuletzt geöffnet? Vor dem heutigen Tag.«

Sie kramte in ihren Erinnerungen. »Weiß nicht. Nach dem letzten Winterurlaub. Ich habe die Helme reingelegt. Warum ist das wichtig?«

»Wann wären Sie wieder an den Schrank gegangen?«, ignorierte Hanibal ihre Frage.

»Wahrscheinlich im Februar. Wir haben wieder

238

ein Hotel in der Schweiz gebucht. Ich kontrolliere vorher immer die Bindungen und wachse die Bretter.«

»Das macht nicht Herr Fischer für Sie?«

»Nein. Wieso sollte er?«, sagte sie schroff. »Er kümmert sich um das Haus und den Garten. Er ist nicht unser Diener!«

Hanibal hob abwehrend die Hand. »So war das nicht gemeint. Ich habe mich gefragt, ob die Falle vielleicht für Herrn Fischer gedacht war.«

Sie entspannte sich. »Wieso sollte jemand Erik töten wollen?«

»Wieso sollte jemand ihren Vater, ihren Bruder und Sie töten wollen?«, konterte Hanibal.

Ricarda blieb stumm.

Eine Windböe drückte gegen das Fenster. Die Rahmen knarrten. Im Wald stürzten Äste krachend zu Boden. Sie drehten sich gleichzeitig zum Fenster.

»Ich weiß es nicht«, flüsterte Ricarda.

»Ich auch nicht, Frau Eklund. Aber ihren Vater eingeschlossen, sind bisher vier Menschen gestorben. Ich hoffe, es werden nicht noch mehr, bevor die Nacht vorbei ist.«

Ricarda blickte zu ihm hoch. »Ich habe Angst.«

Hanibals nickte langsam. Sein Magen knurrte. »Ich würde gerne etwas essen. Danach werde ich mich noch einmal im Arbeitszimmer ihres Vaters umsehen.«

Sie gingen zurück in den Rittersaal. Hanibal warf einen Blick auf sein Telefon. Er hatte keinen

Empfang.

21:21 Uhr

Während Hanibal Ricarda in den Rauchersalon führte, verblieb Cassidy am Buffet. Anika füllte eine kleine Schale Chili, während Fischer seinen Teller mit allem, was das Buffet hergab, bepackte. Als er fertig war, füllte er zusätzlich eine Schale mit dem Yak-Chili, bis sie beinahe überlief. Cassidy stand zweifelnd daneben. Dolores stapelte einige Teller aufeinander und bemerkte Cassidys Zurückhaltung. »Kann ich helfen?«

Die junge Kommissarin blickte Dolores interessiert an. »Das sieht alles sehr gut aus. Was haben Sie zubereitet?«

Dolores zog einen Mundwinkel nach oben. »Das, wonach es aussieht. Der einzige Unterschied sind die Zutaten. Im Hause Eklund machen wir fast alles mit Yak. Sie haben hier eine kleine Auswahl der Eklund Yak-Produkte, verarbeitet in traditionellen Rezepten. Bei dem Chili bin ich inzwischen ziemlich gut geworden. Für Robert habe ich selbstverständlich etwas ohne Fleisch zubereitet.«

Cassidys Blick fiel auf die dampfenden Schüsseln, die sich Anika und der Gärtner gefüllt hatten. »Ich glaube, das probier ich mal.«

»Ja, machen sie das. Probieren sie auch den Rest. Das Yak gibt den Gerichten eine exotische Note. Ist wirklich lecker«, sagte das Hausmädchen und verschwand mit dem Tellerstapel im Nebenraum.

Cassidy folgte dem Rat der Haushälterin und

füllte ihren Teller. Danach folgte sie Erik und Anika zu den Ledermöbeln.

Als Magnus bemerkte, dass die drei sich absonderten, verließ er die Gruppe, die sich um Robert Eklund am Esstisch gebildet hatte. »Wollt ihr nichts mit uns zu tun haben. Kommt rüber.«

Anika sah ihm in die blauen Augen. »Nein, wir möchten nur kurz etwas Essen. Ihr seid ja schon fertig. Wir wollen euch nicht bei euren Gesprächen stören.«

»Ach Nika. Ihr stört nicht. Kommt schon.«

»Herr vom Sengerberg, wir kommen gleich. Versprochen«, intervenierte Cassidy.

»Nennen sie mich Magnus«, entgegnete vom Sengerberg. Er ließ sich neben Anika in die Lederpolster fallen.

»Also gut. Magnus«, sagte Cassidy. Sie hoffte, ihn wieder loszuwerden, und ermahnte sich selbst zur Höflichkeit. »Mein Name ist Cassandra.«

»Ja. Ihre Freunde nennen Sie Cassidy, oder?«

»Nein«, erwiderte die Kommissarin. »Kollegen nennen mich Cassidy.«

»Cassidy? Das ist ein sehr derber Name für so eine hübsche Frau.« Seine perlweißen Zähne blitzten. »Gab es nicht einmal einen Western, der so hieß?«

Der Verbrüderungsversuch prallte an Cassidys Lederjacke ab. »Sie dürfen mich gerne Cassandra, Frau Palatino oder Frau Kommissarin nennen.«

Erik schaufelte das Essen mit großen Bissen in

sich hinein, während Anika das Gespräch aufmerksam verfolgte. Der Feuerschein warf einen teuflischen Schatten über Cassidys Gesicht. Magnus schluckte bei dem Anblick. »Haben Sie die unfreundliche Art von Ihrem Kollegen übernommen?«

»Nein. Ich bin für gewöhnlich sehr umgänglich. Ich werde nur unfreundlich, wenn mich jemand vom Essen abhält. Ich muss mich tagtäglich in einem testosterondominierten Umfeld durchsetzen. Da vergisst man das ein oder andere '*Bitte und Danke*'.«

»Entschuldigen Sie, ich wollte Sie nicht belästigen«, sagte vom Sengerberg. »Ich hatte nur das Gefühl, dass wir Beiden heute Morgen keinen guten Start hatten.«

Cassidy winkte ab. »Schon gut. Ich bin nur hungrig.«

Anika legte ihr Besteck zur Seite. »Wie geht die Geschichte weiter?«

Cassidy nahm einen Löffel des Chilis und stieß ein befriedigtes Geräusch aus. »Welche?«

»Wie bist Du zu dem Namen gekommen?« Cassidy gestattete Anika die vertraute Anrede ohne Gegenworte. Sie nahm einen weiteren Löffel des Fleischgerichtes. »Ich war damals neu im Morddezernat.« Sie tunkte ein Stück Brot in das Chili. »Bei meinem ersten Fall wurde ich Hanibal zugeteilt. Wir hatten einen Verdächtigen festgenommen. Für mich war die Indizienlage eindeutig. War so ein Anzugträger. Banker. Hatte seine Frau getötet. Er hatte sich verzockt und wollte an ihr Geld kommen. Er saß mit einem selbstgefälligen Grinsen im Verhörraum und war der Meinung, dass wir ihm nichts beweisen könnten.« Sie machte eine zupackende Geste mit der rechten Hand. »Da hab' ich ihn an seiner Krawatte gepackt und über den Tisch gezogen. Dann ist er eingeknickt und hat gestanden.« Ihre Augen suchten einen Punkt an der Decke. »Unser Chef hat mich danach ziemlich zusammengefaltet.« Sie äffte Martens Gesten nach. »Ein Geständnis unter Gewalteinwirkung ist wertlos! Wir sind hier nicht im Wilden Westen! Ihre 'Butch-Cassidy-Methoden' lasse ich Ihnen nicht durchgehen!« Magnus legte unsicher die Hand über den Krawattenknoten, der unter seinem Pullover hervor blitzte.

»Ich wurde zwei Wochen suspendiert. Der Scheißkerl hat das Geständnis aber später wiederholt.« Sie grinste. »Hanibal hatte ihm wohl angedeutet, dass ich das nächste Verhör wieder führen würde. Da hat der Typ anscheinend irgendwie Schiss bekommen.«

Annika lächelte sie an.

Cassidy lächelte zurück. »Ich hatte meinen Namen weg. Seitdem pflege ich mein Image.« Sie löffelte weiter. »Es hätte schlimmer kommen können. Stell Dir vor, der Name 'Butch' wäre hängen geblieben.«

Anika lachte auf. Cassidy stimmte ein. Erik gab ein amüsiertes Grunzen ab. Cassidy belegte eine

Scheibe Brot mit Yaksalami.

»Gibt es etwas Neues bei den Ermittlungen«, fragte Magnus. Er hielt seine Hand zum Schutz vor den Mund. »Ich tippe auf Verena. Die ist einfach abgehauen. Das muss doch etwas bedeuten.«

Anika rührte verlegen in ihrer Schüssel. Erik kaute länger als notwendig auf einer Scheibe Brot herum. »Sie sind ja ein richtiger Hobbydetektiv,« unterbrach Cassidy die Stille. »Machen Sie sich keine Sorgen. Wir haben Frau Christ gefunden. War etwas verdreht. Sie hat sich hingelegt und ist totunglücklich, dass sie Ihren Flieger nicht mehr erreicht. Nach aktuellem Ermittlungsstand ist sie unschuldig.«

Magnus riss die Augen auf. »Wirklich? Wir haben schon gerätselt, wo sie ist. Sie hat … «

In diesem Moment öffnete sich die Tür zum Raucherzimmer. Ricarda und Hanibal kamen in den Rittersaal. Hanibal ging zum Buffet. Im Vorübergehen tauschte er Blicke mit Cassidy aus. Ricarda blieb bei der Sitzgruppe stehen. Sie setzte sich zwischen Magnus und Anika. Das Leder knirschte unter ihrer Jeans.

Hanibal inspizierte das Buffet. Er entschied sich für Caprese und Salat. Beides erschien yakfrei. Er legte einige Tomaten und Mozzarella auf den Teller. Daneben drapierte er ein Potpourri aus verschiedenen Salaten und Gemüsen. Er packte drei Scheiben Brot auf den Teller, nahm eine

Wasserflasche aus dem Kühlschrank und ging zu der Gruppe, die sich um Robert am Esstisch gebildet hatte.

»Darf ich mich dazu setzen?«, fragte der Kommissar.

»Sie? Immer.«, hauchte Lola.

Hanibal schenkte ihr ein Lächeln.

»Bitte«, murmelte Schickfuß. Er blickte auf Hanibals Teller. »Kein Chili?«

Hanibal tätschelte auf seinen Bauch. »Ich versuche, Diät zu machen.«

Robert blickte Hanibal an. »Gibt es etwas Neues?«

»Was meinen Sie?« Hanibal steckte sich eine Gabel des Potpourri-Salates in den Mund. »Wir haben Licht!«

Robert zuckte aufgrund der schroffen Antwort zurück. »Na dann. Guten Hunger. Probieren Sie den Mozzarella.«

Hanibal führte gerade eine Gabel des Capreses zum Mund.

»Ist aus Yakmilch«, schob Robert hinterher und lächelte hinterhältig. Hanibals Gabel verharrte in der Luft. Er kratzte den Weichkäse von der Gabel und pikste nun eine Tomate auf.

Lola bemerkte die Aktion. »Welche Diät machen Sie? Yak-Diät?«

Hanibal blickte sie fragend an. Lola deutete auf den Teller. »Alles außer Yak?«

Hanibal fühlte sich ertappt. Er nickte. »Ist mir zu extravagant.«

246

»Ich kann es verstehen«, sagte Robert.

»Aber nur, weil du kein Fleisch isst«, erwiderte Lola. »Geben Sie dem Yak eine Chance. Heinrich hat wirklich eine Delikatesse erschaffen.«

»Das ist ein gutes Stichwort«, Hanibal fuchtelte mit der Gabel zwischen Lola und Schickfuß, »Sie beiden haben es doch mitbekommen. Wie ist er auf die Idee mit dem Yak gekommen?«

»Rentier gab es schon«, antwortete Lola lächelnd. »Und Elch mochte er selber nicht.«

»Hat es nie Schwierigkeiten mit den Behörden gegeben?«, fragte der Kommissar.

Schickfuß lehnte sich in seinem Stuhl zurück. »Nein, wieso sollte es? Es gab anfänglich Hürden mit der Rezeptur. Als die überwunden waren, wurden die Zulassungen beantragt. Patente angemeldet, Gesundheitskontrollen etabliert. Es gab keine Probleme. Nur Geschäftsalltag.«

Lola stütze die Arme auf den Tisch. Sie legte ihre Männerstimme auf. »Anfangs gab es schon Probleme. Ich kann mich an eine Menge Brät erinnern, das entsorgt wurde, ohne dass es je, in die Nähe einer Wurst kam.«

»Das ist doch schon Ewigkeiten her. Es war ja manchmal eher Forschung als Produktion.«

»Aber da war das Zeug doch längst im Handel.«

»Ja, in seiner Metzgerei in Kleinstauflage«, fuhr der Anwalt den Travestiekünstler an. »Das war kurz, nachdem Maria weg war. Er hat wahrscheinlich falsch gemischt. Was wissen Sie denn schon über

247

Wurstherstellung? Wenn das Brät verwürzt ist, kann man damit nichts anderes mehr machen, als entsorgen. Sie kannten Heinrich. Schlechte Qualität hätte er niemals zum Verkauf freigegeben.«

Hanibal beobachtete die Diskussion. »Hat er viele Ladungen in den Sand gesetzt?«

»Einige!«, antwortete Schickfuß. »Das war ein schlimmes Jahr für ihn. Maria war weg, Magda hatte sich aus dem Staub gemacht. Er war mit den Kindern alleine.« Schickfuß blickte Carls mit schmalen Augen an. »Man muss wohl kaum über Arbeitsfehler reden, die vor zehn Jahren passiert sind. Aber das ist wieder mal typisch für Sie.« Er wandte sich zu Hanibal. »Hören Sie, Heinrich war mit Leib und Seele Fleischer. Aber, er war auch Unternehmer und hatte eine Vision. Und er war der beste Freund, den ich je hatte.« Schickfuß deutete nacheinander mit dem Zeigefinger auf Robert und Carls. »Von ihm kann sich jeder von euch eine gute Scheibe abschneiden.«

Hanibal hob abwehrend die Hand. »Ist gut, Herr Schickfuß. Ich wollte Herrn Eklunds Leistung nicht schmälern. Ich war daran interessiert, was bei einer Produktionserweiterung geschieht. Ich kann mir nicht vorstellen, dass man so ein Unternehmen ohne Rückschläge aufbauen kann.«

Schickfuß entspannte sich und schien besänftigt.

»Robert? Wie haben Sie es empfunden?«

Der junge Eklund drehte den Kopf. »Ich weiß nicht? Eigentlich gar nicht. Ich war zwölf. Mama hat uns verlassen. Ich hatte andere Probleme, als mich um die Fehlproduktionen meines Vaters zu kümmern.«

Hanibal nickte. »Ja, ich erinnere mich. Wie geht es denn nun bei Ihnen weiter?«

»Ich werde im ‚Slips‘ einsteigen.« Robert blickte zu Lola. »Das wirkt jetzt vielleicht herzloser, als es gemeint ist, aber jetzt muss ich niemanden mehr überzeugen.« Lola setzte ein. »Ja, Robert hat recht. Es ist zwar traurig, vielleicht auch noch nicht der richtige Zeitpunkt, aber es gibt eine Hürde weniger. Das ist der Grund, warum wir hier mit Herrn Schickfuß zusammensitzen.«

Hanibal blickte zu dem Anwalt herüber, »Was halten Sie davon?«

Der Anwalt schwieg einige Sekunden, bevor er antwortete, »Mal abgesehen davon, was ich von Etablissements, wie dem von Herrn Carls halte?«, stellte er eine rhetorische Frage. »Es klingt für Robert nach einer sinnvollen Alternative. Wir müssen sicherlich noch einige vertragliche Dinge regeln. Letztendlich kann Robert aber mit seinem Erbe machen, was er will. Er kann frei darüber verfügen, sofern Heinrich keine Auflagen im Testament eingebaut hat.«

»Aber das müssten Sie doch am besten wissen. Sie haben das Testament damals beglaubigt«, sagte Hanibal.

»Ja, richtig. Aber vergessen Sie nicht, dass Heinrich ein neues Testament aufsetzen wollte. Und falls er das getan hat, hätte dieses nun Gültigkeit.«

»Ah ja, das ominöse neue Testament. Sie können überhaupt nicht abwarten, es in die Finger zu bekommen, oder? Das wollten Sie doch vorhin aus dem Tresor holen. Sie haben bereits Vermutungen über den Inhalt?«

»Ich vermute nicht«, entgegnete der Anwalt. »Aus diesem Grund will ich es sehen.«

»Dann habe ich eine gute Nachricht für Sie. Sie werden mich nachher ins Arbeitszimmer begleiten.«

Nachdem sich Ricarda auf die Couch gesetzt hatte, legte Magnus ihr den Arm um die Schulter. »Ist alles in Ordnung?«

Sie starrte distanziert in die Runde und antwortete zögerlich und leise, »Ja.«

Magnus schloss den Arm fester um sie. »Schatz, Du bist ja total abwesend. Was hat der Kommissar erzählt?«

Ricarda blickte hilfesuchend zu Cassidy. Sie erwiderte ihren Blick mit einem kaum erkennbarem Kopfschütteln. Ricarda verstand. »Ach, nichts Besonderes. Er wollte nur etwas über die Firma wissen.«

»Es gibt keine Neuigkeiten«, schaltete sich Cassidy ein. »Wir müssen auf die Spurensicherung warten. Vielleicht bringt das neue Erkenntnisse. Bis dahin, sollten wir es uns bequem machen.« Cassidy leerte ihre Schüssel und wischte ihren Mund mit einer Serviette sauber. »Was ist mit Ihnen, Magnus?

Mir ist vorhin eingefallen, dass ich von allen zumindest weiß, womit sie ihr Geld verdienen. Wir hatten noch keine Gelegenheit miteinander zu reden. Haben Sie Geschwister? Was machen Sie beruflich?«

»Ich bin Privatier«, erwiderte er.

»Ah. Entschuldigen Sie bitte. Ich, als hart arbeitendes Mädchen, kann mir das schwer vorstellen. Was macht man so, als Privatier?«

»Ich hatte Glück und bin auf der Sonnenseite des Lebens geboren. Meine Eltern haben mir Geld, Wertpapiere, Immobilien und ein schönes Anwesen im Süden hinterlassen. Ich engagiere mich im Augenblick für einige wohltätige Projekte. Und, ich bin Einzelkind.«

»Glückspilz«, stellte Cassidy fest. »Aber ,Schade' für mich.«

»Wieso?« Anika lächelte ihr zu, »Hast Du gehofft, dass Magnus noch einen Bruder hat?«

»Wie bitte?«, Cassidy lächelte. »Nein. Ich bin nur an Hintergründen interessiert. Berufskrankheit.« Sie lehnte sich zurück. »Ich will Ihnen nicht zu Nahe treten, aber Einzelkind und keinen 'richtigen' Beruf. Das hört sich für mich langweilig an. Ich bin mit drei älteren Brüdern aufgewachsen und da war immer etwas los. Wir waren viel in der Natur unterwegs. Haben im Wald gespielt und so. Wenn ein Zirkus in der Stadt war, hat mein ältester Bruder mich ständig dahin geschleift. Ich fand das immer ganz toll. Waren sie schonmal im Zirkus?«

Magnus blickte sie angespannt an. Anika und

Ricarda tauschten fragende Blicke aus. Sie wussten nicht, worauf die Polizistin hinaus wollte. In Erinnerungen schwelgend, lächelte Cassidy. »Ich habe so ziemlich jeden Wanderzirkus gesehen, der hier durch die Gegend gezogen ist.«

»Und Dein Bruder ist mit dem Zirkus abgehauen?«, fragte Ricarda.

»Was? Nein? Der ist Stuntman. Arbeitet bei Film.«

Cassidy blickte in die Runde. »Ich bin vom Thema abgekommen, oder?«

Die beiden Frauen nickten.

»Entschuldigung«, sagte Cassidy.

»Macht nichts. Ich habe heute Abend nichts mehr vor«, erwiderte Ricarda.

»Ja. Stimmt.«, sagte Cassidy. »Ich bin darauf gekommen, weil ich damals in einem kleinen Zirkus war. Der hieß *Sänger, Berg und Söhne.*«

Fischers Augenlider wurden schwer. Als ihm dies bewusst wurde, stand er auf und brachte seinen Teller zurück zum Sideboard.

»Als ich heute Morgen ihren Namen gehört habe, hatte ich irgendwie gehofft, dass Sie mit denen etwas zu tun haben. Der Name klingt so ähnlich. Ich habe in der Hektik aber nicht bemerkt, dass die Schreibweise vollkommen anders ist. Und irgendwie hatte ich das Gefühl, ich würde Sie kennen. Weiß aber nicht mehr woher.«

Magnus blickte sie erwartungsvoll an. Anika und Ricarda folgten seinem Beispiel. Alle warteten auf die Pointe.

»Verstehen Sie mich nicht falsch. Sie sehen nicht aus, als würden Sie aus dem Zirkus kommen.«

»Da bin ich aber froh«, sagte Magnus.

»Ich mochte diesen Zirkus. Sie hatten fantastische Clowns. Einer war etwas unheimlich. Er erschien irgendwie leicht durchgedreht. Aber ich habe lange keine Plakate mehr von *'Sänger, Berg und Söhne'* gesehen. Bis eben hatte ich die Hoffnung, Sie wüssten vielleicht etwas darüber.«

»Nein, ich muss Sie leider enttäuschen. Ich habe nichts mit einem Zirkus zu tun. Vielleicht sind wir uns in der Stadt begegnet. Ich war häufig in den Clubs unterwegs. Ich habe ja ein ziemliches *'Allerweltsgesicht'*.«

»Ja, vielleicht.« Sie zuckte mit den Schultern. »Aber deshalb, *'Schade'* für mich. Ich hätte gerne über Artisten, Clowns und Tiere gesprochen.«

»Wir könnten uns 'ES' im Heimkino anschauen«, warf Anika ein. »Da spielt auch ein Clown mit.«

Erik warf ein Scheit ins Feuer. »Das sollten wir bei der aktuellen Stromsituation nicht tun.«

Cassidy stampfte gespielt mit dem Fuß auf. »Verdammt! Ich hatte mich schon gefreut.«

»Erik hat recht. Vielleicht ein andernmal«, sagte Ricarda.

Cassidy strich mit der Hand über ihre Lederjacke. Sie fühlte das quadratische Päckchen in der Tasche. »Das erwähnte Anwesen im Süden, ist es schön dort? Ricarda?«

»Ich weiß nicht. Ich war noch nicht dort.«

»Warum nicht?«, fragte die Polizistin.

Magnus schaute seine Verlobte an. »Das hat sich bisher nicht ergeben. Aber wir werden einen Teil unserer Hochzeitsreise dort verbringen. Ich bin beruflich oft hier in der Gegend. Und dann komme ich vorbei.«

Erik überzeugte sich noch einmal, dass genug Holz im Feuer lag. »Entschuldigen Sie mich bitte. Ich gehe mal nach Nebenan.« Er verschwand in den Rauchersalon. Kurz darauf hörten sie das Ratschen eines zündenden Feuerzeuges.

»Gute Idee«, sagte Cassidy und folgte dem Gärtner.

Fischer stand am Fenster. Feine, graue Rauchfäden veränderten das Raumklima. Er blickte besorgt hinaus. *Vivienne* wütete mit gleichbleibender Stärke durch die Gefilde. Baumkronen knickten, Bäume fielen, Gestrüpp und andere Teile des Waldes landeten auf den weiten Rasenflächen, bevor weitere Böen sie erfassten. Die Eichenallee hielt stand, die Straße glich aber einem grünen Teppich. Aus der Entfernung betrachtet, konnte er keine größeren Schäden feststellen. In dem Hain aus Nordmann-Tannen, der sich neben dem Carport befand, waren zwei Bäume gestürzt. Sie hatten keine Fahrzeuge beschädigt, aber eine dichte, grüne Decke über das Dach des Carports gelegt. Erik hatte das Carport selbst konstruiert und gebaut. Darauf hätte, ohne nachzugeben, ein Panzer parken können. In einem Anflug von Stolz setzte er ein seltenes Lächeln auf, als die junge Kommissarin ihn von der Seite ansprach. »Ich wusste nicht, dass sie Raucher sind?«

»Woher sollten Sie«, murmelte der Gärtner.

»Auch richtig«, stellte sie fest und zog eine Zigarette aus ihrer Packung.

Sie warf einen Blick auf die Uhr. 21:47 Uhr

Sie zündete ihr Zigarette an und nahm einen tiefen Zug.

»Schlechte Angewohnheit«, kommentierte der Gärtner.

Cassidy blickte ihn überrascht an. Fischer hatte ohne ihr Zutun ein Gespräch angefangen.

Sie betrachtete die Glut der Zigarette. »Ja, vielleicht. Hilft beim Stressabbau. Und ich kann es mir ja wieder abgewöhnen.«

»Wenn Sie meinen.«

»Sie sehen besorgt aus. Ist alles in Ordnung?«

Er zog an seiner Zigarette. Die Glut leuchtete orangerot auf. »Sie meinen wegen dieser ganzen Situation hier? Nein, mir geht es gut. Ich mache mir Gedanken.«

Die Kommissarin schnippte ihre Asche in den großen Keramikbecher auf dem Tisch. »Darf ich fragen worüber?«

»In erster Linie, wie jemand in meinem Haus solche Installationen machen konnte, ohne dass ich es bemerkt habe. Und über Morgen.«

Hanibal betrat den Raum. Er räusperte sich. »Stör' ich?«

»Nein«, antwortete seine Kollegin. »Herr Fischer macht sich Gedanken über Dinge, auf die Du bisher auch keine Antwort hast. Du weißt schon«, sie ließ die Hand mit aufgerichtetem Zeigefinger kreisen, »Diese Fallen.«

Der Gärtner drehte sich zu den beiden um. »Ich werd' Morgen das Haus absuchen müssen. Wer weiß. Vielleicht gibt es noch mehr Fallen.«

Hanibal nahm eine Zigarette aus seiner Packung und steckte sie in den Mund. »Ja, das sollten Sie machen. Aber sehr vorsichtig. Unsere Leute werden Ihnen helfen.«

Hanibal zog ein schwarzes BIC-Feuerzeug aus der Tasche. Er drehte das Reibrad. Der Zündstein ratschte. Anstatt eine Flamme zu entzünden, sprühte es nur Funken. »Wir werden Ihnen einige Experten zur Seite stellen. Hier werden Morgen sehr viele Kollegen von der Kriminaltechnik auftauchen und durch das Haus laufen. Ich möchte ungern, dass von denen einer zu Schaden kommt.«

Er bediente das Feuerzeug erneut, erzielte aber nur das gleiche Ergebnis wie vorher.

»Ich hab' nach dem Sturm schon genug zu tun«, meckerte Fischer. »Jetzt muss ich noch drauf achten, dass ich bei der Arbeit nich' sterbe.«

Cassidy legte ihm die Hand auf die Schulter. »Wir bekommen das Haus wieder sicher.«

»Und Verenas Arbeit muss ich auch machen«, meckerte er weiter.

»Ich denke nicht, dass Herr Eklund noch einen

Fahrer benötigt«, sagte Hanibal.

Fischer schaute ihn an und schüttelte den Kopf. »Ach, das mein' ich doch nicht. Bevor Verena kam, hab' ich mich um den Fuhrpark gekümmert. Ist 'ne ganze Menge Arbeit. Ich war froh, als sie damals hier angefangen hat. Jetzt werd' ich mich wieder darum kümmern müssen. Jetzt vorm Winter, das volle Programm. Reifenwechsel. Frostschutz.«

Hanibal versuchte erneut, das Feuerzeug zu zünden. Wieder sprühten nur Funken.

Der Gärtner fuhr fort, »Und können Sie sich vorstellen, wie das Grundstück nach dem Sturm aussehen wird. Wir können froh sein, wenn das Haus keinen größeren Schaden nimmt.«

Hanibal schüttelte sein Feuerzeug. Dann tat er einen weiteren Versuch. »Was haben Sie gerade gesagt?«

Der Gärtner blickte ihn an. »Häh? Ich hab' gesagt, ich hoffe, dass das Haus keinen Schaden nimmt.«

Hanibal schüttelte den Kopf. »Nein. Nicht das. Davor. Das mit dem Fuhrpark.«

»Ich muss mich um den Fuhrpark kümmern. Die Wagen winterfest machen.«

»Richtig«, stieß der Kommissar aus und schwieg dann abrupt. Eine Erinnerung feuerte aus seinem Gedächtnis. *Die Whiskyflasche. Der Flakon.* Hanibal wirbelte wortlos herum. Cassidy blickte ihn erstaunt an. Hanibal zog die Zigarette aus dem Mund. Er reichte Fischer die Zigarette und ging zur Tür. »Danke, Herr Fischer. Sie haben mir

257

weitergeholfen.«

Der Gärtner blickte verwirrt und nahm die Zigarette entgegen.

»Cassy. Wir gehen ins Arbeitszimmer.« Cassidy drückte ihre Zigarette aus und folgte Hanibal.

Fischer blickte den beiden hinterher. Er drückte seine Zigarette aus. Dann steckte er Hanibals Zigarette in den Mund und zündete sie an.

Hanibal eilte zu Ricarda. »Frau Eklund, bitte begleiten Sie mich in das Arbeitszimmer.«

Ricarda wirkte überrumpelt. »Ja. Selbstverständlich. Warum?«

»Ich will das Testament sehen. Herr Schickfuß wird uns ebenfalls begleiten. Oder haben Sie etwas dagegen einzuwenden?«

»Nein«, antwortete Ricarda. »Ist es nicht etwas spät für eine Testamentseröffnung?«

»Ich habe heute nichts mehr vor. Sie?«

»Nein«, entgegnete Ricarda. »Vielleicht schlafen.«

Hanibal legte ihr eine Hand auf die Schulter. Er führte seinen Lippen dicht an ihr Ohr und flüsterte, »Oder vielleicht sterben?«

Sie blickte den Kommissar mit großen Augen an.

»Ich habe eine Vermutung. Bitte begleiten Sie mich.«

Ihre Stimme zitterte. »Ja, ist gut.«

Auf dem Weg zur Tür baten sie Schickfuß, sich anzuschließen. Er folgte wortlos.

22:09 Uhr

Ricarda führte die Gruppe an. Neben ihr ging Schickfuß. Einige Meter dahinter folgten die beiden Polizisten.

»Was ist los?«, flüsterte Cassidy.

»Ich will das Testament sehen. Und bevor mir Jemand eine Klage wegen Dokumentenfälschung anhängt, habe ich gedacht, dass ich mich direkt vom Testamentsvollstrecker und einem Familienmitglied begleiten lasse.«

»Warum nicht Robert?«

»Ricarda kann mit der Situation besser umgehen. Außerdem will ich alleine mit den beiden reden.«

Hanibal beschleunigte seinen Schritt. Er schloss zu Ricarda auf. Er trat zwischen die beiden. Nun bildete Cassidy die Nachhut und behielt die Schatten im Auge.

»Frau Eklund. Welches Eau de Toilette benutzt ihr Verlobter?«

Sie überlegte kurz. »Ich weiß nicht genau. Er benutzt eigentlich selten Parfum. Warum fragen Sie?«

»Als wir vorhin in Ihrem Kleiderschrank waren, ist mir der eingetrocknete Rand einer Flasche ins Auge gefallen. Da haben Sie gesagt, dass es wahrscheinlich von seinem Parfumflakon wäre.«

Cassidy verlangsamte ihren Schritt. Sie war der Meinung, ein Knacken hinter sich gehört zu haben. Sie blieb stehen und schaute sich um. Sie konnte im

Halbdunkel der Gänge kaum etwas erkennen.

Ricarda ließ den Ablauf im Schrank Revue passieren. »Ja, richtig. Ich erinnere mich. Da stand tatsächlich vorher ein Flakon.«

»Der jetzt aber verschwunden ist«, führte Hanibal ihren Satz fort. Er drehte Schickfuß den Kopf zu. »Sie hatten es heute Morgen ziemlich eilig her zu kommen.«

»Das Thema hatten wir doch bereits.«

»Sie wurden von Herrn vom Sengerberg benachrichtigt«, fuhr der Kommissar fort. »Und als Sie hier ankamen, wollten Sie zuerst in Herrn Eklunds Arbeitszimmer.«

»Ja«, antwortete der Anwalt. »Ich wollte sehen, ob ich helfen kann.«

»Ist klar«, sagte Hanibal sarkastisch. »Und das, obwohl die Polizei, Krankenwagen und die Spurensicherung vor Ort waren. Das glaube ich nicht.«

Schickfuß senkte den Kopf. »Heinrich war mein Freund. Ich…«

»Das glaube ich ihnen. Als Herr vom Sengerberg Sie heute früh verständigt hat, hat er Ihnen doch bestimmt gesagt, dass er bereits die Polizei angerufen hat, oder?«

»Ja, hat er.«

»Und heute Nachmittag haben wir Sie im Büro erwischt. Sie konnten ihre Arbeit nicht zu Ende führen.«

»Wollen Sie meine heutigen Verfehlungen

auflisten?«, erwiderte der Anwalt.

»Als Sie mich heute Morgen so ,*rücksichtsvoll*' überholt haben, da haben Sie im Auto geredet. Haben Sie ein Lied im Radio mitgesungen?«

»Was soll das? Ich habe telefoniert. Ist das verboten?«

Hanibal schüttelte den Kopf. »Nein, nicht mit Freisprechanlage. Ich habe mich heute den ganzen Tag über gefragt, wie die Presse so schnell von Herrn Eklunds Tod erfahren hat. Frau Fux hat erzählt, dass sie die Nachricht vor ihrem Eintreffen im Radio gehört hat. Und dann taucht hier sogar der Reporter vom *Tagblatt* auf.«

Schickfuß blickte den Kommissar finster an.

Cassidy hörte erneut ein Knirschen. Sie ignorierte es und lauschte weiter Hanibals Ausführungen.

»Sie können es leugnen, aber das waren Sie. Sie haben die Presse informiert. Ich denke, Sie wollten ein wenig Verwirrung stiften, damit sie Etwas aus Herrn Eklunds Büro holen können, was sie im Tresor vermuten.«

Der Anwalt schwieg.

»Aber *Vivienne* hat Ihnen einen Strich durch die Rechnung gemacht. Bei dem Wetter wollte kaum ein Reporter hierher herkommen, um einem Hinweis, aus einer unbestätigten Quelle, nachzugehen. Die Nachricht kam ja nicht über die offiziellen Kanäle der Polizei. Wieso das Radio es bereits gesendet hat, kann ich mir nur mit ,*Sensationsgeilheit*' erklären.«

»Ja, richtig. Ich habe die Presse informiert«,

bestätigte Schickfuß. »Und jetzt? Was wollen Sie machen? Kommen sie jetzt mit dem Spruch, dass dies Behinderung der Justiz sei?«

Hanibal zwinkerte ihm zu. »Echt, jetzt? Sie, als Anwalt, kommen mit Filmaussagen aus den 90ern? Ich wollte es einfach nur wissen. Was vermuten Sie im Tresor? Was wollen Sie in Sicherheit bringen?«

»Das habe ich doch bereits gesagt. Das Testament. Mir geht es um das Testament.«

»Dann werden wir uns das jetzt ansehen.«

Sie erreichten die Galerie in der Eingangshalle und stiegen die Treppe hinunter. Vor der Tür lief *Vivienne* zur Hochform auf. Cassidy hörte ein weiteres Knirschen. Sie erstarrte und blickte zurück. Hinter ihr lag nur die leere, dunkle Galerie. Sie durchquerten die Eingangshalle. Ricarda führte sie zum Eingang des Turms und die Treppe hinauf. Oben angekommen, öffnete Ricarda die Tür. Der Wind pfiff durch das alte Gemäuer und die Fenster klapperten unter dem Druck der Windböen. Hanibal wandte sich dem Familienporträt zu, das von der Wand abstand. »Frau Eklund, Können Sie bitte den Tresor öffnen.«

»Nein«, antwortete Ricarda. »Ich kenne die Kombination nicht. Die kannte nur mein Vater.«

Hanibal schaute sie verblüfft an. Er drehte dem Anwalt den Kopf zu. »Aber Sie kennen die Kombination?«

»Ja«, bestätigte Schickfuß.

»Jetzt bin ich etwas überrascht«, sagte Hanibal.

»Ich freue mich, dass ich Sie heute noch überraschen kann«, feixte der Anwalt zurück.

»Werden Sie nicht unverschämt«, protestierte Cassidy. »Los! Machen Sie den Tresor auf oder Sie drehen wieder Pirouetten.«

Sie erntete Hanibals bösen Blick. Schickfuß schloss sich an.

Das Knacken einer Bodendiele erklang von der Tür. Ricarda fuhr herum.

Magnus vom Sengerberg trat, mit einer Waffe im Anschlag, in das Büro, »Nein, das wird er nicht.«

»Magnus!«, stieß Ricarda aus. »Was soll das!?«

»Halt die Klappe, Rica!«

Hanibal erkannte die Waffe seiner Hand. Es war die Mauser C96. Hanibals und Cassidys Hände bewegten sich langsam zu ihren Waffen. Magnus entgingen die Bewegungen nicht. »Nein! Das lassen Sie bleiben.« Er richtete die Waffe auf Ricarda. »Sonst stirbt sie.« Er legte eine Pause zur Wirkung und Umsetzung seiner Anweisung ein. »Jetzt holen sie ihre Waffen langsam mit zwei Fingern raus, legen sie auf den Boden und schieben sie mit dem Fuß zu mir.«

Die Polizisten folgten Magnus Befehlen. Ricardas Sicherheit hatte Vorrang. Sie legten ihre Walthers auf den Fußboden und versetzen den Waffen einen Kick in Richtung der Eingangstür. Die Pistolen schlitterten vor seine Füße. Er legte die Fußsohle auf Cassidys Waffe und schob sie mit einer schnellen Bewegung seines Fußes ins Treppenhaus. Die Waffe polterte die Stufen hinunter. Mit Hanibals Waffe verfuhr er gleich.

»Magnus? Was soll das?«, frage Ricarda entsetzt.

Hanibal ergriff das Wort. »Die Antwort kann ich Ihnen geben.« Er strich mit den Händen über seinen Mantel. Da war ein kleiner Metallgegenstand in seiner Tasche. »Herr vom Sengerberg hat die Nerven verloren. Er weiß, dass wir ihm langsam auf die Schliche gekommen sind.«

»Wie meinen Sie das?«, fragte Ricarda.

»Nun. Ihr werter Verlobter wollte einen weibischen Giftmord an Ihrem Vater begehen.«

Ricarda blickte den Kommissar fassungslos an.

»Er hat ihm über einen längeren Zeitraum kleine Mengen Frostschutzmittel in die Whiskykaraffe geschüttet. Der scharfe Geschmack des Whiskys hat den Geruch und den Geschmack des Frostschutzes überdeckt. Sie wussten, dass Herr Eklund regelmäßig abends ein Gläschen trank. Sie haben ihm das Zeug über einen längeren Zeitraum in den Whisky geschüttet. Nicht viel. Immer nur ein wenig. Ihren Vorrat haben Sie in der Garage aufgefüllt und in dem Parfum-Flakon aufbewahrt, der in Frau Eklunds Kleiderschrank deponiert war.« Hanibal stützte die Ellenbogen auf der Rückenlehne der Couch ab. Der untere Teil seines Mantels wurde nun von der Lehne verborgen. »Auf lange Sicht betrachtet führt das Einnehmen von Frostschutzmittel zu einer Vergiftung, die irreparable Schäden an den inneren Organen

264

hervorruft. Das führt schlussendlich zu Organversagen. Und somit zum Tod. Ihr Vater hatte in den letzten Wochen körperliche Beschwerden.« Hanibal machte eine kurze Pause. Er musterte vom Sengerberg. »Und Sie wussten sehr genau, dass er nur ungern zum Arzt ging. Nach der Hochzeit wäre es für Herrn Eklund wahrscheinlich schon zu spät gewesen. Na, Herr vom Sengerberg, wie nahe bin ich dran?«

»Ganz nahe«, bestätigte vom Sengerberg kühl.

»Aber warum?«, wollte Ricarda wissen.

»Das Motiv ist mir auch nicht ganz klar«, sagte Hanibal. »Worum geht es? Erbschleicherei?«

»Das kann ihre Kollegin beantworten«, sagte Magnus.

Hanibal blickte zu Cassidy. Sie blickte ratlos zurück. »Ich?«

»Jetzt tun Sie nicht so dämlich. Diese gezielten Fragen, die Sie hinter ihrer naiven Art verstecken. Ich bin anfangs tatsächlich darauf reingefallen. Glauben Sie nicht, ich hätte nicht gemerkt, dass Sie mich erkannt haben. Und Sie haben es ihrem Kollegen vorhin beim rauchen erzählt. Warum wären sie sonst so plötzlich gegangen.«

Cassidys verblüffter Gesichtsausdruck veränderte sich nicht. Sie wusste nicht, worauf er hinaus wollte. Sie rief sich das letzte Gespräch in Erinnerung.

Alle blickten sie an und warteten auf die große Enthüllung, die bisher offensichtlich nur Magnus bekannt war. Cassidy sortierte ihre Gedanken. Die

Gedankensteine fielen aufeinander. Plötzlich bildeten sie eine Reihe, und sie leuchtete auf, wie in einem Tetrisspiel. Dem Moment der Erkenntnis folgte Wissen. *Sänger, Berg und Söhne.* »Sie haben doch etwas mit dem Zirkus zu tun.«

Vom Sengerberg blickte sie irritiert an. »Woher haben Sie es gewusst? Wieso quatschen Sie mich sonst mit ihren verdammten Zirkusgeschichten voll?«

Sie wischte die Hände an der Jeans ab. »Bis gerade wusste ich nichts davon. Waren Sie der durchgedrehte Clown? Sind Sie pleite? Wollten Sie in eine reiche Familie einheiraten? Das hätten Sie doch geschafft, ohne Herrn Eklund zu töten.«

Magnus schwenkte hektisch mit der Waffe zwischen Cassidy und Ricarda. »Ach, Sie haben ja keine Ahnung. Hierbei geht es um viel. Es geht um mein Familienerbe. Dieses Haus. Dieses Land. Das gehört alles mir. Nicht irgendeiner dahergelaufenen Metzgerfamilie.«

‚Familienerbe'. Sie erinnerte sich an das Telefonat mit Gonzales. Jetzt schossen ihr wieder drei Wörter durch den Kopf. *Sänger. Berg. Spielmannstruppe.* Eine weitere Tetrisreihe blinkte auf. »Archibald zu Stucks vom Berg und sein saufender Enkel Gustav?«

Die anderen schauten sie fragend an. Sie grinste. »Das wollen Sie mir nicht wirklich erzählen? Sie sind ein verschollener Nachkomme der *Stucks vom Berg*?« Sie verlagerte ihr Gewicht auf das rechte Bein. »Für alle, die es noch nicht wissen. Archibald zu Stucks

266

vom Berg gehörte dieses Anwesen einmal. Er hat das erste Haus auf diesem Grundstück erbaut. Sein Enkel Gustav hat es versoffen und beim Spiel verloren.« Sie grinste Magnus böse an. »Wie war das? Er hatte sich einer Spielmannstruppe angeschlossen?«

Magnus war sichtlich erregt. »Verloren!? Er wurde betrogen. Betrogen! Von einem Gauner beraubt! Aus der Spielmannstruppe wurde der Wanderzirkus '*Sänger und Berg*'. Beraubt und entehrt musste er durchs Land ziehen. Jahrhundertelang wurden wir um das Familienerbe beschissen. Und ich werde es mir zurückholen.«

»Deshalb hast Du blödes Arschloch meinen Vater getötet«, schleuderte ihm Ricarda entgegen.

Magnus setzte einen eiskalten Blick auf. »Der alte Sack hätte sowieso nicht mehr lange gelebt.«

Diesen Augenblick der Ablenkung nutzte Hanibal und schob seine Hand unbemerkt in die Manteltasche. Er fühlte nach dem Taschenaschenbecher, umschloss ihn und zog die Hand langsam wieder heraus. »Als wir Sie vorhin in der Bibliothek getroffen haben, war das kein Zufall. Sie haben kurz vorher den Whisky aus dem Fenster geschüttet und die Waffe genommen. Sie haben die Fallen ausgelegt.«

»Zweimal: Ja«, gestand vom Sengerberg gleichgültig.

»Ich habe Ihnen *Lula und der Freibeuter* auch nicht wirklich als Lieblingslektüre abgekauft.« Hanibal

267

deutete mit dem Kopf in Richtung des Anwalts. »Und als Sie aus dem Turm herunterkamen, hat Schickfuß Sie gestört. Sie haben sich schnell in der Bibliothek versteckt. Als Sie bemerkten, dass wir von der anderen Seite des Raumes kamen, haben Sie das erstbeste Buch genommen und vorgetäuscht, Sie würden sich die Zeit vertreiben.«

Vom Sengerberg zuckte mit den Schultern. »Hat doch geklappt.«

»Aber es hat nicht alles so funktioniert, wie Sie es sich vorgestellt haben. Keine der Fallen wurde von der Person ausgelöst, für die sie eigentlich gedacht war.«

Magnus schürzte die Lippen. »Sie sind eine Kathedrale an Wissen.«

»Eklund hätte wahrscheinlich keine vier Wochen mehr gehabt. Das wäre nach der Hochzeit, aber vor dem Klinikaufenthalt gewesen. Warum haben Sie ihn vorher getötet?«

Vom Sengerberg schwieg.

Hanibal zeigte mit dem Kopf in Ricardas Richtung. »Ihre Verlobte hätte es vor dem nächsten Winterurlaub im März erwischen sollen. Richtig?«

Magnus nickte. In Ricardas Augen entbrannte reine Wut. Nur der Blick in den Lauf der Pistole hielt sie davon ab, sich auf ihren Verlobten zu stürzen. Herzog fuhr fort, »Ihre Eile hat Ihnen das Leben gerettet, Frau Eklund. Sie haben nur die rechte Tür geöffnet. In Vorbereitung auf den Urlaub hätten Sie beide Türen geöffnet und das Snowboard hätte Sie

268

erwischt. Frau Christ war Linkshänder. Sie hat nach der linken Tür gegriffen.«

»Damit wäre Ricardas Erbe an mich gegangen«, sagte vom Sengerberg.

»Die Falle im Geräteschuppen war für Herrn Fischer bestimmt«, stellte Hanibal fest. »Wann beginnt er mit den Gartenarbeiten? Im Frühjahr?«

»Ungefähr zu der Zeit, wenn ich im Winterurlaub bin«, sagte Ricarda.

Der Kommissar blickte sie an. »Und das hätte er auch getan, wenn Sie vorher gestorben wären?«

»Ja, ich denke schon. Robert wäre noch da gewesen. Das Gelände muss weiterhin gepflegt werden. Die Arbeit wäre für ihn wahrscheinlich eine Ablenkung gewesen.« Sie fixierte Magnus mit einem zornigen Blick. »Warum wolltest Du Erik töten?«

»Der Alte lungert schon viel zu lange hier rum. Immer dieses Murren und Grummeln. Du hast erzählt, Dein Vater hat ihn in seinem Testament mit einem lebenslangen Wohnrecht bedacht.« Magnus legte eine spöttische Tonlage auf. »Ich wollte diese Zeit kurz halten.«

»Aber wäre Robert wirklich noch da gewesen?«, fragte Hanibal.

»Vielleicht 'Nein', Wahrscheinlich 'Ja'« sagte Magnus. »Der wäre planmäßig erst im April fällig gewesen.«

»Wieso im April?«, fragte Hanibal.

Vom Sengerberg grinste. »Nun ja, Schatz. Nicht bei vielen Leuten fällt der Geburtstag und der

Todestag auf den gleichen Tag. Außer bei dem alljährigen Polieren der Rüstungen benutzt den Durchgang sonst niemand. Die Idee ist mir gekommen, als ich gesehen habe, wie Fischer die Podeste neu geschmiert hat. Ich musste nur warten, bis er fertig war. Auch die kleine Schwuchtel hat Gewohnheiten. An seinem Geburtstag wandelt er immer durch das ganze Haus und sinniert über das Leben. Das ist dann eine der wenigen Gelegenheiten, wo er den Durchgang über die Galerie benutzt. Wäre er von der anderen Seite gekommen, hätte es ihn auch erwischt. Es gibt noch eine Überraschung von dem Ritter mit der Tabarzine.«

Hanibal sah Ricarda stumm nicken. Ihre Augen waren zu Schlitzen verengt. Sie ballte die Fäuste.

»Aber vielleicht hätte es ihn auch schon vorher erwischt« fügte vom Sengerberg hinzu.

»Du wolltest Robert an seinem Geburtstag umbringen«, sagte Ricarda. Sie blickte wieder auf die Waffe in seiner Hand.

Cassidy übernahm das Wort. »Und Sie hätten einfach abgewartet. Sie kannten den ungefähren Zeitpunkt der vermeintlichen Unfälle. Sie hätten nicht einmal in der Nähe sein müssen. Die wenigen Spuren hätten Sie zeitnah verschwinden lassen. Ein paar Haken und Ösen sind schnell entfernt, bevor Sie die Polizei rufen. Die Eklunds verunglücken, Sie haben ein perfektes Alibi, und die Polizei steht vor einem Rätsel. Nachdem dann alle Erben tot sind, übernehmen Sie als trauernder Ehemann das

Anwesen.« Sie schüttelte verachtend den Kopf.

Magnus Augen blitzen gereizt auf. »Das war der Plan. Aber den muss ich jetzt kurzfristig ändern. Ich weiß nicht, wann Sie mich erkannt haben.« Er blickte zu Ricarda herüber. »Übrigens Schatz. Wundere Dich nicht, falls Du in der Wohnung Deines Vaters einige Dinge vermisst. Es fehlen ein paar Sachen. Uhren, Schmuck und das Bargeld aus der Munitionskiste.« Er zuckte erneut mit den Schultern. »Ach ja. Die kleine Reisetasche habe ich mir auch genommen. Du weißt schon. Die aus Straußenleder.«

»Du Scheißkerl!«, schrie Ricarda.

»Und wie soll es jetzt weitergehen?«, fragte Hanibal.

»Ganz einfach. Sie bleiben noch ein wenig hier im Turm. Es wird einige Zeit dauern bis sie jemand vermisst. Ich werde mich inzwischen aus dem Staub machen. Die Straße ist nicht der einzige Ausgang vom Grundstück. Ein kurzer Fußmarsch durch den Wald ins nächste Dorf. Ich steige in ein Taxi und Sie sehen mich nie wieder. Und alle sind zufrieden.«

Hanibal blickte Ricarda an. Sie nickte bestätigend zurück.

Magnus tastete an der Eichentür nach dem Schlüssel. Er fand ihn, drehte ihn. Der Schlüssel hatte sich im Schloss verhakt. Er blickte zum Türschloss, drehte ihn in die korrekte Position und zog ihn heraus.

Hanibal nutzte den Moment. Pfeilschnell schleuderte er den Taschenaschenbecher in vom

Sengerbergs Richtung und stürmte um die Couch. Der kleine Edelstahlklotz traf vom Sengerberg an der rechten Schulter. Er schrie auf. Der plötzliche Ruck an der Schulter führte dazu, dass sich seine Hand reflexartig zusammenzog. Er verzog die Hand zur Seite. Dabei zog er den Abzug der Mauser durch. Die Waffe tat daraufhin, wozu sie gebaut wurde. Der Abzug bewegte den Bolzen. Dieser schlug auf die Rückseite der Patrone und spuckte ein 9mm Projektil, mit einem ohrenbetäubenden Knall, aus dem Lauf. Cornelius Schickfuß kippte nach hinten.

Hanibal bremste und drehte sich zu dem Anwalt um, während Magnus durch die Tür verschwand. Er warf die Tür zu und keine Sekunde später drehte sich der Schlüssel im Schloss. Cassidy stürmte zur Tür. »Den schnapp ich mir.« Sie drückte prüfend die Klinke. Verschlossen. Sie trat einige Schritte zurück und trat mit aller Kraft gegen das Türschloss. Es gab ein leichtes Krachen. Sie trat erneut zu. Unter einem weiteren Krachen splitterten die Einfassungen des Schlosses. Das Schloss gab nach. Sie riss die Tür auf und stürmte die Treppen hinunter.

Hanibal und Ricarda kümmerten sich um den Anwalt. Er lag mit angsterfüllten Augen am Boden und presste seine Hand an die rechte Schulter. Über seine Lippen kam nur ein schmerzverzerrtes Wimmern.

»Lassen Sie mich mal sehen«, sagte Hanibal. Der Anwalt machte keine Anstalten die Hand von der

Wunde zu nehmen. Hanibal übernahm es mit festem Griff und riss dem Anwalt das Hemd auf. Die Eintrittswunde war knapp unterhalb des Schlüsselbeins. Er fühlte am Rücken. »Haben Sie einen Verbandskasten hier?«

Ricarda stand starr vor ihm. »Ja. Ja.«

»Holen Sie ihn.«

Ricarda machte sich zittrig an einem der Schränke zu schaffen und wühlte darin herum.

»Ich sterbe«, röchelte der Anwalt.

»Ja, vielleicht«, sagte Hanibal, während er weiterhin den Rücken abtastete. Schließlich fühlte er, worauf er gehofft hatte. Eine Austrittswunde. Schickfuß schrie auf, als Hanibal die Wunde berührte.

»Da gibt es etwas, was Sie wissen müssen…«, sagte der Anwalt leise. Seine Augenlider flatterten. Hanibal schlug ihm mit der flachen Hand leicht an den Hinterkopf. »Hey, was ist los? Wachbleiben. Aufstehen.« Er zog den Anwalt in eine aufrechte Sitzposition und lehnte ihn an den Schreibtisch. Ricarda durchsuchte weiterhin die Schränke.

»Es tut so weh. Ich sterbe…« Der Anwalt machte eine kurze Pause, dann flüsterte er, »Ich bin schuldig. Ich will nicht sterben, ohne …« Er hüstelte. »Raphael … Schlüssel.« Der Kopf des Anwalts sackte zur Seite. Hanibal fühlte sofort nach seinem Puls. Er war schwach aber stabil.

Ricarda stand vor ihm und reichte ihm den Verbandskasten. Ihre Stimme war leise und brüchig,

»Ist ... er ... tot?«

Hanibal schüttelte den Kopf. »Nein. Nur ohnmächtig. Hat einen Schock. Wenn es keine Komplikationen gibt, wird er es überleben. Sind Sie schon einmal angeschossen worden?«

Sie schüttelte den Kopf.

Hanibal riss den Verbandkasten auf. »Das tut höllisch weh. Ich setze ihn auf die Couch. Sie machen seinen Oberkörper frei. Wir müssen einen Druckverband anlegen und die Blutung stillen.«

Cassidy hastete die Treppe hinunter. Magnus hatte bereits einen Vorsprung, den sie aufholen musste. Seine eiligen Schritte hallten unten auf der Treppe wider. Sie nahm mehrere Stufen gleichzeitig. Nach der Hälfte der Treppe sah sie die beiden P99 am Boden. Sie ignorierte die Waffen und spurtete weiter. Sie erreichte das Ende der Treppe und blickte sich um. Vom Sengerberg war bereits am Ende des Ganges zur Eingangshalle. Sie sprintete los. Nun bemerkte er seine Verfolgerin. Er warf eine der Rüstungen hinter sich um und lief weiter zur Eingangstür. Cassidy sprang über die Rüstung hinweg und setzte ihren Lauf fort. Vom Sengerberg hatte den Ausgang beinahe erreicht. Als er Cassidys unverminderten Sturmlauf bemerkte, hob er die Waffe und schoss.

Cassidy sah Magnus den Arm heben und ließ sie sich mit den Füßen voran fallen. Das feuchte Laub auf dem polierten Marmorboden versetzte sie in eine schlitternde Vorwärtsbewegung. Der Schuss fegte über sie hinweg und schlug mit blechernen Scheppern in das Helmvisier einer messingbesetzten Reiterrüstung ein, während sie Magnus, wie ein Baseballspieler entgegen rutschte. Ihr Stiefelabsatz traf ungebremst auf seinen Fußknöchel. Die Wucht des Aufpralls fegte ihm die Beine unter dem Körper weg und versetzte ihn in eine Drehbewegung. Er krachte in den französischen Plattenpanzer neben der Eingangstür. Die Rüstung fiel laut scheppernd über ihm zusammen. Die Mauser schlug mit einem dumpfen Ton auf den Boden. Irgendwie schaffte es Cassidy aus dem Schwung heraus wieder auf die Füße. Um ihre Geschwindigkeit zu bremsen packte sie nach dem Erstbesten, was sie greifen konnte. Es war die Pike der zweiten Rüstung neben dem Eingang. Der heftige Ruck ließ auch diese Rüstung zusammenbrechen, während sie mit der Pike in der Hand gegen die Eingangstür donnerte. Benommen vom Aufprall fand sie einen wackligen Stand. Sie torkelte auf Ricardas Verlobten zu und baute sich breitbeinig vor ihm auf. Magnus lag unter dem Blechhaufen aus Rüstungsteilen und hielt laut fluchend seinen Knöchel. Cassidy kickte die C96 zur Seite. Der Weg der Pistole endete mit einem dumpfen 'Klonk' an der Treppe. Magnus versuchte, sich aufzusetzen. Cassidy wirbelte die Pike herum und richtete ihm die Spitze entgegen. »Ey, Arschloch! Bleib liegen!«

»Haben wir etwas verpasst?«, erklang Anikas Stimme von der Galerie. Sie kam, gefolgt von Lola, Robert und dem Gärtner, die Treppe hinunter gelaufen und betrachtete die Szene. Magnus lag in einem Haufen aus Blechteilen und fluchte. Cassidy stand über ihm und hielt ihn mit einer mittelalterlichen Waffe in Schach. Aus einem unbestimmten Grund heraus musste sie lächeln. »Wir haben einen Knall gehört.«

276

Cassidy schaute in die Runde »Das war ein Schuss.« Sie deutet eine Stichbewegung mit der Pike an. »Und mit dem ist Schluss!«

Cassidy setzte ein triumphierendes Grinsen auf. »Darf ich vorstellen, Magnus zu Stucks vom Berg. Privatier, Dieb, Betrüger, Fallensteller, Erbschleicher, und weibischer Giftmörder.«

Die Drei blickten die Kommissarin verwirrt an. Kleine Fragezeichen schienen durch den Raum zu fliegen. Anika formte mit den Lippen ein langes, stummes, »Was?«

»Hat jemand von Ihnen Erfahrungen mit Verletzten?«

Anika hob die Hand. »Ich bin Ersthelfer. Soll ich mir Magnus anschauen?«

»Pah, der kann warten. Schickfuß wurde angeschossen. Der braucht dringender Hilfe. Oben im Büro.« Anika wirbelte herum und lief los. »Herr Fischer«, fuhr sie im Befehlston fort. Dieser bestätigte mit einem zackigen, »Jawoll!«

»Können Sie das hier kurz halten.« Sie drückte ihm die Pike in die Hand und zog Handschellen aus ihrer Gürteltasche, die sie vor Sengerbergs Gesicht baumeln ließ. »Ich benutze diese Dinger unglaublich gerne.«

Unter stetem Wimmern drehte sie Magnus ruppig auf den Bauch und seine Hände auf den Rücken. Das Blech knirschte unter ihm. Er beschwerte sich über weitere Schmerzen. »Stellen Sie sich nicht so an.«

Sie ließ die Ringe um die Handgelenke einrasten und drehte ihn in eine Sitzposition zurück. »Ich muss schon sagen, Sie haben ihre Rolle wirklich gut gespielt. Ich hatte Sie nicht auf dem Plan. Wieso haben Sie die Sache nicht einfach bis Morgen ausgesessen?«

Er blickte sie zornig an. »Miststück!«

Sie grinste, »Danke!«

Erik stand mit der Pike in Wachhaltung hinter Cassidy. Lola beobachtete die Vorgänge mit großer Begeisterung. »Endlich ist was los.«

Cassidy zog Magnus am Kragen. »Los! Aufstehen!«

Er erhob sich hölzern und blieb wackelig stehen. »Aua! Mein Knöchel.«

»Sie können mit der Schauspielerei aufhören.« Cassidy initiierte eine Schmerzumleitung und schnippte ihm mit dem Zeigefinger gegen das Ohrläppchen. Magnus stieß einen kehligen Grunzlaut aus. Cassidy grinste. »Na? Tut der Knöchel noch weh?«

Magnus setzte einen aggressiven Gesichtsausdruck auf, »Du miese F … «

»…Fantastisch!«, fiel Hanibal Magnus ins Wort. »Du hast ihn erwischt.« Er schritt durch die Halle und betrachtete das Trümmerfeld, das Cassidy hinterlassen hatte.

Sie fasste sich an die Po-Backe, mit der sie über den Boden geschlittert war. »Ja. Aber ich hab mir

278

den Hintern verbrannt.«

Hanibal zwinkerte ihr zu. »Na ja, der war doch schon immer heiß.«

Cassidy schnitt eine Grimasse.

»Ich habe hier etwas für dich.« Er hielt ihr die Dienstwaffe entgegen. Sie nahm die P99 und steckte sie ins Gürtelholster. »Danke. Da hab ich mir einen Weg gespart. Wie geht´s Schickfuß?«

»Versorgt und stabil. War kurz weg, ist aber wieder auf dem Damm. Mit ein paar Schmerzmitteln wird er die Nacht überstehen. Wir brauchen aber trotzdem einen Notarzt. Anika und Ricarda sind bei ihm. Bevor er ohnmächtig wurde, hatte er einen Panikanfall. Hat etwas Merkwürdiges gesagt.«

»Was denn?«, fragte seine Kollegin.

»Er wäre schuldig. Raphael ist der Schlüssel.«

»Raphael? Der Engel oder der Eklund? Was soll der hiermit zu tun haben?«

»Keine Ahnung. Vielleicht gibt es ja eine Kapelle. Vielleicht war es auch nur eine Schockhalluzination.«

Cassidy blickte ihn fragend an. Sie deutete mit dem Kinn in vom Sengerbergs Richtung. »Was machen wir dem? Meinst Du, hier gibt es einen Kerker? Ein kleines Verlies mit Ringen an der Wand? Irgendwas zum anketten. Ein Pranger wäre auch nicht übel.«

»Cassy? Ich wusste nicht, dass Du solche Neigungen entwickelt hast.«

Sie zwinkerte ihm hinterhältig grinsend zu. »Wir

hatten einfach nicht genug Zeit zusammen.«

»Schon gut. Wir werden ihn im Blick behalten. Bring ihn in den Rittersaal. Ich werde Schickfuß auch dorthin bringen. Dann sehen wir weiter. Kommst Du alleine zurecht?«

»Natürlich. Meine Jagd, meine Beute.«

»Wir treffen uns dort.« Hanibal drehte seine Kollegin zur Seite. »Sei vorsichtig.«

»Warum? Wir haben das Schwein erwischt. Der Fall ist gelöst«, flüsterte sie zurück.

»Nein, ist er nicht. Er hat alles gestanden. Außer den Mord an Eklund.« Mit diesen Worten ließ Hanibal sie stehen.

Cassidy wirbelte herum. Sie packte vom Sengerberg am Handgelenk. »Abmarsch!«

Er setze sich humpelnd und leise fluchend in Bewegung. Lola und Fischer, der weiterhin die Pike in der Hand hielt, schlossen sich an.

00:19 Uhr

Hanibal erreichte das Arbeitszimmer. Anika und Ricarda standen mit dem Rücken zur Tür. Anika beobachtete Schickfuß mit besorgter Mine. »Meinst Du, das war zu viel?« Ricarda zuckte mit den Schultern. Hanibal schob sich zwischen die beiden. Er warf einen prüfenden Blick zu Schickfuß hinüber. Er saß auf der Couch. Die Füße lagen auf dem Tisch. Er stierte mit glasigen Augen in die Luft und nuschelte unverständliche Worte. Als er Hanibal bemerkte, hob er die Hand seiner unverletzten Seite und streckte dem Polizisten den Zeigefinger entgegen. Der Mund bewegte sich mit ausladenden Lippenbewegungen. Ein dünner Speichelfaden lief ihm aus dem Mundwinkel. »Sie ...«

»Was haben Sie mit ihm gemacht?«, fragte Hanibal.

Anika versuchte, ein Lächeln aufzusetzen. Es kam aber nur ein gequält, verlegener Gesichtsausdruck heraus. »Ich habe ihm Schmerzmittel gegeben. Er hat danach gefragt.«

»Was haben Sie ihm gegeben? Er ist vollkommen weggetreten.«

Sie hielt ihm zwei kleine Ampullen mit einem Autoinjektor entgegen.

»Was ist das?«

Ricarda legte Anika zur Beruhigung die Hand auf die Schulter. Anika war sichtlich verlegen. »Ein Schmerzmittel. Das war im Erste-Hilfe-Kasten. Das benutzen wir auch in der Fabrik, wenn sich einer der Fleischer verletzt.« Sie stammelte, »Ich... Ich... also ich hab doch keine Erfahrung mit Schusswunden und er hat sich über die Schmerzen beklagt.«

»Was ist es? Morphium?«

Anika nickte.

»Zwei Ampullen? Das ist eine ziemlich heftige Dosis. Wolltest Du ihn umbringen?« Hanibal rieb sich das Kinn und betrachtete den Anwalt. Anika blickte ihn entschuldigend an. Hanibal sah ihre Augen, die Tränen zurückhielten und ihre Mimik, die ihr Gesicht in Schuld verzerrte. Er setzte ein Lächeln auf und legte ihr die Hand auf die Schulter. »Anika. Du hast das gut gemacht. Er ist ein kräftiger Kerl. Er wird es überstehen.«, versuchte er, sie zu beruhigen. »Dann hat er wenigstens eine gute Zeit. Wir müssen ihn aber unter Beobachtung halten, falls sein Kreislauf kollabiert.«

Sie blickte ihn aus verlegenen Augen an und atmete tief durch. Sie schien sichtlich erleichtert.

Hanibal ging einen Schritt auf den Anwalt zu. »Wir bringen ihn in den Rittersaal. Helft mir bitte, ihn aufzurichten.« Er drehte sich zu Ricarda herum. »Wir haben ihren Verlobten erwischt.« Für einen Augenblick durchfuhr ein Schatten aus Hass Ricardas Mimik.

Der Kommissar schnipste mit den Fingern vor dem Gesicht des Anwalts. »Hey, können Sie mich verstehen? Können Sie laufen?«

Schickfuß blickte ihn mit glasigem Blick an und

lallte, »Ihre Schuld! Er wollte nicht schießen. Sie haben ihn provoziert. Sie sind ...«

»Ja, ist gut. Dann sind wir wohl alle ein wenig schuldig.«

Hanibal legte den Arm des Anwalts um seine Schulter und hievte ihn hoch. »Kommen Sie. Ich bringe Sie in den Rittersaal.«

Schickfuß setzte einen euphorischen Gesichtsausdruck auf und jubelte, »Ja! Auf! Zu den Anderen! Alle sind schuldig. Nur Raphael nicht ... der Engel « Er deutete mit seiner unverletzten Hand verheißungsvoll in die Mitte des Raumes.

Ricarda und Anika blickten Hanibal verwirrt an.

»Was faselt er denn da?«, fragte Ricarda.

»Euphorie und Halluzinationen können als Nebenwirkung bei Morphin auftreten. Helfen Sie mir bitte.«

Ricarda stützte die andere Seite des Anwalts. Schickfuß legte seinen Kopf auf Hanibals Schulter. »Der Engel war sich keiner Schuld bewusst. Maria kennt die Wahrheit. Der Teufel war mein Freund. Der Engel ist ein Opfer des Teufels. Sie ist, wie sie war. Heilig.«

»Das kann ja noch ein lustiger Abend werden«, flüsterte Hanibal mit einem ironischen Unterton und führte den Anwalt durch die Tür.

Dolores saß am Tisch im Rittersaal. Sie beobachtete das knisternde Kaminfeuer und fuhr erschrocken zusammen, als Geräusche am Eingang ihre Gedanken jäh unterbrachen. Es war die Gruppe, die den Gefangenen eskortierte. »Wo wart ihr denn alle? Ich war plötzlich alleine.«

Niemand antwortete. Nur Erik murmelte etwas Unverständliches und lehnte die Pike neben der Eingangstür an die Wand.

Cassidy führte vom Sengerberg zum Tisch und drückte ihn in einen der Stühle. Als Dolores die Handschellen sah, zuckte sie zurück und warf dem Gärtner einen zögernden Blick zu. »Was ist passiert? Erik?«

Magnus quittierte ihr Interesse mit einem leeren Blick. Der Gärtner wühlte in den Taschen seiner Arbeitshose. »Ich weiß nichts. Das musst Du die Kommissarin fragen.«

»Ja, genau. Jetzt erzählen Sie doch endlich, was passiert ist«, schaltete sich Lola ein. »Nicht, dass ich es ihm nicht gönne, aber warum haben Sie ihn festgenommen?«

Cassidy kettete Magnus mit den Handschellen an den Stuhl. »Unser lieber Herr vom Sengerberg ist der Hauptverantwortliche für die heutigen Todesfälle. Herr Eklund, der Reporter, Herr zu Braun und Frau Christ gehen alle auf sein Konto. Er hat sich als Erbschleicher versucht und sich dann zum gewöhnlichen Dieb degradiert.«

»Was? Verena ist tot?«, fragte Dolores.

Cassidy ignorierte das Hausmädchen. »Habe ich das korrekt zusammengefasst, Herr vom Sengerberg? Ist das überhaupt Ihr richtiger Name?«

»Ich sage nichts. Ich will einen Anwalt.«

»Geht nicht. Den haben Sie niedergeschossen! Ich würde ja gerne einen anderen anrufen, aber Rauchzeichen funktionieren bei dem Wetter nicht.«

Er starrte sie finster an. Die Kommissarin hielt dem Blick stoisch stand. Nach einigen Augenblicken zog sie die Nase kraus. »Kommen Sie, erzählen Sie mir was. Wie haben Sie es genannt? Sie wollten ihr Familienerbe in Besitz nehmen. Lief der Zirkus nicht mehr?«

Vom Sengerberg schwieg.

»Na, gut. Dann nicht«

Cassidy drehte sich herum und blickte zur Kaffeemaschine. Die Pendeluhr machte sich bemerkbar. Sie schlug Eins.

»Können Sie mir einen Kaffee machen?«

»Ja«, antwortete das Hausmädchen mit zittriger Stimme und schlurfte zur Kaffeemaschine. Bevor sich Cassidy bewegte, blickte sie Magnus noch einmal tief in die Augen. »Ich komme wieder.«

Dolores verrichtete die Arbeit an der Kaffeemaschine nicht mit der gleichen Leidenschaft, die Ricarda am Vormittag zum Besten gegeben hatte, brachte aber einen trinkbaren Kaffee aus der Maschine heraus. Cassidy nahm ihn entgegen und nippte daran. Sie hörte Schritte am Eingang. Hanibal, die beiden Frauen und der verwundete Anwalt betraten den Raum. Hanibal führte ihn zur Sitzgruppe. Ein weggetretener Wahnsinn wohnte in Schickfuß´ Augen. »Der Teufel bewohnte einst das

Haus.«

Cassidy grinste beim Betrachten der Szenerie. »Was geht ab, Hanibal?«

Er blickte sie leidend an, platzierte den Anwalt in einem der Sessel und legte seine Beine auf den Beistelltisch. Danach ging er zu Cassidy. Anika und Ricarda standen bereits bei der Kaffeemaschine. Ricarda blickte ihren Verlobten wütend an.

Cassidy deutete mit der Tasse in der Hand in Richtung des Anwalts. »Was ist mit ihm passiert?«

»Eine Überdosis Entspannung«, sagte Hanibal.

Anika schaute Hanibal verlegen an. Sie formte ein lautloses ‚Sorry‘ mit ihren Lippen. Hanibal lächelte und nickte kurz mit dem Kopf.

»Ist Schickfuß religiös? Wissen Sie, was dieses Engel-Teufel-Gerede soll?«

Ricarda wandte den Blick von Magnus ab. »Ich kenne ihn, solange ich denken kann, aber so habe ich ihn noch nie erlebt.«

Hanibal blickte besorgt zu Schickfuß herüber. »Wir lassen ihn auf seinem Trip in Ruhe. Er wird wieder zu sich kommen. Wir behalten ihn im Auge und rufen, sobald wie möglich, einen Krankenwagen.«

Cassidy blickte umher. »Das wird hier ein schönes Aufgebot geben. Krankenwagen, Leichenwagen, die KT, noch mehr Polizei. Früher Feierabend ist wohl nicht drin, oder?«

Hanibal schüttelte den Kopf. »Vielleicht schafft es ja auch die Staatsanwältin.«

Cassidy verbarg ein Grinsen, während sie einen Schluck des Kaffees nahm. Hanibal klatschte in die Hände. »Also, meine Damen. Wenn Sie können, sollten Sie versuchen, ein wenig zu schlafen. Morgen wird ein langer Tag.«

»Und was ist mit Dir?«, fragte Anika.

»Ich werde Schickfuß und vom Sengerberg im Auge behalten, bis es jemand anders macht.« Hanibal legte die Finger seiner Hände ineinander und drückte sie knackend nach außen durch. »Kann mir jemand eine Kanne Kaffe besorgen.«

Ricarda blickte ihn an. »Mach ich. Ich glaube nicht, dass ich schlafen kann.« Sie warf vom Sengerberg einen zornigen Blick zu. »Ich sollte mich ablenken. Ansonsten gehe ich dem Scheißkerl noch an die Gurgel.« Blanke Wut brodelte in Ihrer Stimme. »Zwei Jahre! Er hat mich zwei Jahre lang verarscht. Falsche Gefühle vorgespielt. Sich in mein Leben und meinen Kopf geschlichen.« Das Kaminfeuer spiegelte sich in einer Träne in ihrem Augenwinkel. »Und warum? Um meine Familie zu ermorden? Was treibt einen Menschen zu so einer Tat? Was ist das für ein kranker Kerl?«

Niemand antwortete.

Hanibal ergriff das Wort zuerst, »Ihr Verlobter…«

Sie unterbrach Hanibal und schüttelte heftig den Kopf. »Mein Verlobter? Nein ganz sicher nicht!« Sie fixierte vom Sengerberg durch den Raum hindurch. »Hörst Du? Du Scheißkerl! Du Mörder! Verschwinde aus meinem Leben oder ich bringe Dich um!«

Ricarda stampfte in seine Richtung. Cassidy und Anika fassten sie jeweils an einem Arm und hielten sie zurück. Sie riss sich los und bewegte sich, wie ein wütender Stier, auf vom Sengerberg zu. Magnus rüttelte hektisch an den Handschellen, während sich seine Augen, mit jedem Schritt, den Ricarda näher kam, panischer öffneten.

»Frau Eklund! Bitte!«, erschallte Hanibals Stimme. Doch Ricarda ließ sich nicht aufhalten, bis Cassidy sich in ihren Weg stellte. Cassidy umschloss Ricardas Arme und stemmte sich gegen ihre Bewegung. Nun war Anika zur Stelle und legte ihr die Hände auf die Schultern. Wenige Schritte bevor sie ihren Ex-Verlobten erreichte, drängten sie Ricarda mit sanfter Gewalt zurück. Ricarda trat mit den Beinen aus und spuckte in Magnus Richtung.

Schließlich gab sie ihren Widerstand auf und ließ sich unter tränenverhangenen Augen zurück zur Kaffeemaschine führen. »Rica. Komm. Wir holen den Kaffee aus der Küche«, versuchte Anika, ihre Geistesschwester zurück in die Realität zu holen. Cassidy lockerte ihren Griff. Anika nahm Ricardas rechten Arm und führte sie in das Nebenzimmer. Bevor sie den Rahmen durchschritten, riss sich Ricarda erneut aus Anikas Griff und wirbelte herum. Sie zog einen Ring von ihrem Finger und schleuderte ihn ihrem Ex-Verlobten entgegen. »Verpiss Dich!«

Der Ring zog, im Feuerschein glänzend, seine Bahn und traf vom Sengerberg auf der Stirn. Er stöhnte auf und der Ring verschwand klirrend in der

Dunkelheit.

Anika legte einen Arm um Ricardas Schultern. Sie ließ sich entkräftet ins Nebenzimmer führen. Hanibal wartete, bis die beiden Frauen die Treppe am Ende des Zimmers erreicht hatten. Er stellte sich neben seine Kollegin und flüsterte, »Puh! Jetzt ist Frau Eklunds Fassade aber stark gebröckelt.«

»Wundert Dich das?«

»Nein. Bisher war sie stark. Ich hätte aber nicht gedacht, dass ich so einen Gefühlsausbruch von ihr erlebe.« Er legte den Kopf zu Seite. »Ich gehe eine rauchen. Kommst Du mit?« Cassidy nickte.

»Könntet ihr die Situation einen Augenblick im Griff halten?«, fragte Hanibal.

»Ja«, antwortete Klaus Carls und ließ sich gemeinsam mit Robert und Erik am Tisch nieder. Sie wahrten einen größtmöglichen Abstand zu vom Sengerberg, warfen ihm aber gelegentlich argwöhnische Blicke zu. Dolores setzte sich alleine an den Tisch und stierte in das prasselnde Kaminfeuer. Als die beiden Kommissare die Sitzgruppe passierten, bemerkten sie Schickfuß, der anscheinend nichts von Ricardas Auftritt wahrgenommen hatte. Er brabbelte weiter vor sich hin. Er registrierte Hanibal, zeigte mit dem Finger auf ihn und folgte ihm damit. »Es ist Ihre Schuld. Alles ist seine Schuld. Er hat es verdient.« Er senkte den Finger und brach in ein heiseres, hysterisches Kichern aus.

»Was fährt der für einen Film?«, fragte Cassidy.

Hanibal zuckte mit den Schultern.

Sie stellten sich im Rauchersalon ans Fenster und beobachteten das stürmische Wogen des Waldes. *Vivienne* hatte ein wenig ihrer Kraft verloren, wütete aber weiterhin durch die Wälder. Die Baumwipfel beugten sich unter der Naturgewalt. Die Schwächeren unter ihnen, hielten ihrer Kraft nicht stand und brachen.

Ein leises Blöken im Wind zog ihre Aufmerksamkeit auf sich. Fünf Schafe liefen über das Gelände. Vom Wind getrieben, trippelten die kurzen Stummelbeine in doppelter Geschwindigkeit. So schnell wie sie aufgetaucht waren, verschwanden sie protestblökend wieder in der Dunkelheit.

Cassidy lachte auf. »Wo kamen die denn her?«

Hanibal zuckte mit den Schultern und antwortete trocken, »von links.«

Ein Gedanke fuhr ihm in den Kopf. *Die Gestalt mit der Ledertasche.*

Cassidy zog eine Zigarette aus ihrer Packung, zündete sie an. Sie atmete ein. Einige Augenblicke später pustete sie den Rauch heraus. »Wie soll es jetzt weitergehen?«

Die Gestalt mit der Ledertasche war noch immer in Hanibals Gedanken. Er drehte sich herum und ließ den Blick durch den Raum wandern. »Wir warten ab. Überstehen die Nacht. Sobald die Telefone funktionieren, rufen wir Verstärkung.«

Cassidy setzte sich auf die Fensterbank und zog erneut an der Zigarette. »Schon klar. Ich meine vom

Sengerberg. Du hast vorhin gesagt, dass Du nicht glaubst, dass es vorbei ist. Was hast Du gemeint?«

Hanibal zückte seine Packung Lucky Strikes aus der Manteltasche. »Er hat alles zugegeben. Er hat uns förmlich unter die Nase gerieben, dass er die Morde begangen hat. Er hat Frau Eklund gestanden, dass er sie die letzten Jahre hintergangen hat und welchen hinterhältigen Plan er verfolgt hat. Zum großen Finale will er sie beklauen. Aber er wollte nicht einfach in der Nacht verschwinden.«

Hanibal zog eine Zigarette aus der Packung und steckte sie in den Mund.

»Er hat jahrelang gelogen und eine falsche Identität vorgetäuscht. Nur eine kleine weitere Lüge und er wäre aus dem Schneider gewesen. Er hätte einfach behaupten können, dass er sich schlafen legt. Dann hätte er still und heimlich abhauen können. Wir hätten ihn nicht einmal vermisst und erst in einigen Stunden festgestellt, dass er nicht mehr da ist. Der Diebstahl wäre Frau Eklund erst später aufgefallen und er wäre längst über alle Berge gewesen.« Hanibal wühlte in der Manteltasche nach seinem Feuerzeug. »Aber nein. Was macht er? Er tritt aus der Dunkelheit und verrät sich. Wie in einem schlechten Krimi. Er wollte, dass alle erfahren, dass er es war, der die Zügel in der Hand hatte. Das ist zwanghaftes Verhalten.«

Cassidy blickte ihn nachdenklich an.

»Woher kommt so etwas?« Cassidy schnippte ihre Asche in den Aschenbecher. »Er hat gesagt, dass ich ihm auf die Schliche gekommen bin. Ich nehme an, dass er einfach die Nerven verloren hat. Er wollte uns im Turm einsperren, damit wir ihn nicht verfolgen können.«

Hanibal schüttelte den Kopf und zog das Feuerzeug aus der Manteltasche. »Möglich, dass er das wirklich gedacht hat. Er hat zwei Jahre verdeckt gelebt. Da entwickelt man eine gewisse Paranoia. Und er hat höchstwahrscheinlich wirklich gedacht, dass Du mehr wusstest, als es tatsächlich der Fall war. Er dachte, dass Du ihn jederzeit entlarven kannst. Daher hat er seinen Plan kurzfristig geändert. Aber selbst das hat er vorausgeplant.«

Cassidy blickte ihn fragend an, während sie ein weiteres Mal inhalierte. »Was willst Du mir sagen?«

»Ich habe etwas Ähnliches schon erlebt. Vor einigen Jahren war ich einer SOKO zugeteilt. Es ging um Morde im Drogenmilieu. Wir hatten einen verdeckten Ermittler in einen osteuropäischen Drogenring eingeschleust, der für seine Brutalität bekannt war. Ostblock-Leute. Absolut skrupellos.«

Hanibal schaut nachdenklich zur Decke. »Hannes Weiland. Du kennst ihn nicht. Er ist inzwischen vom Dienst freigestellt. Hannes war über 18 Monate 'undercover' bei den Russen. Ein voll integriertes Mitglied. Er hatte es zum ,besonnenen' Berater des ziemlich impulsiven Bosses gebracht. Irgendwann wurde es zu viel für Hannes. Er entwickelte Verfolgungswahn, fühlte sich aus jeder Ecke beobachtet. Er befürchtete, jemand könnte seine

Identität aufdecken. Der Boss des Ringes war nicht zimperlich, insbesondere, wenn es um Spitzel ging. Hannes Ehe ging in dieser Zeit in die Brüche und seine Frau hat ihn mit ihrem Sohn verlassen. Das war ein einschneidendes Erlebnis für Hannes und er wurde absichtlich nachlässig, was seine verdeckte Identität anging. In den Abhörprotokollen, kannst du nachlesen, dass er einige Male, mehr oder weniger offen, seine Identität verraten hat. Er hat Andeutungen gemacht, die seine ‚Kollegen‘ aber nicht verstanden, sondern als Scherz auffassten. Das war sein Glück. Es war nur der Dummheit der meisten Mitglieder der Drogenbande und dem Vertrauen, dass er im Laufe der Zeit aufgebaut hat, geschuldet, dass er lebend aus der Sache raus kam. Wir mussten ihn aus der Operation abziehen, um ihn vor sich selbst zu schützen, und haben seine Verhaftung fingiert.«

Hanibal starrte ins Leere und betätigte das Feuerzeug. Es erzeugte wieder nur Funken. »Ich glaube, der Psychologe hatte es damals ‚Undercover-Burnout‘ genannt. Oder so ähnlich.«

»Was ist aus ihm geworden?«

»Berufsunfähig. Hat sich wieder mit seiner Frau vertragen. Er züchtet Rosen und wird manchmal als Berater hinzugezogen.«

Hanibal schüttelte das Feuerzeug und versuchte erneut es zu zünden. Wieder nur Funken.

»Hast Du die Tasche mit der Beute irgendwo gesehen?«

Sie schüttelte mit dem Kopf.

»Als ich vorhin die Schafe gesehen habe, ist mir etwas von heute Vormittag eingefallen. Ich habe eine Gestalt mit einer Tasche um das Haus schleichen sehen. Ich dachte, es sei Fischer. Ich hatte mich gefragt, wie er so schnell aus dem Haus gekommen war.« Hanibal zog die Zigarette aus dem Mund. »Das bedeutet, vom Sengerberg hat bereits heute Morgen seine Flucht vorbereitet. Die Tasche hat er wahrscheinlich irgendwo positioniert, wo er sie, auf seinem Weg in den Wald, problemlos aufsammeln konnte.«

Cassidy murmelte ein zustimmendes »Okay.«

»Er lebt zwei Jahre verdeckt und er plant voraus. Er will nicht einfach verschwinden, ohne alle wissen zu lassen, was er getan hat und wie sein Plan war. Er beansprucht Anerkennung für seine Taten.«

Hanibal rollte die Zigarette zwischen seinen Fingern. »Aber was ist passiert, als Ricarda ihn auf den Mord an Ihrem Vater anspricht?«

Cassidy rief sich das Gespräch ins Gedächtnis. »Er hat nicht geantwortet.«

Hanibal nickte.

Cassidy sog an ihrer Zigarette. »Es kann nicht zu seinem Plan gehört haben, dass Eklund vor der Hochzeit stirbt. Er sollte an Organversagen sterben.«

Hanibal steckte seine Zigarette zurück in die Packung. »Vollkommen richtig. Warum hätte er sonst den Plan geändert? Dieses Anwesen hier ist das Zuckerstück. Die Eklunds waren die Ameisen.

294

Sie mussten weg. Er hat den Plan ausgeheckt, um an das Haus und das Grundstück zu kommen. Er hatte bereits für jeden Einzelnen einen Todeszeitpunkt festgelegt. Und dann rammt er Eklund vier Wochen vor seinem geplanten Ende einen Pythonstiletto in den Schädel? Das finde ich höchst unwahrscheinlich. Es ist etwas Unvorhergesehenes geschehen.«

Cassidy nickte. »Und es liegt auf der Hand, was passiert ist. Eklund wurde ermordet.«

»Richtig«, bestätigte Hanibal. »Und es laufen plötzlich Polizisten und Spurensicherer herum. Er fühlt sich bedrängt. Er hatte Angst, dass er leer ausgeht. Er aktiviert seine Exit-Strategie und sichert seine Ersatzbeute.«

Hanibal ließ das Feuerzeug in die Manteltasche zurückgleiten. »Wir sitzen alle hier fest und er fühlt sich noch weiter in die Enge getrieben.«

Hanibal grinste. »Und dann kommst Du mit Deiner kleinen Zirkusgeschichte. Das bringt dann das Fass zum Überlaufen. Zack! Kurzschluss.«

»Kommissar Zufall«, kommentierte Cassidy.

»Ja. Die Strömung des Lebens. Aber wir haben ein weiteres Problem.«

»Eklunds Mörder.«

»Korrekt.«

Hanibal steckte die Hände in die Manteltaschen. »Ich muss dieses Testament sehen.«

»Hast Du einen Verdacht?«

»Eine Ahnung.«

Hanibal hastete aus dem Raum. Cassidy drückte

die Zigarette im Aschenbecher aus und eilte ihm
hinterher.

01:39 Uhr

Hanibal lief zum Durchgangszimmer. Dort stieß er beinahe mit Anika zusammen. Hinter ihr erreichte Ricarda soeben das obere Ende der Treppe. Anika wich dem Zusammenstoß mit einem Seitenschritt aus und balancierte das Tablett auf die Theke. Dabei stieß sie einen wenig damenhaften Fluch aus, der im Klappern des Geschirrs unterging.

Hanibal fasste Ricarda ins Auge. »Genau die Person, die ich sehen wollte.«

»Wir haben mit dem Kaffee so schnell gemacht, wie es ging«, keifte Anika.

»Was?«, fragte Hanibal verdutzt. »Ach ja, der Kaffee.«

Ricarda ergriff die Edelstahlkanne und ließ das Getränk in bester Kellnermanier in eine große Tasse fließen. »Milch? Zucker?«

Hanibal schüttelte stumm mit dem Kopf. Cassidy nahm die Tasse entgegen und schaufelte vier Löffel Zucker in den Kaffee. »Rica, geht es Dir gut?«

Ricarda beantwortete die Frage mit einem gequälten Lächeln. »Es ist alles ziemlich am 8-1324. Mein Vater wurde ermordet, meine Affäre hat mich bedroht und mein Verlobter ist ein Betrüger. Ich fühle mich, wie in einer Seifenoper.«

»Nimm´s gelassen. Das sind oft die besten Geschichten«, sagte Anika. »Du solltest die Geschichte ans Fernsehen verkaufen.«

Ricarda presste ein kurzes Lachen heraus. »Ja,

und nachdem ich Therapeuten jahrelang Geld in den Rachen geworfen und mich im Alkohol ersäuft habe, kann ich ein Buch darüber schreiben.«

Cassidy legte ihr die Hand auf die Schulter. »Das wird schon wieder.«

»Danke, Cassy.«

Cassidy legte den Kopf zur Seite und flötete leise den Refrain von *Always look on the bright side of Life*. Daraufhin entsprang Ricarda ein richtiges Lächeln. Anika grinste ebenfalls. Hanibal verdrehte die Augen und wandte sich Ricarda. »Frau Eklund, ich verstehe, dass Sie das alles sehr mitnimmt, aber ich habe noch einige Fragen.«

»Meine Güte, Du bist ja schlimmer als Colombo«, warf Anika ein.

Hanibal blickte verwirrt. »Wer?«

Nun verdrehte Cassidy die Augen.

»Schon gut«, beschwichtigte Ricarda. »Unter einer Bedingung, Herr Kommissar. Sagen Sie Rica oder Ricarda zu mir.«

Hanibal schnaubte kurz. Er mochte es nicht, überrumpelt zu werden. »Nun gut. Ricarda. Wir sind vorhin nicht dazu gekommen, aber ich möchte einen Blick auf das Testament werfen.«

Ricarda zuckte mit den Schultern. »Kein Problem. Meinetwegen. Aber ich kenne die Kombination nicht. Und Schickfuß wird sie uns zur Zeit auch nicht verraten.«

Hanibal legte ihr die Hand auf die Schulter und lächelte sie an, »Ich denke schon, dass Sie mir helfen können. Kommen Sie.«

Im Rittersaal saß Erik am Tisch, hatte die Füße auf einen der Stühle hochgelegt und döste vor sich hin. Sein Kopf fiel immer wieder zur Seite, was ihn dann wieder aufschrecken ließ. Lola und Robert standen redend am Fenster und beobachteten den Sturm. Lola hielt Magnus aus dem Augenwinkel im Blick. Er stierte teilnahmslos vor sich hin. Schickfuß saß in seinem Sessel. Er hatte das Reden eingestellt und schien zu schlafen.

»Sollen wir auch mitkommen?«, fragte Cassidy.

»Nein, wir schaffen das alleine. Dich brauch ich hier. Halt Schickfuß und Sengerberg im Auge.«

Hanibal und Ricarda trafen auf Dolores, die ihre Augen rieb.

»Lore. Ist alles in Ordnung?«, fragte Ricarda.

»Ja, aber ich möchte gerne schlafen. Ich habe aber Angst, alleine durch das Haus zu gehen.«

Ricarda blickte Hanibal an. Er zuckte mit den Schultern. »Nehmen Sie die Couch im Rauchersalon. Die sieht ziemlich bequem aus. Wir werden Morgen ein Spezialteam durchs Haus schicken. Die werden die restlichen Fallen beseitigen. Herr vom Sengerberg ist momentan recht einsilbig, aber vielleicht zeigt er sich bis Morgen etwas kooperativer und verrät uns, ob und wo er noch Fallen ausgelegt hat.«

»Ja. Das ist eine gute Idee. In einem der Schränke sollten Decken sein«, sagte Dolores. »Wo geht ihr hin?«

Ricarda blickte zu Hanibal und überließ ihm die Antwort. Sie wollte nichts Falsches sagen. Hanibal räusperte sich und schob Ricarda sanft zur Tür hinaus, »Geheimnisse lösen.«

»Passen Sie auf sich auf«, flüsterte Dolores, bevor sie von der Dunkelheit des Flurs verschluckt wurden.

Nach einigen Minuten des Schweigens ergriff Ricarda das Wort, »Was versprechen Sie sich von dem Testament?«

»Ich vermute, es beinhaltet Hinweise auf den Tod ihres Vaters.«

Ricardas Augen weiteten sich. »Wie das?«

»Ich habe heute in einigen Aussagen gehört, dass ihr Vater sein Testament ändern wollte. Ich würde gerne wissen, ob er es bereits getan hat.«

»Er wollte sein Testament ändern?«, fragte sie verunsichert.

»Ja. Wissen Sie, was die Hauptaufgabe eines Testamentes ist?«

»Die Nachlassregelung?«, zögerte sie.

»Korrekt«, bestätigte der Polizist. »Ein Nachlass ist im Normalfall bereits gesetzlich geregelt. Ein Testament ist in erster Linie dazu geeignet, seinen Nachlass außerhalb der Erbfolge zu regeln. Wenn ihr Vater also ein Testament hatte, dann wollte er jemandem außerhalb der Erbfolge etwas zukommen lassen. Keine große Sache. Oftmals wird ein

Testament aufgesetzt, aber selten wieder geändert. Es sei denn, die Beziehungen zu den bedachten Personen ändern sich. Das kommt vor. Aber wenn die Änderung eines Testamentes und der Tod eines Menschen so nahe zusammenfallen, dann hat die Erfahrung gezeigt, dass der Tod manchmal durch die Änderung ausgelöst wurde, weil jemand mit der Änderung nicht einverstanden ist.«

»Aber wieso soll ich Sie begleiten. Ich könnte die Person sein, die mit der Änderung nicht einverstanden ist.«

»Nennen wir es Instinkt. Ich glaube nicht, dass Sie ihren Vater getötet haben.«

»Da bin ich aber froh«, entgegnete Ricarda.

»Außerdem vertraue ich auf Cassys Menschenkenntnis und benötige jemanden, der mir mit dem Safe hilft. Ich denke, Sie kennen die Kombination.« Hanibal grinste in der Dunkelheit. »Auch wenn Sie es vielleicht noch nicht wissen.«

Sie blickte ihn überrascht an. »Wie meinen Sie das?«

»Es ist nur ein Versuch. Passwörter und Safe-Kombinationen werden oft so gewählt, das sie einfach zu merken sind. Oftmals hat es eine Bedeutung für die Person. Die Safe-Kombination ist eine Zahlenfolge. Wir können Wörter also ausschließen. Bei dem Modell ihres Vaters, besteht sie aus drei 2-stelligen Zahlen. Solche Kombinationen bestehen meistens aus einem bedeutungsvollen Datum. Zum Beispiel ein Geburts-

oder Hochzeitstag. Ich wollte nicht nach dem ersten Fehlversuch wieder durch ganze Haus laufen. Deshalb habe ich Sie mitgenommen. Sie wissen ja, es ist ein großes Haus.« Sie lächelte.

Am Fuß der Treppe in der Eingangshalle streifte Ricarda gegen einen Gegenstand, der schabend über den Boden schlitterte. Hanibal schaute hinab und fand die Mauser C96. Er hob die Waffe auf, sicherte sie und steckte sie in die Innentasche seines Mantels.

»Beweissicherung«, sagte er tonlos.

Sie durchquerten die Halle. Ricarda betrachtete im Vorübergehen die Überreste der Rüstungen. Die Metallteile lagen über die gesamte Halle verstreut. Sie stiegen wortlos die Treppen hinauf und betraten das Büro. Der Wind drückte sich pfeifend durch die Fenster. Ricarda betätigte einen Schalter. Die schwache Glühbirne einer Wandlampe warf lange Schatten durch den Raum. »Die Notlampe wird über den Generator versorgt.«

Hanibal nickte. Sie positionierten sich vor dem aufgeklappten Bild und starrten auf den mattschwarzen Panzerschrank. Das mechanische Zahlenschloss starrte wie ein Zyklop zurück.

»Und jetzt?«, fragte Ricarda.

Hanibal setzte ein verwegenes Grinsen auf. »Spielen wir Panzerknacker. Welches Datum fällt Ihnen als erstes ein, wenn Sie an ihren Vater denken?«

»Sein Geburtstag.« Sie nannte Hanibal das Datum.

Er versuchte es mit verschiedenen Links-Rechts-Kombinationen am Zahlenrad des Safes. Der Safe öffnete sich nicht. Er schüttelte den Kopf. »Okay, das war es nicht. Was sonst?«

Ricarda nannte ihm verschiedene Daten aus Heinrich Eklunds Leben. Den Hochzeitstag, die Geburtstage von Ricarda und Robert. Hanibal probierte alle Kombinationen am Safe aus. Alle Versuche scheiterten. Sie nannte weitere Daten, die Hanibal geduldig versuchte. Er gab erfolglos auf. »So kommen wir nicht weiter.«

Ricarda blickte ihn entschuldigend an.

»Ist nicht Ihre Schuld. Es war nur eine Idee von mir. Wenn ihr Vater eine erfundene Kombination benutzt, dann werden wir mit dieser Methode keinen Erfolg haben. Dann müssen wir warten bis Herr Schickfuß von seiner Sühnereise aus der Hölle zurückgekehrt ist.«

Hanibal blickte zu der Couch, auf der Schickfuß vor einigen Stunden gesessen hatte. Danach schaute er Ricarda an. »Was hat er vorhin gesagt?«

Ricarda schaute ihn fragend an.

»Raphael ist der Schlüssel. Ich dachte die ganze Zeit, Schickfuß würde halluzinieren.« Hanibal drehte mit dem Zeigefinger neben seiner Schläfe. »Religiöse Wahnvorstellung, oder so. Aber was wäre wenn…?« Hanibal unterbrach seinen Satz. »… Ihr verstorbener Bruder hieß Raphael, oder?«

»Ja«, antwortete sie.

»Wann war sein Geburtstag?«

Ricarda nannte das Datum. Hanibal stellte die Kombination am Safe ein. Der Tresor blieb geschlossen.

»Wann ist er gestorben?«

Ricarda war verunsichert. »Ich weiß nicht. Ich war noch so jung. Ich kann mich nicht erinnern.«

»Ricarda, bitte denken Sie nach.«

Sie hielt inne und durchforstete ihre Erinnerungen. »Ich weiß nicht, er war ungefähr anderthalb Jahre jünger als ich.«

Hanibal schüttelte den Kopf. »In welchem Alter ist er gestorben?«

»Meine Mutter hatte mal etwas von einem halben Jahr gesagt. Wir haben nie wirklich darüber geredet.«

»Kennt Herr Fischer das Datum? Hat ihr Vater es irgendwo notiert?«

»Erik ist eine Option. Aber ich habe eine bessere Idee. Mein Vater hat hier alte Fotoalben. Vielleicht kann man es dort herausfinden.«

»Gute Idee. Wo sind die Alben?«

Ricarda öffnete einen der Schränke. Sie zog drei, in Leder gebundene, Alben heraus. Sie warf einen Blick auf die Jahreszahlen. Sie legte zwei zur Seite und blätterte in dem verbliebenen herum. Hanibal schaute über ihre Schulter.

Er sah einige Schwarzweißschnappschüsse aus glücklichen Zeiten. Ein junger Heinrich Eklund vor einem VW Käfer. Das Foto trug den Untertitel »Mein erstes Auto.« Ricarda blätterte weiter. Heinrich und

Maria an ihrem Hochzeitstag. Ricarda hielt kurz inne und strich über ein Bild, das ihre Mutter unter einem Baum sitzend zeigte. Hanibal bemerkte eine Ähnlichkeit zwischen Ricarda und ihrer Mutter.

»Sie sehen ihrer Mutter sehr ähnlich.«

»Ja, das hat Papa auch immer gesagt.«

Es folgten einige vergilbte Farbfotos und Polaroids. Einige Seiten später sah Hanibal ein Babyfoto, das mit dem Titel *Ricarda* beschriftet war und ein 27 Jahre altes Datum trug. Darunter war die Geburtsanzeige aus einer Zeitung in das Album geklebt.

Sie blätterte bis zu einem weiteren Babyfoto. Es trug den Untertitel *Raphael*. Er erkannte sofort, dass das Kind nicht gesund war.

Ricarda blätterte um. Hanibal fand, wonach er suchte. Raphael Eklunds Todesanzeige klebte im Album. Hanibal merkte sich das Datum und ging zum Safe. Er stellte die Zahlen links- und rechtsdrehend ein. Nichts geschah.

»Und?«, fragte Ricarda.

Er schüttelte den Kopf. Er rieb seine Hände an den Oberschenkeln und setzte erneut an. Er drehte die erste Zahl nach rechts. Es klickte kaum hörbar. Er drehte das Rad zurück auf die Nullposition und stellte die zweite Zahl ein. Wieder nach rechts. Ein weiteres leises Klicken. Er drehte das Schloss wieder in die Nullposition und stellte die letzte Zahl auf der linken Position ein. Klick.

Ricardas Augen weiteten sich. Er drehte den

Schließhebel. Der Safe öffnete sich. Hanibal schaute in den Tresor. Ein Aktenordner und einige Schriftstücke, die lose im Safe lagen. Er nahm alles heraus, bis der Safe leer war. Er breitete die Unterlagen auf einem der Sideboards aus. Der Ordner enthielt persönliche und geschäftliche Finanzaufstellungen. Bei den Dokumenten handelte es sich Patent- und Eigentumsurkunden. Ricarda zog eine Ledermappe aus dem Stapel und öffnete sie. Die Mappe enthielt ein Dokument. Die Überschrift lautete *Testament und letzter Wille.* Über das Schriftstück waren zwei dicke, schwarze Striche zur Entwertung gezogen.

Hanibal blickte enttäuscht. »Ist das alles?«

Sie reichte Hanibal das Testament. Dabei bemerkte sie, dass dahinter ein weiteres Blatt lag. Dieses Dokument trug die gleiche Überschrift. Das Datum war jünger. Letzten Mittwoch. Vor zwei Tagen.

Ricarda hielt das Schriftstück mit zittrigen Händen.

»Bingo.« Hanibal griff danach. »Darf ich?«

Er legte das Testament zurück in die Ledermappe, beugte sich darüber und begann zu lesen. Ricarda folgte seinem Beispiel.

Testament und letzter Wille

Im Vollbesitz meiner geistigen Kräfte erkläre ich, Heinrich Rorik Eklund, die folgenden Verfügungen, die nach meinem Tod ihre Gültigkeit erlangen sollen. Die Ereignisse und Erkenntnisse der letzten Wochen führen dazu, dass ich meinen letzten Willen aus freien Stücken ändere.

1. Meiner Tochter, Ricarda Maria Eklund, vererbe ich alle Anteile der Eklund Fleisch- und Wurstwaren International AG. Möge sie die Firma in meinem, aber insbesondere in ihrem eigenen Sinne weiterführen oder verwerten, wie es ihr beliebt.
Außerdem vermache ich Ricarda vier Fünftel des Geld- und Wertpapierguthaben bei der ersten Gemeinschaftsbank. Den fünften Anteil des Guthabens soll, Frau Anika Fux erhalten.

2. Meinem Sohn, Robert Eklund, vermache ich alle Einlagen bei der Bank für Investment und Vorsorge. Da mein geliebter Sohn leider kein Interesse an der Weiterführung der Firma hat, hoffe ich, ihm, mit diesem Geld, ein Leben in seinem Sinne zu ermöglichen.

3. Das Anwesen des Schloss Gewöllheim und alles darauf befindliche persönliche Eigentum soll an meine Kinder übergehen. Mögen sie es weiter in Gemeinschaft bewohnen oder verwerten. Aber Kinder, streitet euch deswegen nicht, sondern findet eine Lösung, mit der jeder von euch in Frieden leben kann.

4. Die Guthaben bei der Kundenkorrent-Bank soll in vier gleiche Teile aufgeteilt werden. Einen Teil

erhält Erik Fischer für seine treuen Dienste über die vielen Jahre hinweg. Erik Fischer soll außerdem ein lebenslanges Wohnrecht in diesem Haus gewährt werden, sofern er es möchte. Zusätzlich soll er die Samurai-Rüstungen aus meinem Nachlass erhalten.

Den zweiten Teil soll mein Schwager, Klaus Carls, erhalten.

Lieber Klaus, auch wenn wir nicht immer gleicher Meinung waren, so habe ich Dich stets als Gesprächskontrahenten geschätzt. Deinen Kredit erlasse ich Dir und mit dem Geld wirst Du frühzeitig in den Ruhestand gehen können.

Den dritten Teil des Guthabens vermache ich meinem lieben Freund, Cornelius Schickfuß, für seine Verschwiegenheit und das Vertrauen als Anwalt und als Freund. Du wirst das Richtige tun.

Den letzten Teil des Guthabens soll Dolores di Fonte, geborene Dietrich, erhalten.

Liebe Dolores, Du bist leider viel zu spät wieder in mein Leben getreten. Sollte ich den bürokratischen Weg vorher nicht mehr erledigen können, so sollst Du wissen, dass ich Dich als meine Tochter anerkenne, auch wenn ich Dir viel Leid angetan habe. Ich hoffe, Du vergibst mir.

5. *Mein Bruder Björn Sören Eklund soll die Schiffskanone im Keller, die Yak-Trophäe Liselotte und 10 Euro aus dem Einmachglas in der Küche, zusätzlich zum Erlös aus der Versteigerung des*

Rolls Royce Silver Cloud, erhalten.

6. *Die Forschungseinrichtung »Grüner Aufgang«, die Stiftung »Kinder, los!« sollen je € 100.000 aus dem Guthaben bei der* Sieben-Bürgen-Bank *erhalten.*

7. *Mein erster Angestellter Heinz-Josef Karwendel soll für seine treuen Dienste einen Betrag von € 50.000 aus dem Guthaben bei der* Sieben-Bürgen-Bank *erhalten. Ohne Dich hätte ich meine Anfangstage nicht durchgestanden. Danke.*

Ich habe Fehler in meinem Leben begangen, die ich nicht mehr rückgängig machen kann und zutiefst bereue. Ich habe an einigen Kreuzungen meines Lebens leider den falschen Weg gewählt. Ich hoffe, dass ich mit den oben aufgeführten Verfügungen nun den richtigen Weg gehe.

Heinrich Eklund

Nach einer Zeit des Schweigens brach Ricarda die Stille. »Ich habe eine Schwester? Dolores ist meine Schwester?«

»So sieht es aus.«

»Diese Nacht wird immer verrückter. Eine Schwester? Ich hoffe, ich habe in den nächsten Tagen nicht zu viel Zeit zum Nachdenken. Sonst bekomme ich noch einen Nervenzusammenbruch.«

»Ah, das wird schon. Sie sind ja nicht alleine. Sie

haben ihren Bruder und Anika. Nun ja, und eine neue Schwester.«

»Daran muss ich mich erst gewöhnen. Ich frage mich, wo sie plötzlich herkommt.«

»Wenn Ihnen der Name di Fonte nichts sagt, wie sieht es mit dem Namen Dietrich aus?« Hanibal kannte die Antwort bereits.

»Ja. Magda. Unsere Haushälterin. Sie meinen doch nicht etwa, dass Dolores Magdas Tochter ist?«

Hanibal nickte.

Ricarda stieß einen Seufzer aus. »Meinen Sie, mein Vater hat ‚DAS' mit dem *falschen Weg* gemeint?«

Er zuckte mit den Schultern, » Ich frage mich, ob Dolores es weiß.«

»Ich sollte es ihr sagen. Was meinen Sie?« Ricarda pausierte kurz, »Aber wir haben keinen Hinweis auf den Mörder gefunden.«

Hanibal vergewisserte sich, dass er nichts im Tresor übersehen hatte. »So ist das im Leben. Man sucht das Eine und findet etwas Anderes.«

»Sollen wir das wieder hineinlegen?«, fragte Ricarda.

Der Polizist lächelte. »Es sind ihre Unterlagen. Es ist ihr Tresor. Sie kennen jetzt sogar die Kombination. Sie müssen sich nur Rechts, Rechts, Links merken.«

Sie sammelte die Unterlagen zusammen und legte den Stapel wieder in den Tresor. Dabei stieß ihre Uhr an den Boden des Safes und ein dumpfer Ton

310

ertönte.

»Halt«, sagte Hanibal.

Er nahm die Unterlagen wieder heraus und drückte sie Ricarda in die Hände.

Er klopfte das Bodenblech ab. Er vernahm wieder den dumpfen Ton. Er inspizierte den Boden des Tresors. Entlang der Ränder verlief eine seichte Furche. Hanibal lächelte. Hanibal fuhr die Rille mit dem Zeigefinger entlang. Er fand keine Vertiefung. Er versuchte, die Bodenplatte mit den Fingernägeln aufzuhebeln. Es gelang ihm nicht und er stieß einen leisen Fluch aus. »Haben Sie ihr Telefon mit der Taschenlampe dabei?«

Ricarda nickte. Sie schaltete die Lampe an und reichte Hanibal das Smartphone. Hanibal leuchtete in den Tresor. In der oberen Ecke sah er einen Knopf. Er drückte darauf und die Bodenplatte sprang auf. Ricarda blickte ihn erstaunt an. Hanibal klappte die Platte auf und sah in einen Hohlraum. Er steckte die Hand hinein. Er fand ein kleines Buch und einen Stapel mit sechs verschlossenen, adressierten und frankierten Briefumschlägen. Er warf einen flüchtigen Blick auf die Kuverts. Auf vieren waren gelbe Klebezettel angebracht, die einen Hinweis auf »*Versand nach meinem Versterben*« enthielten. Die Empfänger waren sein Bruder, die beiden im Testament erwähnten Stiftungen, Heinz-Josef Karwendel und ‚Belegschaft'. Der letzte Umschlag war nicht adressiert, trug aber einen grünen Klebezettel mit dem Vermerk ‚*SchiCo'*. Hanibal stutzte einen Augenblick. Dann blätterte er das Buch wie ein Daumenkino durch, ohne die Texte zur Kenntnis zu nehmen. Der letzte Eintrag trug ein zwölf Jahre altes Datum.

Er reichte Ricarda den Inhalt des Geheimfachs. »Wissen Sie, was das sein könnte?«

»Sieht nach Briefen für die Nachlassempfänger und einem alten Tagebuch aus.«

»Das denke ich auch. Das sind wahrscheinlich persönliche Aufzeichnungen. Vielleicht ist auch Abschiedsbrief ihrer Mutter dabei.«

»Darum kümmere ich mich später.« Sie nahm die Briefe und legte sie in eine der Schubladen im Schreibtisch. Danach ging sie zum Tresor, schloss die Bodenplatte, steckte die restlichen Unterlagen in den Tresor und verschloss den Stahlschrank.

»Lassen Sie uns zurückgehen.«

Als sie die Eingangshalle erreichten, schlug irgendwo im Haus eine Uhr. Drei dunkle Töne, gefolgt von zwei helleren.

03:47 Uhr

Ricarda und Hanibal betraten den Rittersaal. Anika, Lola und Robert waren am Kopfende des Tisches ins Gespräch vertieft. Dampfende Kaffeetassen standen vor ihnen. Cassidy saß stumm daneben und vertrieb sich die Zeit mit ihrem Smartphone. Sie fixierte ihren Gefangenen gelegentlich mit einem prüfenden Blick. Vom Sengerberg saß still auf dem Stuhl und starrte ins Feuer. Der Anwalt schlief ruhig atmend in dem Ledersessel, während Erik ein leises Schnarchen von sich gab.

»Habt ihr was gefunden?«, fragte Cassidy.

»Kaffee?«, fügte Anika hinzu.

»Schnaps wäre mir lieber«, entgegnete Ricarda. Sie ließ sich auf einen der Stühle fallen.

»Mir reicht der Kaffee«, sagte Hanibal. Er setzte sich neben Cassidy. Anika füllte eine Tasse und reichte sie dem Kommissar.

»Was ist denn los?«, fragte Robert.

»Sie sagen es am besten frei heraus«, empfahl Hanibal.

Ricarda atmete tief ein. Sie rang einen Moment nach den richtigen Worten. »Robert, wir haben eine Schwester.«

Robert Eklund riss die Augen auf. »Was? Wer?«

Die Köpfe der anderen wirbelten abrupt herum. Lola warf ihr einen erwartungsvollen, beinahe hundehechelnden Blick zu.

»Sie schläft nebenan. Dolores.«

»Wie kann sie unsere Schwester sein? Sie ist unser Hausmädchen.«

»Das schließt sich doch nicht aus«, warf Cassidy ein.

»Es scheint, als ob Papa eine Affäre mit Magda hatte.«

»Magda?«

Sie nickte. »Wir haben das Testament gefunden. Dort hat er Dolores ausdrücklich als seine Tochter erwähnt.«

Robert stammelte, »Und wie soll es jetzt weiter gehen? Weiß sie es? Warum hat sie nichts gesagt? Ich verstehe das nicht.«

Ricarda setzte bereits zu einer Antwort an, Hanibal war schneller, »Es scheint, als wäre nicht nur Herr vom Sengerberg 'undercover' hier gewesen.«

»Wir sollten Dolores sagen, dass wir es wissen«, fügte Ricarda hinzu.

»Ja«, flüsterte Robert.

Das leise Knacken einer Bodendiele ließ sie herumfahren. Dolores stand im Türrahmen des Rauchersalons. Von sieben Augenpaaren verfolgt, bewegte sie sich langsam zum Ende des Tischs. Als sie die Sitzgruppe passierte, rieb sie ihre verschlafenen Augen und warf Magnus einen beiläufigen Blick zu. Sie blieb vor Ricarda stehen und gähnte leicht. »Ich hab meinen Namen gehört. Ist etwas?«

Ricarda erhob sich, »Willkommen in der Familie.«

»Du weißt es?«, flüsterte Dolores.

»Wir haben Papas Testament gefunden.«

Dolores schien erleichtert. »Dann ist es endlich raus.«

»Warum hast Du nichts gesagt?«

»Ich war nicht sicher, ob ihr mich akzeptiert. Ich hatte nie eine Familie, nur meine Tante.« Sie fuhr leise fort, »Ich tauche plötzlich auf, um Teil eurer Familie zu werden. Wärst Du nicht auch verunsichert?«

Ricarda nickte. »Was ist mit Deiner Mutter? Was ist mit Magda geschehen?«

Für eine Millisekunde sah Hanibal einen finsteren Ausdruck in der Mimik der Haushälterin. Sie ballte ganz kurz eine Faust und die Knöchel traten weiß hervor. »Sie ist gestorben. Ich bin bei meiner Tante aufgewachsen« wiederholte sie.

»Das tut mir leid. Was ist nach ihrer Kündigung geschehen? Wie ist sie gestorben?«, fragte Ricarda.

Dolores zögerte, »Autounfall.«

Hanibal registrierte die Antwort. Das Zögern erschien ihm einen Moment zu lang. Ricarda fuhr fort, »Jetzt bist Du ja hier. Wir haben in den nächsten Wochen sicherlich mehr Zeit, um uns besser kennenzulernen.«

Nun stand auch Robert auf. Er ging, gefolgt von Anika, auf Dolores zu.

Cassidy verfolgte das Geschehen aufmerksam. Sie erwartete eine Gruppenumarmung. Sie blickte zu

Hanibal, der das Wort ergriff. »Ähem. Frau di Fonte, ich habe eine Frage.«

Robert, Ricarda und Anika blickten ihn verachtend an. Er wagte es, die rührende Stimmung zu zerstören.

»Was ist denn?«, fragte Ricarda entnervt.

»Ich möchte nur kurz eine Sache wissen.« Er blickte Dolores an. »Als Sie sich auf die Stelle beworben haben, wussten Sie, dass bereits ihre Mutter auch hier gearbeitet hatte, oder?«

»Ja, selbstverständlich.«

»Wann hatte Ihre Mutter den tragischen Autounfall?«

Sie stotterte leicht. »Vor ungefähr Zehn Jahren.«

»Und Sie sind danach bei Ihrer Tante in Italien aufgewachsen. Korrekt?«

»Ja.«

»Dann haben Sie geheiratet und ihr Mann ist verstorben. Das haben Sie mir heute Morgen erzählt.«

»Richtig.«

»Sie sind hierher zurückgekommen und haben sofort eine Anstellung hier im Haus gefunden, weil Ihre Vorgängerin, Mildred, einen Autounfall hatte. Sie hat sich dabei beide Beine gebrochen. Ist Ihr verstorbener Mann nicht auch bei einem Autounfall ums Leben gekommen?«

»Ja.« Dolores klang angespannt.

»Ich finde, das sind sehr viele Autounfälle, die mit Ihnen in Verbindung stehen. Wenn ich mich richtig

316

erinnere, haben Sie heute Morgen erzählt, dass Sie etwas mehr als 6 Jahre in Italien gelebt haben, bevor sie hierher zurückgekommen sind. Ihr Mann war Automechaniker? Ist das richtig?«

»Ja. Na und?«, sagte Dolores.

Hanibal stand auf, »Sie sind zweiundzwanzig. Sie sind seit etwas mehr als einem Jahr hier angestellt. Sie haben vor ihrer einjährigen Ehe, 5 Jahre bei ihrer Tante in Italien gelebt. Nun, wenn Ihre Mutter vor circa 10 Jahren verstorben ist; wo waren sie in der Zwischenzeit? Ich habe heute mehrfach gehört, dass ihre Mutter, Magda, vor 10 Jahren gegangen ist. Es war einige Monate, nachdem Maria Eklund das Haus verlassen hat. Ich möchte nicht taktlos sein, aber ist ihr Autounfall direkt im Anschluss an ihre Kündigung geschehen?«

Hanibal erkannte Stress in Dolores Mimik. Die anderen blickten Hanibal skeptisch an.

»Worauf wollen Sie hinaus?«, fragte Ricarda.

»Sehen Sie, Frau di Fontes Mutter hatte einen Autounfall. Sie war mit einem Automechaniker verheiratet. Er ist bei einem tragischen Unfall in den italienischen Bergstraßen verstorben. Dann kommt sie hierher zurück. An den Ort, wo sie, ihrer eigenen Aussage nach, aufgewachsen ist. Sie fand eine Arbeit in dem Haus, in dem bereits ihre Mutter angestellt war. Und das, kurz nachdem ihre Vorgängerin ebenfalls einen Autounfall hatte und nicht mehr arbeiten konnte.«

Ein dichtes Schweigen lag in der Luft, das nur

vom Knistern des Kaminfeuers unterbrochen wurde.

»Was wollen Sie damit sagen?«, fragte Ricarda.

»Ein Autounfall ist tragisch. Zwei ein Zufall. Aber Drei? Das finde ich doch sehr unwahrscheinlich. Ich glaube einfach nicht an diese zeitlich aneinandergrenzenden Zufälle, die alle von einem Autounfall begleitet werden. Ich bin der Meinung, dahinter steckt ein System, das Frau di Fonte initiiert hat.«

Hanibal bemerkte, dass Dolores Gesicht errötete.

»Ich denke, dass etwas mit Ihrer Mutter geschehen ist. Es hängt mit diesem Ort zusammen. Sie ist nicht bei einem Autounfall ums Leben gekommen. Sie ist einfach verschwunden. Nachdem Ihre Mutter fort war, waren Sie einige Zeit auf sich gestellt. Sie sind wahrscheinlich erst einmal in einem Heim untergekommen. Ihre Tante hat Sie aufgenommen und Sie haben ein normales Leben geführt. Aber das Verschwinden Ihrer Mutter hat Ihnen keine Ruhe gelassen. Das mit dem Autounfall haben Sie nur gesagt, weil es das Erste war, was ihnen eingefallen ist.« Er ging um den Stuhl herum. »Sie haben geheiratet. Aber über Ihrer Ehe hing stets der Schatten Ihrer Vergangenheit. Dann haben Sie beschlossen, wieder hierher zurückzukehren. Sie wollten die Umstände des Verschwindens klären. Wer kann es Ihnen verübeln? Sie wussten, dass Magda bei den Eklunds gearbeitet hat. Sie mussten Zugang zu diesem Haus bekommen. Ihr Mann war Mechaniker. Wenn Sie nicht vollkommen

318

desinteressiert an seinem Beruf waren, dann haben Sie einiges über die Funktion von Autos mitbekommen. Das bleibt nicht aus, wenn man so lange Zeit mit jemandem zusammen ist, oder? Was haben Sie getan? Haben Sie die Bremsschläuche gelöst oder das Hydrauliköl an Mildreds Auto abgelassen?«

Hanibal ließ die Fragen im Raum stehen. Er wollte die Reaktionen des Hausmädchens beobachten. Er ließ sie nicht aus den Augen. Sie wirkte nervöser. Im Augenwinkel sah er Cassidy. Sie saß noch auf ihrem Platz, aber ihr Körper spannte sich. Sie war bereit zum Sprung.

Lola lauschte gespannt Hanibals Ausführungen, während der Gärtner nichts von allem mitbekam. Er schlummerte in seinem Stuhl und murmelte unverständlich vor sich hin.

Hanibal fuhr fort. »Sie haben die arme Mildred aus dem Weg geräumt, damit Sie ihren Platz einnehmen konnten. Dann hatten Sie freien Zugang zum Haus. Ich nehme an, Sie haben Herrn Eklund damit konfrontiert, dass Sie die Tochter von Frau Dietrich sind?«

Hanibal lockte ein weiteres »Ja« aus Dolores heraus.

»Wie hat er reagiert?«, fragte Hanibal.

Dolores antwortete nicht. Sie schluckte. »Er hat die Affäre mit meiner Mutter nicht geleugnet. Ihre Schwangerschaft hat er selbstverständlich mitbekommen. Meine Mutter hatte ihm nie gesagt, dass Sie von ihm schwanger war. Die Schwangerschaft war ihr eigener Fehler. Sie wollte ihn dafür nicht in die Verantwortung nehmen. Aber er war sich immer bewusst, dass er eine uneheliche Tochter hatte. Sie haben recht. Ich war einige Zeit im Heim, bis sich meine Tante meiner angenommen hat.« Sie ließ den Blick über die Runde schweifen. »Meine Mutter ist eines Tages nicht von der Arbeit nach Hause gekommen. Sie war einfach weg. Und ich war alleine.«

Ricarda blickte ihre Halbschwester mitleidig an. »Aber Deine Mutter hat doch gekündigt. Das hat Papa gesagt. Vielleicht ist ihr etwas auf dem Heimweg zugestoßen?«

»Nein. Das hätte man doch herausgefunden. Laut der Polizei ist meine Mutter einfach verschwunden. Aber ich habe auch etwas herausgefunden. Euer Vater hat euch angelogen. Denn einer Sache war er sich sehr genau bewusst.«

Hanibal ahnte bereits, was Dolores sagen würde, »Herr Eklund hat Ihre Mutter getötet.«

Dolores entfuhr ein weiteres, »Ja!«.

Die Eklundkinder und Anika starrten sie mit offenen Mund an.

Dolores verlagerte ihr Gewicht. »Er hat sie getötet und er hat ihre Leiche verschwinden lassen. Der Polizei hat er damals gesagt, sie hätte gekündigt und habe das Haus verlassen. Danach wurden ihm keine weiteren Fragen gestellt.«

»Das hat er Ihnen erzählt?«, fragte Hanibal.

320

»Ja. Gestern Abend.«

»Und dann haben sie Herrn Eklund getötet.«

»Er hat mir erzählt, dass er meine Mutter erschlagen hat. Er hat gesagt, er könne mit dieser Schuld nicht leben. Daher wollte er mir die Wahrheit sagen. Er hat sie in den Fleischwolf gesteckt. So hat er die Leiche entsorgt. Er hat es als Fehlversuch bei der Wurstherstellung deklariert und von einem Entsorgungsbetrieb abholen lassen. Ich hatte einen Kurzschluss. Da standen Schuhe auf seinem Schreibtisch. Ich nahm einen und schlug auf ihn ein.«

»Den ersten Schlag hat er abgewehrt, oder?«, fragte Hanibal.

»Ja. Mit der Hand«, bestätigte Dolores.

»Dann ist er zurückgewichen. Er hat sich den Kopf an einem der Wandleuchter angestoßen«, fügte Hanibal hinzu.

»Woher wissen Sie das?«, fragte Dolores.

»Erfahrung. Der zweite Schlag traf ins Auge und er ist auf dem Schreibtischstuhl zusammengesackt«, beendete Hanibal die Rekonstruktion.

»Ja«, zischte Dolores.

»Sie haben Herrn Eklund an den Schreibtisch gesetzt und haben den zweiten Schuh verschwinden lassen. Danach haben Sie Spuren, die auf den Kampf hinwiesen, beseitigt.«

Dolores nickte.

»Heute Morgen haben Sie so getan, als hätten Sie Herrn Eklund beim Servieren des Kaffees gefunden.

Sie haben durch das Blut auf dem Schreibtisch gewischt, um eventuelle Blut- oder DNA-Spuren an Ihnen zu erklären. Ein theatralischer Hilferuf und Ricarda fand nur noch das wimmernde, schockierte Hausmädchen. Das war clever. Mein Kompliment, Frau di Fonte. Das war wirklich geistesgegenwärtig.«

Dolores Lippen formten ein diabolisches Grinsen. »Ja, das hat mein Ex-Mann auch immer behauptet, bevor er die Klippe heruntergefahren ist.«

Den Moment, den Hanibal benötigte, um die Information aus der Aussage zu verarbeiten, nutzte Dolores und zog ein Stilett aus dem Ärmel ihrer Bluse. Sie packte Anika am Arm, zog sie als Deckung vor ihren Körper und setzte ihr die Dolchspitze an den Hals. »Sie werden mich nicht verhaften.«

Cassidy sprang auf und zog ihre Waffe. Hanibal tat es ihr gleich. Lola schnellte von ihrem Stuhl und kam mit großen Schritten um den Tisch.

»Na.Na.Na. Sie möchten doch nicht, dass der hübschen Schlampe etwas zustößt.« Sie unterstrich die Drohung, indem sie die Dolchspitze sanft in Anikas Hals bohrte. Die Haut spannte sich und Anika stieß einen erschrockenen Schrei aus. Dolores führte Anika einige Schritte rückwärts, bis sie den Stuhl erreichten, auf dem Magnus vom Sengerberg saß. »Robert, mein geliebter Bruder. Lass Dir von dem Bullenweib die Schlüssel geben und nimm Magnus die Handschellen ab!«

Robert schaute sie verdutzt an. Cassidy hielt das

Hausmädchen im Visier.

»Gib ihm die Schlüssel«, sagte Hanibal.

Cassidy holte die Schlüssel aus der Jackentasche und legte sie auf den Tisch. Sie schob Robert die Schlüssel zu und richtete die Waffe wieder auf Dolores. Robert nahm die Schlüssel und ging zu Magnus.

»Los! Schließ die Dinger auf«, fuhr Magnus ihn an.

Robert folgte dem Befehl und löste die erste Schelle. Magnus riss ihm den Schlüssel aus der Hand und entferne den zweiten Ring selbst. Er stieß Robert zurück und rieb seine Handgelenke. Er behielt die Polizisten im Auge und drückte Dolores einen Kuss auf die Wange. »Das wurde auch Zeit.«

»Was?«, rief Robert aus.

Magnus und Dolores antworteten synchron. »Halt´s Maul, Schwuchtel!«

Ricardas Blick steigerte sich in Hass. »Ihr steckt gemeinsam unter einer Decke?«.

»Ja Schatz. Wir waren öfters gemeinsam unter einer Decke«, höhnte Magnus.

»Jeder braucht jemanden zum Lieben«, fügte Dolores hinzu.

»Sie hat ihren Ehemann ermordet«, sagte Ricarda.

»Ich will sie ja nicht heiraten.« Seine Worte trafen Ricarda. »Herr Kommissar. Sie kennen das ja bereits. Schieben Sie mir ihre Waffe rüber.«

Hanibal legte seine Pistole auf den Boden und schob die P99 mit dem Fuß in seine Richtung.

Magnus nahm die Waffe und richtete sie gegen die Gruppe. »So gefällt es mir besser.«

Magnus flüsterte Dolores ins Ohr. Sie nickte. Mit Anika als Schutzschild gingen sie rückwärts zum Rauchersalon. Magnus deckte den Rückzug mit vorgehaltener Waffe. Cassidy hatte kein freies Schussfeld.

In diesem Moment schreckte Erik Fischer auf und erwachte aus seinem Schlaf. Er fuhr erschrocken hoch und richtete sich zu seiner vollen Größe auf, »Verdammt! Was ist los?«

Magnus und Dolores sahen erschrocken zu ihm. Den Moment nutze Hanibal. Er schnellte einige Schritte vorwärts und steckte die Hand in seine Manteltasche. Er griff nach der Mauser C96. Magnus bemerkte Hanibals Schritte. »Zurück.«

Hanibal blieb abrupt stehen, während die Geiselnehmer die Tür zum Rauchersalon erreichten. Dolores verschwand mit Anika durch die Tür. Magnus folgte ihr und schleuderte die Tür zu.

Hanibal zog die Waffe aus der Tasche und stürmte gemeinsam mit Cassidy zur Tür. Die anderen rotteten sich im Halbkreis hinter ihnen zusammen. Hanibal warf sich gegen Tür. Diese öffnete sich für einen Spalt breit, wurde aber augenblicklich wieder zugedrückt.

»Warum hat das Scheißding keinen Schlüssel?«, fluchte Magnus von der anderen Seite. Dann folgte ein Schuss, der oberhalb von Hanibals Kopf die Tür durchschlug. Hanibal duckte sich. Die anderen wichen zurück. Hanibal wartete einen Augenblick. Dann trat er gegen das Schloss. Von der anderen Seite drückte Magnus erneut dagegen. Ein weiterer Schuss folgte, der neben Hanibals Kopf austrat. Ein Aufschrei folgte. Anika. Ein dumpfes Poltern ertönte. Ein kratzendes Geräusch ertönte, das vor der Tür endete. Hanibal verweilte 6 Sekunden und warf sich gegen die Tür. Er spürte kaum Widerstand und die Tür sprang auf. Er sah im Augenwinkel, dass Anika zur Seite schleuderte. Sie hatte als Barriere hinter der Tür gelegen. Er erblickte Dolores, die neben dem Kamin in der Wand verschwand. Magnus stand am Hinterausgang des Zimmers. Er entließ einen weiteren Schuss. Hanibal wich instinktiv nach rechts aus und hörte Lola hinter sich schreien. Magnus drehte sich zur Flucht und verschwand über die Treppe nach unten. Hanibal jagte ihm eine Kugel aus der Mauser hinterher, die im Türrahmen einschlug. Hanibal beugte sich schnell zu Anika herunter. Er fühlte nach Lebenszeichen, während Cassidy sich um Lola kümmerte. Lolas rechter Arm blutete. Klaus Carls Stimme sagte, »Nur ein Streifschuss. Mir geht´s gut. Schnappt euch das Pack!«

Cassidy verharrte neben Hanibal. Anika blutete am Kopf. Sie kam zu sich und flüsterte benommen, »Garage. Sie wollen zur Garage.«

Ricarda eilte in das Zimmer. Sie fiel neben ihrer Freundin auf die Knie. »Los, holt sie euch. Ich kümmere mich um die beiden.«

»Ich nehm mir den Fatzke vor«, entschied Cassidy. Sie zog ihre Waffe und stürmte vom Sengerberg hinterher.

Hanibal lief neben dem Kamin in den Durchgang in der Vertäfelung. Nach einigen Metern verschwand er in den hölzernen Eingeweiden von Schloss Gewöllheim.

04:38 Uhr

Magnus vom Sengerberg sprintete die Treppe hinunter. Sie endete in dem Gang, der zur östlichen Ecke des Haupttraktes führte. Danach musste er nur den Hauptgang im Erdgeschoss unterhalb der Galerie und Roberts Wohnräumen entlanglaufen, bis er den Eulenturm erreichte. Er würde Dolores in der Garage treffen. Dort würden sie in das Gelände-Kart steigen und in den Wald fahren. Sie würden sich bei nächster Gelegenheit einen Wagen organisieren und in der Nacht verschwinden. Sie hatten einen kleinen Vorsprung. Die Polizisten würden sich zunächst um die Verletzten kümmern. Sie mussten nur den Wald erreichen. Dort werden die Polizisten die Spur verlieren. Aber vorher musste er seine Beute holen. Er musste zum Treppenhaus im Eulenturm. Dort hatte er die Ledertasche in dem Abstellraum vor dem Flur zur Garage platziert. Der Inhalt war eine gute halbe Millionen Euro wert. Auch wenn sein Plan nicht gelungen war, so war die Tasche immerhin ein gutes Trostpflaster. Der Schmerz in seinem Knöchel war vergessen. Er hatte ihn überwiegend vorgetäuscht. Er war ein Meister der Täuschung.

Sein Vater hatte ihm ständig mit dem alten Familiensitz der *Stucks vom Berg* in den Ohren gelegen. Er musste sich anhören, wie gut es den *Stucks* früher ging. Wie gut sie es heute haben könnten, würde ihnen nur ihr altes Anwesen gehören. Er hatte die Geschichten seines Vaters satt. Er hatte das Zirkusleben satt. Er wollte nicht mehr von Stadt zu Stadt reisen. Stets heimatlos. Ständig kurz vor dem Ruin. Er wollte ein anderes Leben. Jetzt würde es nicht Schloss Gewöllheim, sondern Argentinien werden. Vielleicht später die Karibik. Das war von vornherein sein Plan. Als einziger Überlebender der mysteriösen Todesfälle von Schloss Gewöllheim, hätte er das Anwesen verkauft und sich ein schönes Leben in der Sonne gegönnt.

Sein Vater war vor zweieinhalb Jahren verstorben. Der Zirkus stand kurz vor dem Bankrott. Er selbst hatte keinen Schimmer, wie man einen Zirkus führt. Er hatte sich viel lieber mit den Artistinnen herumgetrieben, als sich um Buchhaltung oder Tourpläne zu kümmern.

Und er hatte viel Zeit mit dem »schrägen Marlo« verbracht. Marlo wirkte immer leicht durchgedreht, aber Magnus hatte ihn gemocht. Marlo war einer der Clowns und der Allround-Handwerker des Zirkus. Er war ein Virtuose, wenn es darum ging, Dinge zu reparieren. Ein wenig wie Fischer, aber latent verrückt. Von ihm hatte Magnus viel über Mechanik gelernt. Sie hatten ständig an ‚Was-Passiert-Dann-Maschinen‘ gebastelt, bei denen eine Aktion die nächste auslöst. Bei ihrer letzten Maschine bestand die Kettenreaktion aus 23 Einzelschritten. Der finale Schritt, war das Hissen einer Fahne gewesen. Das Wissen, wie man aus den einzelnen Schritten auch tödliche Fallen basteln konnte, war ein Nebeneffekt.

Kaum, dass sein Vater beerdigt war, stand er vor einer Menge Problemen. Angestellte wollten Gehälter, Tiere brauchten Futter, Steuern mussten bezahlt und ein Tourplan erstellt werden. Er hatte nie um diese Verantwortung gebeten. Da er sie nicht wollte, tat er, was ihm das Beste schien. Er nahm die letzten Bargeldreserven des Zirkus und raffte seine Wertsachen zusammen. Mit allem, was sich zu Geld machen ließ, stieg er in sein Auto und fuhr los. Von dem Geld ließ sich einige Monate leben.

An einem regnerischen Tag dachte er über die Zukunft nach und ihm kamen die Geschichten seines Vaters in den Sinn. Er recherchierte in einem Internet-Café nach dem Familiensitz der *Stucks vom Berg*. Er erinnerte sich an den Namen *Schloss Hagenswacht*. Er verfolgte die Geschichte bis zu Schloss Gewöllheim und landete bei der Familie Eklund. Er stieß auf einen Artikel in einer Wirtschaftszeitung, ,*Alles Wurst? Die Erbin des Imperiums*'. Ricarda hatte in einem Interview einiges Privates preisgegeben. Sie war ledig, hatte Respekt vor Menschen, die ihr Geld für wohltätige Zwecke einsetzten und entspannte sich beim Wintersport in einem Schweizer Skiort. Das waren Informationen, die er verwenden konnte. Er investierte in teure Skikleidung und nistete sich in dem von ihr genannten Skiort ein. An einem Abend an der Hotelbar sprach er Ricarda an. Er stellte sich als Magnus vom Sengerberg, Privatier und Waisenkind wohlhabender Eltern, vor. Das war die erste Lüge, denn sein richtiger Name war Markus Sänger-Berg.

Er hatte ihr von seinem neuen Brunnen-Projekt in Afrika vorgeschwärmt, das er finanzierte, und dass er auf der Suche nach wohltätigen Spendern sei. Ricarda war darauf angesprungen. Ein kurioser Nebeneffekt war, dass auch andere Society-Gäste Geld spendeten. Entweder aus Champagner-Launen heraus oder als Selbstabsolution für ihre eigene Dekadenz. Sie fragten nicht einmal nach Spendenquittungen. Er legte eine Alibi-Webseite an und postete regelmäßig Erfolgsmeldungen seiner Projekte, ohne dass auch nur ein Cent sein eigenes ,Spendenkonto' je für wohltätige Zwecke verlassen hatte.

Er hatte bei Ricarda den Fuß in der Tür. Er wickelte sie mit dem Charme ein, den er von den Artistinnen gelernt hatte. Ricarda war dafür sehr empfänglich gewesen. Er hatte seinen ersten Etappensieg erreicht, als er nach Belieben in Schloss Gewöllheim ein- und ausgehen konnte. Ricarda fragte kaum nach seinen Geschäften, da sie zu sehr in ihr eigenes Berufsleben engagiert war. Im Darknet hatte er sich inzwischen Papiere organisiert, die auf seinen falschen Namen ausgestellt waren. Magnus vom Sengerberg war nun eine natürliche Person, die jeder Amtsüberprüfung standhielt. Er musste vorsichtig sein, denn seine Arbeit im Zirkus hatte ihn bekannt gemacht. Jederzeit hätte ihn jemand erkennen können.

Auf Schloss Gewöllheim begegnete er Dolores. Das schüchterne Mädchen war zunächst eine hervorragende Gespielin; danach hatte sie sich verlässliche Verbündete erwiesen. Er hatte sie sogleich mit seinem Charme betört. Sie war ihm beinahe bedingungslos ergeben. Er wusste, dass sie ein eigenes Geheimnis verbarg, aber er fragte nicht nach. Auch er hatte seine Geheimnisse. Er offenbarte ihr eines Nachmittags seinen Plan, die Hausbesetzer auszumerzen. Er versprach ihr sogar, sie zu heiraten. Frauen waren manchmal so einfach zu manipulieren. Bei einem ‚Stelldichein' in Heinrichs Wohnung hatte sie ihm obendrein zufällig vor Augen geführt, welche Menge an Wertgegenständen unverschlossen in Heinrichs Wohnung zu finden waren. Die Uhren, den Schmuck und das Bargeld hatte er seitdem stets in Erinnerung behalten, als wenn er sich darauf programmiert hatte.

Im April machte er Ricarda einen Heiratsantrag und sie einigten sich auf einen Hochzeitstermin. Der nächste Teil seines Plans trat in Kraft.

Er wollte Ricarda heiraten und danach würde der alte Eklund an Organversagen sterben. Ricarda sollte im Keller verunglücken, Robert in der Galerie. Fischers Tod wäre ein nettes Zubrot, aber ihn wäre er spätestens nach dem Verkauf des Anwesens los gewesen.

Er hatte alles so schön geplant. Aber gestern Nacht war es schief gelaufen. Dolores hatte Eklund getötet, bevor sich alle Steine fügten. Das hätte er aussitzen können. Aber die Polizistin hatte ihn erkannt. Warum musste ausgerechnet sie, jemand, die ihn aus seinem vorherigen Leben kannte, die Ermittlung führen? Cassidy? Was war das überhaupt für ein Name? Wahrscheinlich war sie lesbisch. Er wirkte sonst anders auf Frauen. Das war vermutlich der Grund, warum sie sich ihm gegenüber so schroff verhalten hatte. Sie hatte anscheinend bereits bei der Begrüßung einen Verdacht. Sie hätte ihn als Hochstapler entlarvt und die Hochzeit mit Ricarda würde nicht stattfinden. Er musste schnell handeln, seinen Plan-B aktivieren und die Beute zusammenraffen, bevor er aufflog. Der Inhalt der Tasche würde ihm in einigen Teilen der Welt ein sorgenfreies Leben ermöglichen.

Sein Zwischenspiel im Turm war eine Dummheit gewesen. Das Knirschen einer Bodendiele hatte über sein Schicksal entschieden, oder war es insgeheim der Wunsch, Ricarda vorzuführen. Das Mädchen, das alles hatte, was seins hätte sein sollen. Nach zwei Jahren der Maskerade konnte er nicht anders. Es war ihm eine Genugtuung. Er wollte die Polizisten einige Zeit aufhalten. 15 Minuten hätten gereicht. Jetzt musste eine Minute ausreichen. Die Polizistin war zu dicht auf seiner Spur gewesen. Sie hatte ihn, zu guter Letzt bei ihrem Gespräch am Kamin identifiziert. Die gespielte Unwissenheit kaufte er ihr nicht ab. Dann hatte sie es ihrem Kollegen erzählt. Sie wollten es Ricarda verraten und sie vor seiner Verhaftung in Sicherheit bringen. Warum sonst, hatten sie Ricarda unter einem Vorwand aus dem Raum geführt? Dessen war er sich sicher. Seine Arbeit im Kassenhäuschen des Zirkus war zu wichtig gewesen. Er war zu prominent. Die Polizistin hatte ihn entlarvt. Oder vielleicht nicht?

Er schüttelte den Gedanken aus dem Kopf.

Als die Kommissarin ihn erwischte, wusste er, dass er auf Dolores zählen konnte. Sie hatte ihm verschwiegen, dass sie Eklunds Tochter war. Das war ihr Geheimnis. Sie hatte ihn aus Wut getötet. Das konnte er verzeihen. Ansonsten war sie loyal. Das war sie immer gewesen. Sie war nicht der Typ für ausgefeilte Pläne. Im Augenblick brauchte er ihre Hilfe. Später würde sie eine Belastung sein. Eine Mitwisserin. Das konnte er nicht gebrauchen. Er würde sich um sie kümmern, nachdem sie in der Stadt untergetaucht waren.

Magnus lief weiter den Gang entlang. Er würde bald das Treppenhaus erreichen. Dann noch ein kurzer Weg zur Garage. Er würde es schaffen. Er hörte laufende Schritte hinter sich. Da war die Tür zum Treppenhaus. Er eilte hindurch und riss die Tür zur Abstellkammer auf. Die Tasche war weg.

Ein Schockmoment übermannte ihn, doch er fasste sich sofort wieder. Dolores hatte die Tasche wahrscheinlich bereits mitgenommen. Sie hatte den schnelleren Weg, oder? Alles war gut. Er musste weiter zur Garage. Die Schritte seines Verfolgers waren bereits dicht hinter der Tür. Er musste sich beeilen. Er riss die Tür zum Korridor, der in die Garage führte, auf und rannte los. Noch 10 Meter. Etwas war anders als sonst. Die Tür zur Garage war geschlossen. Sie stand sonst offen. Er schüttelte den Kopf, riss die Tür auf und sah viele Dinge gleichzeitig. Das Garagentor zum Wald war geöffnet. Draußen peitschte der Wind. Dolores saß im Gelände-Kart. Sie startete den Motor, grinste ihn böse an und fuhr los. Auf der gegenüberliegenden Seite des Raumes flog die Tür nach innen auf. Der Werkzeugwagen schleuderte durch den Raum, dicht gefolgt von dem Kommissar.

Magnus schrie, »Du Hure!«

Zwei Dinge bemerkte er nicht. Die Streitaxt, die über dem Türrahmen in der Fahnenhalterung montiert war, und das leise ‚Pling', das beim Öffnen der Tür erklang. Mit dem ‚Pling' löste sich ein Sicherungsbolzen und entriegelte die Arretierung der Halterung. Die Axt klappte herunter. Er bemerkte die Axt, als sie seinen Schädel spaltete.

Zur gleichen Zeit

Dolores hatte den schwierigen Teil hinter sich gebracht. Sie hatte Magnus befreit. Jetzt lief sie durch die Zwischenwände Schloss Gewöllheims zur Garage. Magnus hatte ihr zugeflüstert, dass er die Beute aus der Abstellkammer holen wollte, bevor sie sich absetzten.

Sie lächelte verschlagen.

Die Befreiung lief nicht exakt nach Plan, hatte aber funktioniert. Magnus war eine wunderbare Ablenkung für die Polizisten. Er war der Aggressor mit der Schusswaffe. Die Befreiung sollte weniger spektakulär verlaufen, aber der Kommissar war ihr auf die Schliche gekommen. Ursprünglich hatte sie geplant, der Polizistin die Schlüssel aus der Tasche zu stehlen. Sie war sehr geschickt mit ihren Fingern. Sie war eine geübte Taschendiebin. Das hatte sie im Heim gelernt. Hier hatte man sie abgeladen, nachdem ihre Mutter eines Abends nicht mehr von der Arbeit nach Hause kam. Nach dreieinhalb Jahren war Dolores Dietrich ausgerissen und hatte sich nach Italien abgesetzt. Sie war von Nord nach Süd durch das Land gereist. In Turin, Mailand und in Rom hatte sie ihre Fertigkeit als Taschendiebin ausgiebig eingesetzt und verfeinert. Am Ende verschlug es sie in ein kleines Küstendorf im tiefsten Süden des Landes. Dort lernte sie Paolo di Fonte kennen. Er hatte sie beim Stehlen erwischt, es ihr aber nicht übel genommen. So lief es in Süditalien. Nachdem sie ihre Geschichte erzählt hatte, ließ er sie sogar bei sich wohnen. Dann kam es, wie es kommen musste. Sie heirateten, als sie volljährig wurde und Dolores glaubte, sie hätte ihre Vergangenheit hinter sich gelassen. Leider stellte sich Paolo als miserabler Ehemann heraus. Er kümmerte sich um lockere Schrauben und leichte Mädchen. Als Automechaniker hatte er Kontakt mit dem halben Dorf. Auch mit den hübschen Frauen und den Ehefrauen seiner Kunden. Sie wusste von mindestens fünf Frauen, mit denen er sie betrog. Das ließ sie nicht auf sich sitzen. Sie löste den Bremsschlauch seines Wagens. Nur ein klein wenig. Den Rest sollte der Alltagsgebrauch erledigen. Sie wollte ihm einen Denkzettel verpassen. Paolo sollte in den engen Dorfgassen die Kontrolle verlieren und vor eine Hauswand prallen. Das war ihr Plan. Der Schlauch hielt länger als beabsichtigt. Er löste sich erst einige Tage später, als Paolo auf einer Serpentinenstraße unterwegs war. Der Wagen durchschlug die Leitplanke und stürzte ungefähr hundert Meter in die Tiefe. Die Polizei teilte ihr mit, dass er am Unfallort verstorben sei. Sein Tod war nicht geplant, aber um den Hurenbock war es nicht tragisch. Als Ehefrau erbte sie sein Haus und sein Vermögen. Die Werkstatt verkaufte sie zu einem guten Preis. Unterm Strich, kein schlechtes Geschäft für sie. Glaubte sie.

Die Untersuchung zu Paolos Unfall war auch nach einigen Monaten noch nicht abgeschlossen. So lief es in Süditalien. Ihr bisheriges Leben war in dem Augenblick vorüber, an dem die Verwandten erfahren hatten, dass sie an dem Werkstattverkauf € 80.0000 verdient hatte. Sie hatten Dolores nie gemocht. Sie hatten sie nur ‚La Tedesca' genannt. Eines Abends bekam sie Besuch von drei Brüdern und zwei Schwestern. Sie wollten ihr weder das Haus noch das Geld überlassen. Sie warfen ihr vor, Paolo getötet zu haben, und wiesen auf die laufende Untersuchung hin. Giovanni, Paolos ältester Bruder, kannte den Polizeichef persönlich aus Trattoria und die Schwester einer Freundin von Graziella, Paolos älterer Schwester, war mit einem Carabiniere verheiratet. Selbst wenn sie Dolores nichts hätten nachweisen können, hätten sie etwas gefunden. So lief es für Fremde in Süditalien ohne Familie. Da Geld den Schmerz der Verwandtschaft lindern konnte, fanden sie eine Einigung. So lief es für Fremde in Süditalien mit Familie. Dolores überließ ihnen das Haus und den Erlös aus dem Werkstattverkauf. Da bei Paolo aber nicht alle Einnahmen durch die Bücher gelaufen waren, kannte niemand die genaue Höhe seines Vermögens. Sie unterschlug siebzig Prozent der Summe. Von den € 20.000, die Paolo in der Schraubendose im Keller aufbewahrte, wusste auch nur sie. Sie verließ den Küstenort bei Nacht und Nebel in Paolos Alfa Romeo Spider um € 60.000 reicher. So lief es in

Süditalien.

In Rom verkaufte sie den Wagen und stieg in einen Zug nach Deutschland. Auf der Fahrt dachte sie an ihre Mutter. Niemand verließ sein Leben ohne triftigen Grund. Schon gar nicht, wenn man ein Kind zurückließ. Ihr musste etwas Schlimmes widerfahren sein. Sie hatte nie etwas über ihren Vater erzählt. Sie hatte nur Andeutungen gemacht. Aber sie wusste, wo ihre Mutter gearbeitet hatte. Mit Anfang Zwanzig konnte sie sich Dinge zusammenreimen, die sie als elfjähriges Mädchen nicht verstanden hatte.

Sie beschloss, Heinrich mit ihren Vermutungen zu konfrontieren. Sie mietete eine kleine Wohnung im Nachbardorf zum Eklundanwesen und observierte das Haus. Nachdem sie die Gewohnheiten der Hausbewohner zwei Wochen beobachtet hatte, kam ihr die Idee, das Haus als Hausmädchen zu infiltrieren. Sie kannte die Positionen der Kameras und schlich an einem Oktoberabend, in schwarz gekleidet, auf das Gelände. Sie kroch unter Mildreds Wagen und manipulierte die Bremsen des Fiats. Als Mildred nach ihrer nächsten Fahrt nicht mehr wiederkam, wusste sie, dass ihr Plan funktioniert hatte. Sie hatte in der Lokalzeitung von dem Unfall gelesen und sie wusste, dass Heinrich freitags zu Hause arbeitete. Daher traf sie ihn persönlich an, als sie unverfroren an seiner Tür klingelte und nach der Stelle fragte. Sie schmeichelte ihm. Sie war ihm sympathisch und er brauchte dringend Ersatz für Mildred. Inwiefern der weite Ausschnitt ihrer Bluse zur Sympathie beigetragen hatte, wollte sie nicht beurteilen. Die meisten Männer waren recht einfach zu manipulieren.

Dolores grinste bei dem Gedanken.

Sie hatte es geschafft. Sie konnte sich frei im Haus bewegen und die traditionelle Wohnung der Haushälterin benutzen, die bereits ihre Mutter benutzt hatte. Eines Tages entdeckte sie bei der Reinigung in einem der Kellerräume einen lockeren Stein. Dahinter verbarg sich ein Hohlraum, der einen Bund mit alten Schlüsseln enthielt. Sie konnte zunächst nichts damit anfangen, trug es aber stets bei sich, falls sie jemals verschlossene Türen fand. Durch einen weiteren Zufall fand sie verschlossene Türen, als sie an einem Vormittag im Januar die Wandleuchter in Eklunds Wohntrakt abstaubte. Als sie daran zog, sprang die Vertäfelung auf. Dahinter fand sie einen Gang, der vor einer verschlossenen Türe endete. Sie versuchte einige der Schlüssel. Einer passte und öffnete ihr den Weg in neue Gänge. Die meisten Türen verfügten über ein Schnappschlosssystem. Von der einen Seiten benötigte man einen Schlüssel, von der anderen Seite, schnappte ein Riegel in eine Verankerung. Im Laufe der letzten Monate hatte sie alle Türen entriegelt und mit Holzkeilen fixiert, damit sie ungestört durch die Zwischenwände flanieren konnte. Die Gänge inklusive Treppen zogen sich durch das gesamte Haus. Es war wie ein Schattenhaus. Viele Räume hatten doppelte Wände mit Spionlöchern. Sie fand nun wesentlich privatere Dinge über die Bewohner heraus, als sie sich je zu träumen gewagt hatte. Sie lernte ihre verlorene Halbfamilie kennen.

Heinrich Eklund blieb für sie ein Mysterium. Einerseits streng, aber gleichzeitig höflich und mitfühlend.

Robert war langweilig. Voller Ängste und Selbstzweifel. Er musste noch zu sich selbst finden.

Ricarda war zielstrebig und selbstbewusst. Sie ließ sich in Abenteuer drängen, die ihrer Experimentierfreude entgegenkamen. Da Magnus häufig nicht im Haus war, lief ihre Affäre mit Verena parallel weiter. Sie hatte die beiden einige Male bei ihren wilden Spielen beobachtet. Was sie in Ricardas Stadtwohnung trieben, konnte sie sich ausmalen. Ricarda hatte die Affäre im April beendet, nachdem Magnus ihr den Heiratsantrag machte, aber Verena hatte ihren eigenen Weg gefunden, sich über die Trennung hinwegzutrösten.

Erik war mehr Aufseher als Gärtner. Ihm entging wenig von dem, was auf der Anlage geschah, auch wenn er anscheinend keine Kenntnis von der Ricarda-Verena-Affäre hatte. Aber auch er hatte seine Gewohnheiten und Dolores lernte, ihm aus dem Weg zu gehen.

Dolores kannte das Haus und die Vorlieben der Bewohner. Daher hatte sie Magnus einmal beim Masturbieren erwischt, als Ricarda in der Fabrik war. Sie war ihm freundlich zur Hand gegangen und manipulierte ihn seitdem. Er wirkte auf andere vielleicht charmant, aber nicht auf Dolores. Er war nicht authentisch. Das hatte Dolores bereits bei ihrer ersten Begegnung gespürt. Sie spürte es, da sie den anderen selbst etwas vorspielte. Nach dem Sex war er sehr redselig und empfänglich für Suggestionen. Es war faszinierend, wenn er ihr von Ideen erzählte, die sie ihm eingepflanzt hatte.

Verena hatte die beiden beinahe einmal bei einem ,*Schäferstündchen*' erwischt. Da Dolores von Ricardas Erpressung wusste, drohte sie, Eklund alles zu erzählen. Daraufhin lebten sie in respektvoller Koexistenz im Haus. Jeder bewahrte das Geheimnis des Anderen.

Eines nachmittags verplapperte sich Magnus. Dolores bohrte nach, bis er sein Geheimnis offenbarte. Er war ein Hochstapler und verfolgte seinen eigenen Plan. Er hatte ihr sogar verraten, was er mit Eklunds geplant und wo er seine Fallen ausgelegt hatte. Sie hielt nicht viel davon. Erst recht nicht, als er versprach, sie zu heiraten und mit ihr im Luxus zu leben, wenn sie das Geheimnis noch einige Monate wahren würde. Sie willigte ein. Zur Besiegelung ihres Paktes erzählte sie ihm einige Dinge aus ihrer Karriere als Taschendiebin. Sie hatte nie vor, ihn zu heiraten. Er höchstwahrscheinlich auch nicht. Sie traute ihm nicht. Seine verdeckte Identität machte ihm zu schaffen. Er hatte eine verschobene Selbstwahrnehmung und sah an jeder Ecke Gespenster. Er wollte es sich nicht eingestehen, aber er würde seine Identität nicht mehr lange aufrecht erhalten können. Er würde bei einem ungeplanten Ereignis in Panik verfallen und unbewusst handeln. Das konnte sie für sich benutzen. Er war ein gutes Werkzeug. Sie redete Magnus ein, dass er dringend einen Ersatzplan benötige.

Sie brachte ihn unter einem Vorwand in Heinrichs Privaträume. Maria hatte eine Vorliebe für Schmuck von Cartier und Bulgari gehabt. Heinrich hatte eine umfangreiche Uhrensammlung. Außerdem bewahrte er € 50.000 und Goldmünzen in einer Munitionskiste auf, die er als Lampensockel verwendete. Sie zeigte ihm die Gegenstände beiläufig und erklärte, wie einfach es sei, alles in Taschen zu packen und abzuhauen. Sie erzählte ihm von der Abstellkammer vor der Garage und einem Fluchtweg durch den Wald.

Danach redete sie wochenlang nicht mehr darüber. Allerdings fragte sie Magnus vermehrt nach der Uhrzeit. Dolores verwendete vermehrt das Wort ‚Quartier' und sie sprach über Urlaub in Bulgarien. Dann erzählte sie, wie zufällig, aber regelmäßig, von der Abstellkammer vor der Garage und von Waldspaziergängen.

Sie wollte nur möglichst viel Geld aus der Sache

342

herausschlagen. Sie war nicht an mehreren Millionen in der Zukunft interessiert, wenn sie eine Million sofort haben konnte.

Heinrichs Tod war das ungeplante Ereignis, das Magnus Kartenhaus zum Einsturz brachte. Es war niemals sein Plan gewesen.

Sie grinste und lief weiter die Gänge entlang.

Sie hatte ihre Flucht vorbereitet, als die anderen glaubten, sie würde im Rauchersalon schlafen. Sie hatte einige Kissen unter die Decke gestopft und war zur Garage geschlichen. Niemand außer ihr wusste von dem geheimen Ausgang und dem Treppenabstieg aus dem Rauchersalon heraus. Sie vergewisserte sich, dass alle Schnappschloss-Türen im Erdgeschoss der Westseite bis zur Garage geöffnet waren. Sie war auf der Hälfte des Weges aus der Wand getreten und organisierte eine Streitaxt und ein Stilett. Sie holte die Tasche aus der Abstellkammer und deponierte sie im Fußraum des Gelände-Karts. Dann bereitete sie die Überraschung für Magnus am Osteingang der Garage vor, da ihm nur dieser Weg blieb, wenn er die Beute aus der Abstellkammer holte. Danach verließ sie die Garage wieder durch die Werkstatt und ging den gleichen Weg zurück, auf dem sie gekommen war. Sie schlich zurück ins Raucherzimmer. Niemand hatte ihre Abwesenheit bemerkt. Ihrer Flucht stand nichts im Weg. Jetzt musste sie zur Ablenkung Magnus befreien.

Sie nahm behutsame Schritte im Gang hinter sich wahr. Sie trat im Vorbeilaufen gegen den Holzkeil unter der nächsten Tür. Sie schwang zurück und fiel ins Schloss. Nun benötigte man theoretisch die Schlüssel, um sie erneut zu öffnen. Die Tür bremste einen Verfolger, aber sie hielt niemanden auf, der mit Gewalt hindurch wollte.

Dann hatte Ricarda mit ihrer ‚Willkommen-in-der-Familie-Leier‘ angefangen und der Kommissar hatte sie überraschend zur Rede gestellt. Sie fragte sich, wie er sich ihre Vergangenheit zusammengereimt hatte. Wahrscheinlich hatte es etwas mit dem Besuch in Eklunds Büro zu tun. Hatte Eklund sie vielleicht in seinem Testament erwähnt? Als der Kommissar mit seinen Fragen anfing, war es ihr egal. Jeder sollte wissen, dass Heinrich kein Heiliger war. Sie änderte ihren Plan und jeder konnte wissen, was sie getan hatte.

Sie hatte sich Heinrich vor acht Wochen als Tochter vorgestellt und ihm ihre Vermutungen hinsichtlich seiner Vaterschaft mitgeteilt. Anfangs war er skeptisch, doch er war ins grübeln gekommen und hatte sie nicht aus dem Haus gejagt. Im Laufe der folgenden Wochen führten sie weitere Gespräche. Sie hatte ihm Einzelheiten über ihre Mutter und Kindheit erzählt. Heinrich wurde

344

zugänglich. Sie erzählte ihm, dass sie kein Teil der Familie werden wolle, sondern für eine angemessene Summe Geld verschwinden würde. Heinrich hatte ihr einen sechsstelligen Betrag zukommen lassen, den sie bereits sicher hatte. Das war ihr nicht genug. Sie wollte zusätzlich Marias Schmuck und Heinrichs Uhren stehlen und erst danach abhauen. Die Gegenstände hatten einen Gegenwert von mehreren Hunderttausend Euro und lagen nahezu unverschlossen in Heinrichs Ankleidezimmer. Heinrich wäre schockiert, sie glaubte aber nicht, dass er weitere Schritte einleiten würde. Sie fühlte, dass ihn ein schlechtes Gewissen plagte, wenn Magda zur Sprache kam. Am gestrigen Abend fand sie ihr Gefühl bestätigt.

Sie hatte am Schreibtisch in ihrem Appartement gesessen und einen Knopf an ihrer Bluse angenäht. Dabei war ihr die Garnrolle zu Boden gefallen. Als sie die Rolle aufhob, fiel ihr Blick unter die Schreibtischschublade. Darunter war ein Briefumschlag geklebt. Im Umschlag entdeckte sie drei Fotos. Das erste Bild zeigte Heinrich Eklund und Cornelius Schickfuß, die einen leblosen Frauenkörper durch die Eingangshalle trugen. Auf dem zweiten Bild trugen die beiden den Körper durch den Innenhof in Richtung eines Kellerabgangs. Das dritte Foto zeigte, in einer Detailaufnahme, das Gesicht der Frau. Dolores kannte das Gesicht. Es hatte ihr oft in Eklunds Büro von dem Familienportrait entgegengeblickt. Es war

Maria Eklund.

Sie kickte einen weiteren Türkeil beiseite.

Sie schlussfolgerte, dass jemand die Fotos zur Sicherheit hier versteckt hatte. Da sich das Versteck in diesem Raum befand, ließ die Logik nur ein Ergebnis zu. Die Haushälterin, die das Appartement zur Zeit von Marias Verschwinden bewohnte, war ihre Mutter. Es konnte nur einen Grund geben, warum die beiden Männer einen leblosen Körper in den Keller trugen. Einer der beiden hatte Maria getötet und ihre Mutter hatte davon gewusst.

Der Moment der Erkenntnis schnürte ihr die Kehle zu. Die Befürchtung, was das Verschwinden ihrer Mutter anging, ließ Übelkeit in ihr aufsteigen. Die Übelkeit verwandelte sich in Zorn. Sie lief durchs Haus und traf Heinrich in seinem Büro an. Sie schlug ihm die Bilder krachend auf den Schreibtisch und fragte nach dem Verbleib ihrer Mutter. Heinrich war überfordert und zerriss die Bilder. Danach gestand er die Wahrheit. Er hatte Maria, in der Eingangshalle während eines Streits, als sie sich abwendete und er nach ihr griff, versehentlich die Treppe hinuntergestoßen. Maria schlug mit dem Kopf auf und brach sich das Genick. Sie war sofort tot. Er hatte Schickfuß um Hilfe und Rechtsbeistand gebeten. Schickfuß riet ihm, den Unfall zu melden und der Polizei den Hergang zu schildern. Doch Heinrich entschied sich dagegen. Er überredete Schickfuß, ihm zu helfen, die Leiche ins Wurstlabor zu bringen. Dort zerlegte Heinrich Maria und steckte sie in den Fleischwolf. Er rief einen Entsorgungsdienst für Lebensmittel und ließ Marias Überreste mit weiteren Abfällen abtransportieren. Da er den Entsorgungsdienst regelmäßig beauftragte, stellte niemand Fragen.

Magda hatte sie beobachtet und Schnappschüsse gemacht, mit denen sie Eklund einige Zeit erpresste. Eines Tages war Eklund die Erpressung leid und anstatt mit Geld, erwartete er Magda mit einem Marmoraschenbecher, den er ihr an den Kopf schlug. Er entsorgte sie, wie zuvor seine Ehefrau.

Heinrichs Geständnis milderte ihre Wut nicht. Sie griff nach dem erstbesten Gegenstand und schlug auf ihn ein. Aus irgendeinem Grund standen Damenschuhe auf Heinrichs Schreibtisch. Der erste Schlag traf ihn an der Hand. Er wich überrascht einen Schritt zurück. Sie schubste ihn und er stieß mit dem Hinterkopf an den Kerzenleuchter. Er taumelte durch den Raum, bis sie ihm mit dem Handballen einen weiteren Stoß verpasste. Er fiel rücklings in seinen Bürostuhl und legte benommen den Kopf in den Nacken. Sie überlegte einen klaren Moment lang, ob Heinrich genug hatte, doch sie entschied, dass er einen weiteren Schlag vertrug. Sie wusste nicht mehr, ob es Absicht oder Zufall war, aber sie empfand eine zornige Befriedigung, als sie ihm den Absatz ins Auge hämmerte. Er fiel mit dem Kopf auf den Schreibtisch. Das Blut sickerte langsam aus seiner Augenhöhle. Heinrich Eklund war tot.

Sie traf einen weiteren Keil mit dem Fuß und die Tür fiel hinter ihr in Schloss.

Sie benötigte einige Minuten, bis sie ihre Tat in Gänze realisierte. Niemand kam. Sie schloss daraus, dass der Mord unbemerkt blieb. Sie war noch nicht bereit zur Flucht. Sie musste zunächst ihre Beute einsammeln. Heinrichs Leiche würde bald entdeckt werden, aber sie konnte ihn nicht unbemerkt verschwinden lassen. Sie überlegte, ob sie Magnus einweihen sollte, entschied sich dagegen und dachte ihm eine andere Rolle zu. Er würde ihr helfen, auch wenn er nichts davon wusste. Wenn sie es richtig anstellte, konnte sie sogar unbescholten herauskommen. Sie hatte ihn durch ihre Suggestionen vorbereitet. Es fehlte nur das prägnante Ereignis, dass ihn aus der Bahn werfen und seine Fassade zum Einsturz brachte. Ursprünglich plante sie, Verena in einigen Wochen zu opfern. Um sie wäre es nicht schade, und sie hätte ihrer Halbschwester sogar einen Gefallen getan. Aber jetzt musste sie ihren Plan ändern.

Sie würde den Fund der Leiche, zur Ablenkung, so öffentlich wie möglich gestalten. Sie beseitigte die Spuren, so gut es ging. Sie wischte den Kerzenleuchter ab, an dem sich Heinrich gestoßen hatte. Danach reinigte sie den Teil des Schuhs, den sie angefasst hatte. Sie steckte die Überreste der

Bilder ein, sicherte den zweiten Schuh und schaltete um 00:13 Uhr das Licht im Büro aus. Sie warf den zweiten Schuh und die Bildschnipsel in den Bach, der durchs Grundstück floss und begab sich in ihr Appartement. Ihr großer Auftritt würde in einigen Stunden stattfinden. Sie fand in der Nacht keine Ruhe. Gedanken schossen ihr durch den Kopf, wie sie Magnus Paranoia anfeuern und ihn als Ablenkung aktivieren konnte. Dann kam ihr eine Idee. Sie würde ihn in einem stillen Moment zur Seite nehmen und eine Geschichte erzählen. Demnach wäre Maria Eklund aus dem Exil zurückgekehrt und hatte Heinrich getötet. Sie würde einige Details erfinden, die Magnus schlussfolgern ließen, dass ein Unbekannter im Haus sei. Das sollte genügen, um ihn in Panik zu versetzen. Sie schaute um 04:42 Uhr auf die Uhr und beschloss, mit ihrer Show anzufangen.

In der Küche kochte sie einen dreifachen Espresso, den sie herunterstürzte, während sie den Kaffee für Heinrich zubereitete. Sie trug das Tablett zum Arbeitszimmer und fluchte, wie jeden Freitag, dass sie den langen Weg durchs Haus gehen musste, damit der alte Mann seinen Kaffee bekam, bevor er mit der Arbeit anfing. Doch heute war es das letzte Mal. Sie schaltete das Licht ein und war erleichtert, dass sie das Büro unverändert vorfand. Niemand wusste bisher von Heinrichs Tod. Sie stellte das Tablett auf einem Sideboard ab. Wenn die Polizei auftauchte, musste sie glaubhaft vergewissern, warum eventuell DNA-Spuren von Heinrich an ihr hafteten. Sie presste ihre Hand in die Blutlache auf dem Schreibtisch und wischte über die Tischkante hinaus. Danach strich sie leicht über ihre Kleidung. Sie nahm das Tablett auf, positionierte sich in der Mitte des Raumes und ließ es fallen. Ricarda würde das Haus heute um kurz vor sechs verlassen. Sie hatte noch einige Minuten Zeit und malte sich vorsichtshalber noch einmal ihren Fluchtplan aus. Sie würde Magnus in Panik versetzen. Dann würde er, ihre Beute in der Abstellkammer platzieren. Sie würde Eriks Gelände-Kart nehmen. Auf der Ostseite des Grundstücks gab es eine Lücke im Zaun. Danach waren es noch drei Kilometer bis ins Dorf. Dort würde sie auf ihre Vespa steigen und vorerst in der Stadt untertauchen. Als sie Ricarda in der Halle vermutete, schrie sie um Hilfe. Sie setzte sich auf das Sofa und weinte oscarreif, als Ricarda zur Tür hinein eilte.

Hinter ihr rüttelte jemand an der ersten verschlossenen Tür.

Nach ihrem Verhör ging sie zurück in den Rittersaal. Dort traf sie auf Magnus. Er hatte den uniformierten Polizisten gefragt, ob er ihr beim Abräumen der Kaffeetassen helfen durfte. Der Polizist willigte ein und sie bekamen ihren ruhigen Moment. Er verriet ihr, dass er seine letzte Falle scharf gemacht hatte. Dolores würde sich von der

Galerie fernhalten. Sie erzählte ihm, ihre Geschichte von dem Unbekannten im Haus, aber er war bereits wegen der jungen Kommissarin nervös, da er glaubte, dass sie ihn erkannt hatte. Es war egal; anderer Auslöser, gleiches Ergebnis. Dolores überzeugte ihn, dass es Zeit war, sich abzusetzen. Da Heinrich tot war, wollte er die Spuren seines Giftanschlages verwischen. Er wollte den Whisky und den Parfum-Flakon entfernen, nachdem er den Schmuck und die Uhren eingesammelt hatte. Das war sein erster Fehler. Sein zweiter Fehler war sein Hochmut. Er wollte Ricarda unbedingt wissen lassen, wer sie ausgeraubt hatte. Er war ein Idiot.

Sie hörte hinter sich die erste Holztüre bersten, aber der Verfolger hatte noch einen weiten Weg und zwei weitere verschlossene Türen zu bewältigen. Sie war beinahe am Ziel. In dem Gang, der vor der Tür zur Garage endete, trat sie aus der Wand. Hinter ihr krachte die zweite Holztür.

Sie spurtete durch die Tür zur Werkstatt und platzierte den Werkzeugwagen, mit aktivierter Feststellbremse, dahinter. Sie lief zu dem Garagentor, das in die Außenanlage führte und öffnete es. Ein scharfer Wind schlug ihr entgegen. Sie eilte zum Gelände-Kart und fuhr an.

Zeitgleich flogen die Türen in den Ecken des Raumes auf. Auf der einen Seite schrie Magnus, »Du Hure!« Ihr Grinsen, war das Letzte, was er sah, bevor die Axt in seinem Schädel einschlug.

Auf der anderen Seite flog der Werkzeugwagen zur Seite. Er kippte und verteilte seinen Inhalt scheppernd über den Fußboden. Der Kommissar hatte die Garage erreicht. Sie gab Gas und fuhr hinaus.

06:19 Uhr

Hanibal verfolgte Dolores. Die engen Holzkorridore führten labyrinthisch um eine Vielzahl von Ecken. Er passierte Nischen, die in die Räume des Hauses abzweigten. Er hätte sich gerne Zeit genommen, die geheimen Zugänge von Schloss Gewöllheim zu untersuchen. Doch dies musste warten. Er musste vermeiden, dass Dolores ihn überraschte. So war er zu einer vorsichtigen Eile verdammt. Er hatte nicht gedacht, dass sich die Gänge so weit durch das Schloss ziehen würden. Es schien, als könnte er das gesamte Haus auf einem verborgenen Rundgang durchqueren. Es roch nach trockenem Holz. Feine Staubwolken sanken langsam zu Boden. Sobald er Dolores Schritte in einiger Entfernung vernahm, beschleunigte er seine Schritte. Als er um die nächste Ecke bog, hörte er ein Klappern, gefolgt von einem metallischen Schnappen. Nachdem er dem Gang geschätzte dreißig Meter gefolgt war, führte er um eine Ecke. Er stand vor einer Holzwand. Er schlug mit der flachen Hand dagegen. Die dünne Wand bewegte sich einige Zentimeter. Es war keine Wand. Es war eine Tür. Er tastete das splitterfasrige Holz ab, fand jedoch keinen Türknauf. Er entdeckte ein Schlüsselloch. Die Tür war mit einem Schnappschloss ausgestattet. Er hämmerte erneut gegen die Wand. Das Holz gab wieder ein wenig nach und er hörte das leise Brechen von Holzfasern. Das Geräusch ermutigte ihn. Er holte aus und trat gegen das Türschloss. Ein lauteres Krachen ertönte. Das Holz splitterte. Nach einem weiteren kräftigen Tritt gab die Tür nach. Er vergaß seine Vorsicht und lief los. Nach weiteren Biegungen versperrte ihm eine weitere Tür den Weg. Er dachte nicht weiter nach, nahm das Türschloss ins Visier und trat zu. Er lief weiter und wiederholte die Aktion.

Als er die letzte Tür durchbrach, fegte ein großes Stück Vertäfelung beiseite. Er stand in einem kurzen Flur, der vor einer Tür endete. Er versuchte, die Tür zu öffnen. Etwas blockierte von der anderen Seite. Er nahm erneut die Kraft seines Oberschenkels zur Hilfe. Die Blockade löste sich nach zwei Tritten. Er hörte ein lautes, metallisches Scheppern und die Tür flog krachend auf. Der Inhalt des Werkzeugwagens verteilte sich chaotisch über den Fußboden. Er stürmte hindurch und wäre beinahe über einen Schraubenschlüssel gestolpert. Ihm zog ein kräftiger Wind entgegen. Dann hörte sie das Blubbern eines Motors. Dolores bewegte das Gelände-Kart ins Außengelände und grinste Magnus an, der auf der anderen Seite der Halle durch die Tür preschte. Er schrie etwas, das Hanibal aufgrund des Windes nicht verstand. Hanibal sah etwas Silbriges aus der Fahnenhalterung über der Tür fliegen. Anstelle der Rennstallflagge steckte eine halbmondförmige Streitaxt in der Halterung, die Magnus Vorwärtslauf jäh bremste, während Dolores in die Nacht hinausfuhr.

Hanibal lief zum Tor und passierte die aufgereihten Autos. Er blickte sich nach einem Schlüsselkasten um. Er wollte keine Zeit verschwenden. Seine Augen blieben auf einem anderen Gefährt hängen. Er erinnerte sich an Eriks Worte. »*Der hat richtig viel Power.*«

Hanibal zuckte mit den Schultern. »Warum nicht?«

Er schwang sich auf den Bock des Sitzrasenmähers und drückte der Startknopf.

Der Motor startete sofort.

Cassidy eilte in den Raum. Sie sprang über Magnus Körper hinweg, der den Durchgang blockierte.

Sie nahm den Leichnam beiläufig zur Kenntnis. Ihr wurde schlagartig klar, was passiert wäre, wenn nicht Magnus die Tür zuerst geöffnete hätte. Sie schluckte und sah Hanibal, der auf dem Rasenmäher saß und auf das Gaspedal trat.

Der Mäher machte einen Satz nach vorne, wie ein bockiges Pony. Dann fanden die Reifen Grip und ihr Kollege verließ mit quietschenden Reifen die Garage.

Sie blickte hinterher und dann erneut auf die Leiche. Sie dachte daran, was sie später in den Bericht schreiben sollte. »*Haarspalterei*«, schien ihr angemessen. Sie verwarf den Gedanken und überlegte, wie sie Hanibal helfen konnte. Ihr Blick blieb an dem Q7 hängen. Dann bemerkte sie den schwarzen Kasten, der an der Wand neben der Tür hing.

Hanibal jagte hinter Dolores her. Der Wind schlug ihm entgegen, aber Erik hatte nicht zuviel versprochen. Der Rasenmäher lief gut. Es zeugte von Verenas Talent mit Motoren, dass er die Verfolgung aufnehmen und sogar aufschließen konnte. Er kniff die Augen zusammen. Der Mini-Geländewagen raste dem Wald entgegen. Dolores hatte einen passablen Vorsprung, aber Hanibal hatte einen Geschwindigkeitsvorteil. Er trat das Gaspedal durch, bis seine Schuhsohle das Bodenblech berührte. Er holte weiter auf.

»Bleiben Sie stehen. Es hat doch keinen Zweck.«, rief er hinter ihr her, obwohl er sich der Sinnlosigkeit bewusst war.

Dolores hörte ihn und warf einen Blick über die Schulter. Sie nahm eine Hand vom Steuer und streckte dem Polizisten den Mittelfinger entgegen. Dann fuhr sie ungebremst auf direktem Wege in den Wald hinein. Hanibal verlangsamte seine Fahrt, bevor er die Baumgrenze erreichte. Er fuhr in gemäßigtem Tempo hinein. Dann hörte er ein lautes Krachen, dem ein gebrüllter Fluch folgte.

Er trat scharf auf die Bremse. Der Mäher bremste abrupt ab und Hanibal musste sich gegen das Lenkrad stemmen, damit er nicht vornüber schleuderte. Er betätigte erneut das Gaspedal. Ein fiependes Geräusch erklang. Die Reifen drehten durch. Der Rasenmäher hatte sich im weichen Waldboden festgefahren. Hanibal schlug mit beiden Händen auf das Lenkrad. Er stieg vom Bock und lief in den Wald hinein. Die Baumkronen ächzten unter jeder weiteren Sturmböe. Untermalt von sanften Rieseln oder gewaltigen Krachen bahnte sich das Gehölz seinen Weg Richtung Erdboden. Es regnete Holz, während der Waldboden einen angenehmen, feuchten Geruch abgab. Nach einigen Metern erreichte er das Gelände-Kart. Es lag auf dem Dach. Die abgeplatzte Rinde an einigen Bäumen zeugte davon, dass Dolores die Kontrolle über das Fahrzeug verloren und unfreiwilligen Kontakt mit einer Fichte hatte. Hanibal überprüfte den Innenraum. Dolores war nicht im Wagen.

Über ihm krachte es und einige Meter neben ihm bohrte sich die Spitze eines riesigen Astes in den Waldboden. Vor Erleichterung schwer atmend, suchte er die Umgebung nach Spuren von Dolores ab. Atemwolken bildeten sich in der kühlen Luft, als es hinter ihm leise knackte. Er umschloss den Griff der Mauser Pistole. Einige Meter vor ihm erklang erneut ein Knacksen. Das war kein herabfallender Ast. Dort trat jemand Gehölz nieder. Er spurtete los.

Er hörte ein Motorengeräusch irgendwo in weiter Ferne. Vor ihm wieder ein Knacken. Er verlangsamte den Schritt und schlich in Richtung des Geräusches. Nach einigen Schritten hörte er direkt hinter sich ein lautes Knacken.

Dolores stürmte mit erhobenen Stilett hinter

einem Baum hervor. Bevor er einen Schuss absetzen konnte, war sie heran und stach nach ihm. Er blockte den Stoß mit dem rechten Unterarm ab. Die Klinge schabte über den Ärmel seines Mantels und trennte den Manschettenknopf ab. Die Klinge verhakte sich an der Pistole in seiner Hand. Ein Schuss löste sich und verschwand zischend im Blätterdach. Die Waffe fiel ihm aus der Hand und schlug dumpf am Boden auf. Dolores wutverzerrtes Gesicht tauchte vor Hanibal auf. Sie trug eine halbseitige Maske aus Blut, das aus einer Platzwunde auf ihrer Stirn floss. Ihre Zähne blitzten weiß aus der Dunkelheit, »Du Drecksbulle wirst mich nicht aufhalten.«

Ihr Knie schnellte nach oben. Hanibal bemerkte die Bewegung und hieb mit der linken Faust entgegen, bevor sie seinen Unterleib traf. In seiner Hand erklang ein Knirschen und ein stechender Schmerz zog ihm durch den Arm bis in die Schulter. Er fluchte und holte Schwung aus seiner rechten Schulter. Er versetzte Dolores mit dem Handballen einen Schlag auf ihren Brustkorb. Er traf ihren Solarplexus. Unter Stöhnen entwich die Luft aus ihrer Lunge, das Stilett fiel ihr aus der Hand und sie stürzte rücklings zu Boden. Sie tastete röchelnd den Waldboden ab, während Hanibal langsam auf sie zuschritt. »Geben Sie auf. Sie wollen doch keinen Polizisten töten.«

Sie tastete weiter und keuchte, »Ich lasse mich nie wieder einsperren.«

Ihre Finger ertasteten einen runden,

holzverschalten Griff. Sie umklammerte die Mauser. Sie zielte hastig und drückte ab. Der Schuss verzog und verschwand in der Tiefe des Waldes. Hanibal warf sich hinter einen umgeknickten Baum. Dolores raffte sich auf und schoss erneut. Oberhalb von Hanibals Kopf platzte Holz aus seiner Deckung. Dolores erhob sich auf wackligen Beinen und spähte in die Dunkelheit. Hanibal brachte sich in eine Sprungstartposition. »Geben Sie auf! Sie haben keine Chance!«

Dolores bewegte sich, mit der Pistole im Anschlag, rückwärts. »Ich habe die Waffe. Ich finde meine Chancen nicht so schlecht.«

Hanibal linste hinter seiner Deckung hervor. Dolores registrierte seinen Haaransatz und schoss. Das Projektil schlug vor seinem Kopf in den Baumstamm ein. Er suchte die Umgebung ab. Fünf Meter vor ihm glänzte etwas auf dem Waldboden. Das Stilett steckte, wie ein Andachtskreuz, im Boden. Es krachte irgendwo im Wald und ein weiterer Ast folgte der Erdanziehung. Dolores drehte sich hektisch nach dem Ursprung des Geräusches um. Nun hatte sie den Baum erreicht, von dem sie ihre Attacke gestartet hatte. Sie hielt die Waffe weiterhin im Anschlag und bückte sich. Sie griff hinter den Baum und hob die braune Straußenledertasche auf. Ihre Augen verharrten auf Hanibals Deckung. Als es wieder in den Baumwipfeln krachte, blickte Dolores nach oben. Hanibal sah seine Chance. Er hechtete zum Stilett.

Dolores Blick war weiterhin nach oben gerichtet. Sie bemerkte den Polizisten nicht. Hanibal erreichte den Dolch. Er zog ihn aus dem Waldboden und schleuderte ihn Dolores entgegen. Das Stilett drehte sich im Flug um die eigene Achse und pfählte die Haushälterin einige Zentimeter unterhalb des Schlüsselbeines. Die doppeltgeschliffene Klinge trat am Rücken aus, warf Dolores an den Baum zurück und bohrte sich in den Stamm. Sie schrie und zerrte an dem Griff. Sie warf ihren Kopf vor Schmerzen in den Nacken. Was sie sah, versetzte sie in Panik. Eine Baumkrone folgte der Schwerkraft. Sie versuchte, hektisch die Fixierung zu lösen, doch es war zu spät.

Die Spitze des massiven Astes bohrte sich in Dolores Körper. Die kleineren Äste umschlossen sie wie knochige Finger und zerfurchten ihren Leib. Die zerfaserte Bruchkante traf sie am Scheitelbein und löste die Fixierung. Dolores klappte vornüber und wurde unter schweren Gehölz begraben. Hanibal lief hinüber und wühlte eilig durch die Äste. Er schleuderte den letzten Stamm zur Seite und sah Dolores. Ihre Gliedmaßen waren gebrochen und spreizten sich in unnatürliche Richtungen von ihrem Körper ab. Hanibal schoss der Gedanke einer fadenlosen Marionette in den Kopf. Sie hustete und blutige Blasen bildeten sich vor ihrem Mund. »Jetzt haben Sie mich doch erwischt.«

»So war es nicht geplant«, antwortete der Kommissar.

»Pläne ändern sich manchmal. Egal. Gleiches Ergebnis.« Sie rang nach Luft. »Ich wollte nur meinen Anteil am Glück.«

Hanibals geschultes Auge erkannte das Ausmaß ihrer Verletzungen. Es war hoffnungslos. »Ich werde Ihnen helfen. Das wird schon wieder«, log er.

Dolores warf ihm einen dämmrigen Blick zu und spie lachend Blutblasen heraus. »Lassen Sie gut sein«, erteilte sie ihm Absolution. Sie spuckte Blut und hauchte, »Schickfuß!«

Hanibal verstand nicht, was sie meinte. In diesem Augenblick hörte er Cassidy, die seinen Namen rief.

Hanibal schrie, »Hier!«

Dolores Kopf kippte zur Seite. Hanibal hörte Cassidy, die ihren Weg durch den Wald suchte. Dolores drehte ihm das Gesicht wieder zu. Sie blickte Hanibal mit weit aufgerissen Augen an. Das Weiß ihrer Augen bildete einen fahlen Kontrast zu ihrer blutigen Maske. Blut und Worte wechselten sich ab. »Eklund … nicht … Wohltäter … nur Schein. Er… hat… seine Frau…« Sie schluckte und hustete, »…ermordet! … meine Mutter… wusste es …« Sie machte eine Pause und presste die Lippen aufeinander. Blut lief aus den Winkeln ihres Mundes und ihrer Augen. »Fragen Sie Schickfuß.«

Ihr Kopf fiel zur Seite. Hanibal tastete nach ihrem Puls, wissend, dass es sinnlos war. In diesem Augenblick trat Cassidy schwer atmend hinter Hanibal. Sie blickte auf den verbogenen Körper des Hausmädchens. Hanibal blickte seine Kollegin mit leeren Augen an. Im nächsten Moment krachte zehn Meter entfernt ein weiterer Ast auf den Boden.

Hanibal hielt seine verletzte Hand. »Wir sollten hier verschwinden.«

Cassidy deutete auf die Leiche, »Und sie?«

»Sie wird uns das nicht übel nehmen.«

Sie liefen aus dem Wald heraus. Der Q7 parkte zehn Meter vom Waldrand entfernt. Hanibal überließ Cassidy das Steuer. Sie fuhren schweigend zum Haus. Nach der halben Strecke brach Cassidy das Schweigen. »Typisch Italiener. Kommt mit ´nem Messer zu einer Schießerei.«

Hanibal rieb seine verletzte Hand. Das erste Tageslicht schimmerte über dem Schloss. Er blinzelte in das graublaue Dämmerlicht. »Ich muss Tarzi unbedingt von den Geheimgängen erzählen.«

»Das Haus ist der Wahnsinn«, sagte Cassidy. »Ich bin mir sicher, dass Dolores uns im Yakzimmer belauscht hat.«

Hanibal zuckte mit den Schultern. »Ich kann Dir nur sagen, wer es nicht war.«

Er spürte ein Vibrieren in seiner Innentasche, auf das kurz darauf ein elektronisches Klingeln folgte. Er zog sein Telefon aus dem Mantel. Er war überrascht und blickte erleichtert auf das Display. Gunter Martes. Er nahm das Gespräch mit dem kleinen Finger der verletzten Hand Gespräch entgegen.

»Guten Morgen Hanibal, wir haben euch vermisst.«

»Wir hatten auch ziemlich viel Mist«, erwiderte Hanibal »Gunter, wir brauchen die komplette Truppe von gestern noch einmal hier im Schloss. In mehrfacher Ausführung. Es gibt weitere Tote. Es gibt eine Menge Arbeit.«

»Wäre super, wenn die Staatsanwaltschaft diesmal auftaucht«, feixte Cassidy.

»Wir brauchen einen Notarzt, einen Rettungswagen und die Feuerwehr mit Räumfahrzeugen. Volles Programm«, fügte Hanibal hinzu.

»Hanibal?« Martes Stimme klang besorgt. »Geht es euch gut?«

»Ja, nur einige Schrammen. Wir hatten eine anstrengende Nacht.«

Am anderen Ende der Leitung blieb es einen Moment still. »Ich schicke euch die Verstärkung so schnell wie möglich. Ich melde mich wieder.«

»Mach das«, antwortete Hanibal. Er beendete das Gespräch und schob das Telefon in die Tasche. Dann versank er wieder im Gedanken.

»Du wirkst nachdenklich.« Cassidy blickte ihren älteren Kollegen an. »Was hat Dolores eigentlich noch gesagt? Ich habe nur Röcheln gehört.«

Hanibal schaute sie müde an. »Meinst Du, dass man für die Vergehen seiner Eltern büßen sollte, wenn man schon genügend Opfer gebracht hat?«

Cassidy überlegte kurz. »Sehr philosophisch, darüber habe ich mir bisher keine Gedanken gemacht.«

»Du hast Dich mit Ricarda angefreundet, oder?«

»Ja, ich mag sie. Anika übrigens auch.« Sie boxte Hanibal auf den Oberarm. »Ich glaube, Anika hat ein Auge auf dich geworfen.«

Hanibal stieß ein leichtes Schnauben aus. »Sie dürfte etwas zu jung für mich sein.«

»Mach dir nicht so viele Gedanken. Aber, wer wärst Du, wenn Du nicht so viel denken würdest? Wie Du Dolores überführt hast«, Sie stieß einen bewundernden Pfiff aus, »hat mich schwer beeindruckt. Die Wahrheit anhand einiger Fakten auskombinieren. Wie machst Du das? Grandios!«

»Erfahrung. Ich habe Schlussfolgerungen anhand bekannter Fakten gezogen. Das es die Wahrheit ist, konnte ich nur vermuten.«

Cassidy nestelte in ihrer Jackentasche rum. »Aber wenn es nicht die Wahrheit war, warum hätte Dolores dann so reagieren sollen?«

»Ich war offensichtlich dicht genug dran. Ob ich alles herausgefunden habe, wage ich zu bezweifeln. Denn schlussendlich liegt die Wahrheit in der Sichtweise des Betrachters. Es wird immer etwas geben, was wir nicht wissen. Dolores wird es uns nicht mehr verraten. Vom Sengerberg auch nicht.« Er warf einen Blick auf seine Hand, die geschwollen und mit Blutergüssen überzogen war. »Und manchmal haben wir einfach nur Glück.«

Cassidy blieb einen Augenblick still. »Was bedeutet das für diesen Fall?«

»Oft führen viele Wege zum Ziel. Die Lösung, die

wir kennen, ist ausreichend.«

Cassidy bemerkte, dass sie auf ihre erste Frage bisher keine Antworten erhalten hatte, »Was ist los alter Mann? Wirst Du langsam senil? Du hast meine Frage nicht beantwortet. Was hat Dolores gesagt? Ist der Fall gelöst oder müssen wir weitere Untersuchungen durchführen?«

»Cassy, Du warst dabei.« Er blickte zwei Sekunden aus dem Fenster. »Dolores hat nichts gesagt. Es war nur ein Röcheln. Für mich ist die Sache erledigt.«

Ein matter Sonnenstrahl fiel durch die Wolkendecke. Das Licht brach am Dach des Eulenturms und tauchte das Anwesen in einen rotgoldenen Glanz. Cassidy fummelte eine Zigarette aus dem Päckchen in ihrer Jacke. Sie zündete sie an und reichte sie an Hanibal. »Hör mal!«

Er lauschte, hörte aber nur das Brummen des Motors. »Was denn? Ich höre nichts.«

Sie grinste. »Der Sturm ist vorbei.«

Er nahm einen tiefen Zug. *Ich dachte schon, ich hätte aufgehört.*

In der Ferne begrüßte die Schafsherde blökend den neuen Tag.

»Määäääähnde!«

Vier Monate später

Der Frühling brach an und das Leben kehrte nach Schloss Gewöllheim zurück. Ricarda saß im Büro ihres Vaters. Es war nun ihr Arbeitszimmer. Sie hatte den Geist ihres Vaters gebändigt und das Büro nach ihrem Geschmack umgestaltet. Die Waffen waren im Keller eingelagert und Bildern gewichen. Die Wände hatten einen neuen Anstrich erhalten und strahlten in Olivgrün. Das Zusammenspiel der Wandfarbe, der Vertäfelung und des Fußbodens gefiel ihr. Sie hatte auch das Mobiliar ausgetauscht. Die schweren Holzmöbel waren luftigeren weißen Möbeln gewichen. Außerdem hatte sie sich eine eigene Kaffeemaschine einbauen lassen. Den Schreibtisch hatte sie behalten. Cassidy hatte ihr einen Tatortreiniger empfohlen. Er hatte ganze Arbeit geleistet und jede Spur von Blut beseitigt. Sie konnte hier gut und entspannt arbeiten.

Sie schloss den Geschäftsbericht und legte ihn vor sich auf den Tisch.

Wie erwartet, hatte die Belegschaft den Tod ihres Vaters betrauert. Wenn sie den Rückmeldungen der Belegschaft glauben schenkte, dann schien sie selbst aber auch eine gute Chefin zu sein. Es war anstrengend, aber die Geschäfte liefen gut. Ricarda fühlte sich in ihrer neuen Rolle wohl. In den vergangenen Monaten war sie sehr beschäftigt. Es kam ihr gelegen.

Heute war einer der wenigen Nachmittage, an denen sie das Gefühl hatte, etwas Entspannung zu finden. Anika würde später vorbei kommen, um mit ihr den neu eingerichteten Spa - Bereich des Hauses zu genießen. In diesen Momenten der Ruhe verloren sich ihre Gedanken manchmal in den Ereignissen der Nacht vor vier Monaten. Auch wenn es inzwischen weniger wurde, dachte sie oft daran zurück. Sie kam zu dem Schluss, dass alles gut war, so wie es geschehen ist. Selbstverständlich betrauerte sie den Tod ihres Vaters, aber früher oder später muss sich jedes Kind von seinen Eltern verabschieden. Auf den Zeitpunkt aber, hatte man keinen Einfluss.

Ihr Onkel Klaus hatte in der Nacht einen Durchschuss des Oberarms erlitten. Er war inzwischen vollständig genesen und Lola stand jede Nacht im *Slips-Off*. Hinter der Theke hing nun ein großes Foto, dass Lola mit einem übertrieben großen Verband am Arm zeigte, den sie in einer Schlinge trug. Wenn Gäste sie darauf ansprachen, erzählte sie wortgewaltig, wie sie sich todesmutig vor den Kommissar geworfen hatte. Sie schmückte die Geschichte mit vielen Details aus, die ihre Rolle weiter in den Vordergrund schoben. Robert war inzwischen der zweite Geschäftsführer im *Slips-Off*. Die Arbeit gefiel ihm. Ricarda hatte ihn selten mit so viel Enthusiasmus bei einer Sache gesehen. Er nannte sich Chantal Infame und folgte Lolas

Fußspuren. Er lebte nun in der Stadt und kam nur selten nach Schloss Gewöllheim. Lola wollte sich nach einer Übergangszeit von drei Jahren komplett aus dem Geschäft zurückziehen und Robert das *Slips* überlassen. Ricarda hatte sich die Freiheit genommen, den beiden eine großzügige Geldsumme zu überweisen, um das *Slips* einer grundlegenden Renovierung zu unterziehen.

Cornelius Schickfuß unterstützte Ricarda nach wie vor in allen juristischen Belangen. Seine Schussverletzung war ohne Komplikationen verheilt. Nachdem Cassidy und Hanibal in jener Nacht ins Haus zurückgekehrt waren, hatte Hanibal ein langes Gespräch mit ihm geführt, bevor die Verstärkung zum Haus durchgekommen war. Ricarda hatte den Inhalt des Gespräches nie erfahren. Sie hatte aber das Gefühl, demnach der Anwalt danach befreiter wirkte.

Sie hatte vor zwei Monaten eine neue Haushälterin angestellt. Hannah, eine patente Mittdreißigerin, die sich neben ihrer sehr guten Arbeit auch wunderbar mit Erik verstand.

Erik war der Alte geblieben. Der Fels in der Brandung, der er für Ricarda schon immer war.

Sie selbst war nun misstrauischer, wenn ihr jemand Zuneigung entgegenbrachte. Aber dafür hatte sie jetzt Cassidy, die eine Person gegebenenfalls genauer unter die Lupe nehmen konnte.

Cassidy und Ricarda standen weiterhin in

Kontakt und waren inzwischen Freundinnen. Sie, Anika und Cassidy lagen auf der gleichen Wellenlänge. Wenn es Cassidys Zeit zuließ, bewegte sie ihren ,Hintern' inzwischen gerne an den Arsch der Welt. Sie trafen sich manchmal in Ricardas Stadtwohnung oder gingen zu dritt aus. Eines Abends hatte Anika erzählt, dass sie sich mehrfach mit Hanibal getroffen hatte. Cassidy beglückwünschte Anika, ärgerte sich aber, dass sie es nicht aus Hanibal herausbekommen hatte. Ricarda fand auch, dass die beiden gut zueinander passten. Hanibal fahndete aktuell nach einem Serienmörder, der in der Stadt sein Unwesen trieb.

Ricarda lehnte sich zurück. Ein Sonnenstrahl fiel durchs Fenster auf ihr Gesicht. Sie genoss die wohlige Wärme auf ihrer Haut für einen Moment. Feierabend. Sie zog eine der Schubladen auf und schob den Bericht hinein. Im hinteren Teil der Schublade blockierte etwas die Ablage. Sie tastete hinein und fühlte einen Stapel von Briefen. Sie zog die Umschläge heraus und wog sie in der Hand. Sie erinnerte sich. Es waren die Briefe, die Hanibal ihr gegeben hatte, nachdem sie das Testament gelesen hatten. Sie hatte sie damals beiseitegelegt. Danach hatte sie die Briefe schlichtweg vergessen.

Sie blätterte die Kuverts durch und las die aufgedruckten Adressen. Einer war nicht adressiert. Auf dem Umschlag war ein grüner Klebezettel aufgeklebt. Sie las die Aufschrift. ,SchiCo'. Ricarda verstand nicht, was dies zu bedeuten hatte. Sie

öffnete den Umschlag und warf einen ersten Blick
auf das Datum. Es lag fünf Tage zurück. Sie las die
Anrede,

»Lieber Cornelius,«

Was hatte ihren Vater dazu gebracht, Cornelius
einen Brief zu schreiben? Sie hatten sich regelmäßig
gesehen. Außerdem war der Anwalt der Einzige, der
damals die Kombination zum Safe kannte. Er hätte
den Brief also selbst gefunden, sobald er den Safe
geöffnet hätte. Sie zögerte, ob sie den Brief
weiterlesen sollte. Es waren offensichtlich
persönliche Worte für »Schi Co« – Schickfuß,
Cornelius. Sie ignorierte ihre Bedenken und las.

*Mein guter Freund und Wegbegleiter. Ich weiß, dass
die letzten Jahre nicht einfach für Dich waren. Ich konnte
meine Gedanken Dir gegenüber leider niemals konkret
formulieren. Ich versuche es daher auf diesem Weg. Ich
hadere mit mir, wann und wie ich Dir dieses Schreiben
zukommen lasse. Im schlimmsten Fall werde ich es
niemals tun.*

*Ich möchte mich auf diesem Weg bedanken und
gleichzeitig entschuldigen.*

*Bedanken dafür, dass Du mir und meiner Familie
durch Deine Verschwiegenheit ein gutes Leben gesichert
hast und ich den Kindern ein Elternhaus bieten konnte.*

Entschuldigen dafür, dass ich Dein Gewissen mit

370

meinen Missetaten belastet habe.

Du hast unser großes Geheimnis stets für Dich behalten, aber ich bin jetzt an einem Punkt angekommen, an dem ich nicht mehr schweigen will. Ich entbinde dich von Deiner Schweigepflicht und ich möchte, dass Du selber entscheidest, was Du mit dieser Freiheit anfängst.

Du weißt, dass mir Maria den Tod Raphaels niemals verziehen hat. Ich wollte den armen Knaben in dieser furchtbaren Nacht nur beruhigen. Ich wollte, dass er aufhört zu weinen. Ich habe übertrieben. Ich habe seinen Mund zu lange zugehalten. Ich habe jahrelang versucht, Maria davon zu überzeugen, dass ich nicht in böser Absicht gehandelt habe, aber sie hat es mir niemals geglaubt. Vielleicht habe ich unterbewusst aber doch in Absicht gehandelt, wollte mir dies aber niemals eingestehen. Von allen Verbrechen, ist, die Schuld am Tod seines eigenen Kindes zu tragen, wohl die verwerflichste.

Ich habe alles versucht, mich Maria wieder anzunähern, aber in ihr brodelte stets dieses Misstrauen, und der unterschwellige Vorwurf, dass ich nicht ehrlich zu ihr war. Vielleicht lag sie richtig.

Als sie vor zehn Jahren während des Streits die Treppe hinunter stürzte und ums Leben kam, warst Du es, der mir geraten hat, mich selbst anzuzeigen.

In meiner Angst, um die Zukunft meiner Kinder, habe ich Dich angefleht zu schweigen und Marias Leichnam mit mir zu beseitigen. Wie hätten die beiden Kinder ansonsten ohne Eltern sorgenfrei erwachsen werden dürfen?

Ich gestehe, für den Tod meines Kindes und den Tod

371

meiner Frau verantwortlich zu sein.

Die einzige Schuld, die Dich trifft, ist mein Freund zu sein.

Ich habe Dich in eine fatale Situation gebracht, die ich mir, weder für Dich, noch für mich, jemals gewünscht habe. Du musstest Dich zwischen Freundschaft und Gerechtigkeit entscheiden. Ich kann Dich nur um Verzeihung bitten.

Dein dankbarster Freund
Heinrich

Ricarda schluckte. Tränen schossen in ihre Augen. Tief in ihrem Innersten hatte sie immer befürchtet, dass das Verschwinden ihrer Mutter nicht mit rechten Dingen zugegangen war. Sie hatte diese Zusammenhänge als Teenager nicht verstanden.

Ihr Vater hat Fehler gemacht. Er war kein Heiliger. Er hat Schuld auf sich geladen. Er wollte aber alles in seiner Macht stehende tun, um seine schützende Hand über seine Kinder zu halten. Wann wird ein Unfall zum Verbrechen? Welche Mittel heiligt ein Zweck?

Wusste Cornelius, dass ihr Vater einen solchen Brief geschrieben hatte? Er musste es geahnt haben. Wollte er vor vier Monaten wirklich nur das Testament sehen? Wollte er Spuren verwischen, die auf ihn hinwiesen, oder hatte er versucht, die Kinder über Heinrichs Tod hinaus vor der Wahrheit zu schützen, um sein Andenken zu bewahren? Wollte er das Geheimnis begraben? Wie weit

372

ging seine Loyalität?

Hatte Hanibal bereits etwas geahnt, als er die Aufschrift auf dem Umschlag las?

Was sollte sie tun? Wollte sie Fragen stellen? Wollte sie die Bürde der Antworten tragen oder sollte sie es beenden?

Ricarda wischte eine Träne aus dem Augenwinkel. Ihre Hand schwebte zitternd über dem Telefon.